Michaela Metzner

Mittsommercamp zum Verlieben

Der Verlag

Reisen ist für uns mehr als Tourismus. Es sind die Menschen und einzigartigen Begegnungen, die uns faszinieren. Deshalb weben wir in unsere Romane authentische kulturelle Aspekte ein: regionale Feste, traditionelle Rezepte, lokale Redewendungen. Unsere Autor:innen sind Weltenbummler:innen, Abenteurer:innen und leidenschaftliche Fans der Region, über die sie schreiben. Begleitet uns ein Stück in unseren Geschichten und zieht dann selbst los. »Ein Lächeln ist der kürzeste Weg zwischen zwei Menschen«, besagt ein chinesisches Sprichwort. Also seid mutig und offen, denn die Welt ist bunt und voller Wunder.

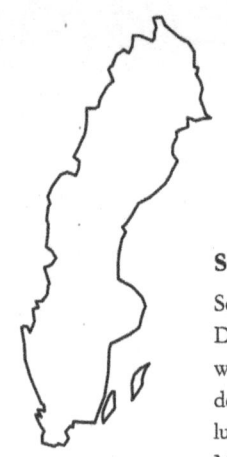

Schweden

Schweden ist flächenmäßig minimal größer als Deutschland, hat aber nur knapp 10 Millionen Einwohner statt 84. Die meisten Bewohner leben in den Ballungszentren in Südschweden, die Besiedlungsdichte ist somit insbesondere auf dem Land in Mittel- und Nordschweden sehr gering. In Mittelschweden, wo diese Geschichte spielt, wohnen etwa 10 Menschen auf einem Quadratkilometer. Die Landschaft ist geprägt von dichtem Wald und weiten Seen. Die unberührte Natur bietet unter anderem Lebensraum für scheue Elche, Braunbären, Luchse, Biber und Wölfe. Doch auch die Menschen gelten als ruhig und zurückhaltend. Jeder duzt jeden, nur das Königshaus wird gesiezt. Tatsächlich ist Schweden das Land mit der höchsten Anzahl an Patenten pro Kopf in Europa. Einige schwedische Erfindungen sind zum Beispiel der Reißverschluss, das Ultraschallgerät oder die Technologie Bluetooth, die nach dem dänischen Wikingerkönig von Norwegen Harald Blauzahn benannt wurde. Das Symbol zeigt deshalb die altnordischen Runen H und B.

MITT-SOMMERCAMP ZUM

Verlieben

TRAVEL. LOVE.
SWEDEN.

MICHAELA METZNER

Dieses Buch ist auch als E-Book erhältlich.

© 2024, Michaela Metzner

Verlag: Flamingo Tales, Am Rodenbach 49, 51469 Bergisch Gladbach

flamingo-tales.de

Cover-/Umschlaggestaltung: Buchgewand Coverdesign | buch-gewand.de

unter Verwendung von Moriven von:

stock.adobe.com: Евгений Горячев, Julija, Maryna, Valerii, Andreas

depositphotos.com: benjaminlion, Olga_C, kongvector,

art.redbox@gmail.com, shutterstock.com: Lema_art

ISBN: 978-3-9894239-1-6

Beas Playlist

1. IDK You Yet-Cover – Bertie Newman
2. Welcome Home, Son – Radical Face
3. Dandelions – Ruth B.
4. Thounsand Miles – Miley Cyrus, feat. B. Carlile
5. Heaven – Cian Ducrot
6. Lightning – Zoe Wees
7. Wanderer – Mogli
8. Utan dina andetag – Kent
9. Tack förlåt – Laleh
10. Klär av dig – Viktor Leksell
11. Bedövning – Viktor Leksell
12. Aldrig Mer vara du – Estraden
13. Find your way home – J. Lundell, K. Almström
14. Jättefina ord – Donika Nimani
15. Lost Boy – Alex Järvi

Det blir aldrig som man
tänkt sig.

Es kommt immer *anders*,
als man denkt.

Prolog

Bea

Bea greift die Schere fester und beißt sich auf die Lippen. Ihre Wimperntusche mischt sich mit den Tränen der Wut.

Ritsch, ratsch!

Leise rieseln die langen blonden Haare zu Boden.

»Deine Frisur ist immer so stylisch, Bea! Wie machst du das nur?«, geistert Julianes Stimme durch ihre wirren Gedanken.

Zu spät, Juliane! Du wirst entsetzt sein! Thomas auch. Er liebt es, seine Finger in meinen Haaren zu vergraben, wenn wir uns lieben.

Alle Kraft verlässt sie schlagartig, und schluchzend sinkt sie auf die kalten Badezimmerfliesen. Die abgeschnittenen Locken kleben an ihrer Jogginghose. Eisern packt die Wahrheit ihr Herz: Es gibt kein Wenn-wir-uns-lieben mehr. Seit drei Tagen ist Thomas weg. Wie die Körnchen einer Sanduhr rieselt langsam die Erkenntnis in ihr Bewusstsein, dass er es ernst meint.

Kapitel 1

Bea

»Bist du von allen guten Geistern verlassen?« Mitleidig zupft Juliane an meinem Lockenschopf herum. »Was hast du dir nur dabei gedacht? Du sahst immer so stylisch aus mit deinem beneidenswert glatten Bob! Wie Jennifer Aniston«, hält sie mir vor.

»Jetzt ist aus Jennifer eben Meg Ryan geworden. Die mag ich eh lieber.« Ich seufze. In Wahrheit muss auch ich mich erst an meinen neuen Look gewöhnen. Jeden Morgen erschrecke ich mich zu Tode beim Blick in den Badezimmerspiegel. »Es ist außerdem viel weniger Arbeit. Das Glätten hat mich genervt.« Mit einer abfälligen Handbewegung wedle ich vor meinem Gesicht herum.

»Meg Ryan, pff! Hättest du wohl gerne! Nur mit viel Fantasie!« Juliane knufft mich in die Seite. Ihr Blick wird weich. »Du hättest viel lieber mit mir feiern gehen sollen! Mensch, Bea! Du hast mir gesagt, du triffst dich noch mal mit ihm. Stattdessen machst du so eine Scheiße!«

»Jetzt schimpf mich doch nicht, Juliane! Ich brauchte das eben. Veränderung und so …«

Ob ich ihr überhaupt die latest Thomas-News verraten soll, die für diese Kurzschluss-Aktion verantwortlich waren? Beim besten Willen fällt mir nicht ein, wie ich ihr das schonend beibringen kann – hat es mich doch selbst völlig aus der Bahn geworfen. Na schön, dann eben auf die harte Tour. »Thomas ist bei dieser Susi eingezogen. Als ich bei der Arbeit war, hat er seine Klamotten abgeholt. Und er hat eine Nachricht hinterlassen, dass er sich nach und nach auch um den Rest kümmert. Er will das Sofa haben.« Selbst die Kurzfassung schnürt mir die Luft ab. Schluchzend schlage ich mir die Hände vor das Gesicht. »Was habe ich falsch gemacht, Juliane?«, frage ich fassungslos. »Was hat sie, das ich nicht habe?«

»Ach, Süße!« Liebevoll streichelt sie über meinen Hinterkopf, und ich schaffe es, zitternd durchzuatmen. »Du hast nichts falsch gemacht! Rede dir das bitte nicht ein. Bei dem drehen doch die Hormone durch, jetzt, wo er so viel Sport macht. Wo hat er diese Frau überhaupt kennengelernt?«

»Sie ist seine Fitnesstrainerin«, jammere ich. »Gleich am ersten Tag hat er mir von ihr vorgeschwärmt. Ich hätte mir denken können, dass es nicht lange beim Anschmachten bleibt. Gott, was für ein beschissenes Klischee!« Fieberhaft krame ich in meiner Tasche nach einer Packung Papiertaschentücher.

»Im Fitnessstudio! Wo sonst?« Juliane schnaubt und zieht vielsagend die Augenbrauen hoch. Ihre grünen Augen blitzen kampfeslustig.

In Sachen Fitnessstudios haben wir dieselbe Meinung: Dort findet man Poser, die betont lässig an ihren Protein-Shakes nippen, Muskelprotze, die stöhnend Gewichte heben, oder Notgeile, die jeder Frau auf den Po schauen. Und als wäre das nicht schlimm genug, absolviert man oberflächlich erklärte Programme, bei denen der Muskelkater vorprogrammiert ist und die Laune direkt in den Keller sinkt.

»Ich hätte dieses bescheuerte Abo mit ihm zusammen abschließen sollen.« Ich stöhne und schnäuze mich in eines der Taschentücher, die ich endlich in den Tiefen meiner Tasche gefunden habe.

Es ist mir mehr als peinlich, dass ich mich im »Café Einstein« so gehen lasse. Wenn ich will, dass sie uns weiterhin zu unseren Frühstückstreffs reinlassen, muss ich mich schleunigst beruhigen.

»Ach, hör schon auf! Wir sind uns wohl einig, dass du das nicht nötig hast, Bea!« Juliane schüttelt ihre rote Mähne und schlürft geräuschvoll ihren Orangensaft.

Das kommentiere ich nur mit einem »Hmpf«.

»Eigentlich kannst du froh sein, dass du ihn los bist, Schätzchen. Sei doch mal ehrlich! Ist dir sein Sport- und Freizeitprogramm nicht langsam auf den Geist gegangen? Immer auf Achse, immer was erleben. Thomas ist ein Dauerflummi! Kein Wochenende hat es ihn auf dem Sofa gehalten.« Sie macht eine nachdenkliche Pause. »Na ja, jetzt vielleicht schon. Immerhin kann er seinen sportlichen Aktionismus mit seiner Neuen auf eurem Sofa ausprobieren.«

Danke, Juliane! Was für ein Schlag in die Magengrube. Den hättest du dir sparen können. Jetzt heule ich doch noch Rotz und Wasser.

Ich habe es endlich getan: mich mit ihm verabredet!

Zu lange habe ich dieses Treffen aufgeschoben, doch irgendwann war selbst *mir* klar, dass ich ihm nicht auf ewig aus dem Weg gehen kann.

Mit den Füßen zappelnd sitze ich auf der Terrasse des »Choclet« und starre auf die Donau hinab. Das Café liegt an der Ulmer Stadtmauer mit Blick über den Fluss und auf Neu-Ulm. Es ist so stilvoll und modern, dass ich mir Gedanken darüber mache, ob ich mit meinen ausgeblichenen Jeans und den alten Sneakern nicht die falsche Garderobe gewählt habe. Bei der Wahl der Location war mir wichtig, dass Thomas und ich keine gemeinsamen romantischen Erinnerungen daran haben. Es ist daher der perfekte Ort, um nicht sentimental zu werden.

Und bei der Wahl meines Looks?

Na ja – geschenkt ...

Er kommt fünf Minuten zu spät. Der Grund dafür wird mir klar, als ich beobachte, wie er sein Rennrad ankettet und sich dann mit einem strahlenden Lächeln umdreht. Eine hochgewachsene Brünette mit einem kessen Pferdeschwanz und eng anliegenden Radlerhosen – ihr Fahrrad zwischen den Beinen – drückt ihm einen Kuss auf die Lippen.

Das also ist Susi.

Rasch wende ich den Blick ab, um mir das Liebesglück nicht geben zu müssen. Als er eine Minute später vor mir steht, mache ich mir keine Gedanken mehr über mein Outfit. In seinen Sportklamotten mit dem Helm unter dem Arm wirkt er definitiv deplatzierter als ich.

»Hallo, Thomas«, krächze ich.

Schwungvoll lässt er sich auf den Stuhl mir gegenüber fallen. »Hi, Bea! Schön, dass du einem Treffen zugestimmt hast. Wollen wir was essen? Ich habe einen Bärenhunger!«

»Ne, lass mal. Ich nicht.« Mühsam schlucke ich an dem Kloß in meinem Hals.

Wir schweigen einen Moment betreten. Während ich konzentriert auf die Tischplatte starre, versuche ich, die Erinnerung an Susis Arsch in den Radlerhosen aus meinem Hirn zu verbannen. Ich habe keine Ahnung, wie wir dieses Gespräch beginnen sollen.

Thomas offensichtlich schon. »Weißt du, Bea, ich habe wirklich ein schlechtes Gewissen dir gegenüber, weil alles so schnell ging. Aber das mit Susi hat mich einfach überrollt«, klärt er mich auf. Darauf vermag ich nichts zu sagen. Sachlich fährt er fort: »Ich finde, du und ich – wir haben uns auseinandergelebt. Das Thema Sex war für dich nur noch eine Pflichterfüllung. Ganz klar, dass du keine Gefühle mehr für mich hattest, obwohl ich dich so sehr geliebt habe. Ich habe dich einfach nicht mehr interessiert. Und das hat mich sehr verletzt.«

Ich reiße den Kopf hoch und funkle ihn an. Soll das jetzt alles meine Schuld sein? »Was redest du denn da, bitte?«, fahre ich ihn an. »Das mit dem Sex war doch ganz anders, Thomas! Du hattest in den letzten Monaten einfach keine Zeit mehr für mich. Für dich zählten nur noch dein Sport und die Arbeit! Wann haben wir jemals romantische Stunden auf dem neuen Sofa verbracht oder uns Zeit fürs Vorspiel genommen?«

Mit panischem Blick sieht er sich um. »Schh, Bea! Nicht so laut! Beruhige dich!« Er fasst nach meiner Hand, doch die entziehe ich ihm. »Lass uns lieber zum Punkt kommen, ja? Es geht hier ja gar nicht um den Sex«, wiegelt er ab.

Schade! Da hätte ich noch so einiges zu sagen! Dass für ihn Sex nur eine Nebenbeschäftigung war, für die man maximal fünfzehn Minuten erübrigt, zum Beispiel. Wie soll eine Frau sich da bitte entspannen und fallen lassen – immer in Angst, ihr Lover guckt gleich auf die Uhr, um die Sportschau nicht zu verpassen.

16

Genervt schnaube ich. Na schön, das Thema ist durch.

»Ich bin mir sicher, dass wir alles gütlich auflösen können, Bea.«

Jetzt macht er plötzlich auf versöhnlich! Doch nachdem er mir gerade die Schuld in die Schuhe geschoben hat, geht mir das deutlich zu schnell. »Und wie ich dich kenne, hast du garantiert schon eine Lösung parat«, presse ich hervor.

»Bea, ich will dich nicht überfahren. Aber was meiner Meinung nach drängt, ist eine Entscheidung bezüglich der Wohnung.«

Das ist typisch. Er hat es schon immer verstanden, über Einwände hinwegzufegen und sein Gegenüber zu »überfahren«. Ob das die Verlobung auf dem Floß war – meine Angststörung hatte er glatt vergessen – oder seine spontane Liebe zu Schweden: Thomas war schon immer jemand, der schnell Feuer fing. Damals mochte ich seine Begeisterungsfähigkeit. Heute stört mich seine Sprunghaftigkeit gewaltig. Bitterkeit flutet mein Herz.

»Willst du denn überhaupt in der Wohnung bleiben, Bea?«, fragt er. Seit seinem Auszug frage ich mich das ebenfalls. Ich liebe die Wohnung! Sie zu verkaufen würde mir das Herz brechen. Ihre Lage ist perfekt: Sie ist nicht weit weg von der Altstadt und idyllisch in der Nähe der Stadtmauer gelegen. Abends sind wir oft zu Fuß durch die Stadt geschlendert. Mit den Inlineskates oder dem Fahrrad ist es nicht weit in die Friedrichsau und an die Donau. Der Haken an der Sache ist: Wir haben die Wohnung damals gemeinsam finanziert.

»Natürlich würde ich sie gerne behalten«, gestehe ich, das »Aber« verschluckend. Uns beiden ist klar, dass ich weder die monatlichen Raten allein stemmen noch ihn ausbezahlen kann. Das lässt mein kleines Gehalt als Sekretärin nicht zu. Thomas nickt und zwirbelt an seiner Serviette herum. Bedächtig formuliert er es so: »Die Wohnung ist halt der größte Brocken. Dazu kommen aber die Kredite für den Van und das Ferienhaus.« Kurz zögert er, als ob er überlegen muss, ob er fortfahren soll. »Also, Bea … ich habe da eine Idee.« Wieder hält er inne. Denkt er etwa, ich raste aus und springe ihm an die Gurgel? »Wir kennen ja unsere Finanzen. Und wir sind uns einig, dass die Wohnung deinen Rahmen sprengt. Ich schlage dir vor, sie zu übernehmen und dir zurückzuzahlen, was du investiert hast. Susi und ich haben zu zweit in ihrer Bude kaum Platz. Ich kriege nicht mal das Sofa unter. Deswegen käme uns eine größere Wohnung ganz gelegen.«

Tief hole ich Luft. Die Gurgel ist eine Option.

Definitiv!

Er deutet meinen empörten Gesichtsausdruck richtig und fährt schnell fort: »Wenn du möchtest, kannst du im Gegenzug den Van und das Schwedenhaus behalten. Meinen geleisteten Anteil ziehen wir dann von der Summe für die Wohnung ab. Das Geld bekommst du, sobald ich das mit der Bank geregelt habe. Überhaupt müssen wir das natürlich vertraglich festhalten und die Kredite anpassen. Du mochtest Schweden schon immer lieber als ich. Was hältst du von dem Vorschlag?«

Seine Worte rauschen durch meinen Kopf wie ein D-Zug, unaufhaltsam. Wusch – bereits vorbei, kaum, dass ich sie greifen kann. »Van« und »Schwedenhaus« – das allein bleibt hängen.

Vierzehn Jahre sind wir uns so nahe gewesen! Wie Pech und Schwefel … wie Bonnie und Clyde … Liebevoll haben wir immer über unsere Schrullen gelacht, uns oft genug gestritten und dann wieder vertragen. Wo ist die Vertrautheit hin, die Nähe? Wo sind die Träume, die wir uns gemeinsam aufgebaut haben?

Heute sitzt er mir hier gegenüber und diskutiert über unsere Finanzen wie ein Bankberater.

Das muss ich nicht verstehen, oder?

Nach diesem ausschlaggebenden Gespräch im »Choclet« blitzen in meinem Hirn immer wieder der Van und Schweden auf. Ich kann es drehen, wie ich will: Die Wohnung kann ich allein nicht halten. Und sein Lösungsvorschlag ist nicht dumm. Genau genommen reizt mich die Idee, dass er den bodenständigeren Part, also die Wohnung, übernimmt, während ich den reiselustigen Part zugewiesen bekomme. Der Gedanke an Schweden und den Van beflügeln mich und helfen mir dabei, die folgenden Wochen zu ertragen, in denen wir uns immer wieder treffen müssen, um die Verträge und den Umzug unter Dach und Fach zu bringen. Jedes Mal dreht es mir den Magen um, wenn ich sehe, wie neutral er sich verhält, so als wären wir Geschäftspartner.

Am Ende bin ich auf dem Papier die alleinige Besitzerin des Vans und des Schwedenhauses. Das löst in mir ungekannte Glücksgefühle aus. Sie kollidieren frontal mit dem desaströsen Gefühlschaos, das Thomas hinterlassen hat. Das emotionale Tohuwabohu rüttelt mich zwar gewaltig durch, weicht aber nach und nach einem mir ebenfalls lange vermissten Gefühl: Das Ganze riecht nach Abenteuer! Freiheit! Tief in mir erwacht ein Plan zum Leben, vielmehr ein alter Wunsch: die Welt zu sehen, neue Kulturen kennenzulernen.

Und warum auch nicht?

Ich habe einen Van und ein Haus in Schweden.

Wie verlockend wäre es bitte, alles Alte hinter sich zu lassen und zu reisen? Oder gar vorübergehend nach Schweden zu ziehen? Ich liebe dieses Land, schon immer. Wie oft sind wir mit dem Van durch Småland getuckert und haben Stockholm und Göteborg unsicher gemacht? Auf die Sommer in Schweden habe ich das ganze Jahr über hin gefiebert. Unsere Stuga, wie man ein Ferienhaus in Schweden nennt, war für mich der Inbegriff von Gemütlichkeit. Die freundlichen, hilfsbereiten Menschen, die immer mit einem Lächeln im Gesicht und unendlicher Geduld durchs Leben zu gehen scheinen, ließen mich zur Ruhe kommen. Land und Leute gaben meiner Seele Frieden und Freiraum. Und das könnte ich derzeit wirklich gebrauchen. Ich sehne mich nach Abgeschiedenheit und gleichzeitig nach einem Impuls, der mich aus meiner Lethargie reißt.

Juliane spürt die Unruhe in mir, kann mit ihrer allzeit guten Laune aber nicht die Sehnsucht und den Hunger in mir stillen. Noch habe ich meiner Freundin die abenteuerlichen Gedanken nicht anvertraut, die mich nachts wachhalten und tagsüber grübeln lassen. Mal angenommen, ich würde nach Schweden ziehen. Diesem schrecklichen, einsamen Trott hier entfliehen …

Der Umzug wäre kein Problem. Ich habe nicht viele Besitztümer. Das meiste gehörte eh Thomas. Unabhängig davon ist das Schwedenhaus komplett möbliert. Mit dem Van könnte ich mein gesamtes Hab und Gut problemlos transportieren. Und danach bietet er mir die Möglichkeit, die ganze Nordhalbkugel zu bereisen. Ich könnte nach Norwegen, Finnland, England, Schottland, auf die Lofoten … Ach, es gibt so vieles, das ich noch nicht gesehen habe und unbedingt sehen will!

Was hält mich denn hier? Der Job auf keinen Fall! Familie habe ich nicht. Meine Mutter lebt mit ihrem neuen Partner auf Mallorca. Ich könnte nicht einmal behaupten, dass ich – außer Juliane – viele Freunde hinter mir lasse. Mein Julchen werde ich schon vermissen. Aber wenn es in meinem Leben in Deutschland wirklich nur einen einzigen Grund gibt, der mich hält, macht es dann Sinn, mich auf diesen einen Pfeiler zu stützen? Was geschieht, wenn Juliane heiratet und eine Familie gründet? Dann hat sie auch keine Zeit mehr für mich. Ich sehe mich schon als alte Jungfer auf einem Sofa sitzend, die Katze streichelnd und zum Fenster hinausstarrend. Würde ich mich da nicht fragen, wie es gewesen wäre, wenn ich damals diese wunderbare Chance genutzt hätte, die Welt zu bereisen?

Am Ende läuft fast alles geschmeidig ab. Meine Kündigung bereitet mir sogar eine gewisse Genugtuung.

Die Wohnungsübergabe an Thomas und Susi hingegen tut weh. Da er sie aber dankenswerterweise nicht mitbringt – vermutlich hat sie eine ähnliche Aversion gegen mich wie ich gegen sie –, überstehe ich auch diese.

Vor dem Gespräch mit Juliane graut mir. Natürlich kommt es wie befürchtet: Sie macht mir die Hölle heiß! Ihre größte Sorge ist, dass ich in Schweden keine Arbeit finde und verhungere. Direkt danach folgt die fixe Idee, ich könne als alleinstehende Frau überfallen und ausgeraubt werden. Szenarien wie Stromausfälle und Wasserrohrbrüche fehlen ebenfalls nicht in ihrem Horrorfilm. Dass mich nichts davon aus der Ruhe bringt, ärgert sie. Ob ich sie am Ende von meinen Absichten überzeugt habe oder sie einfach kapituliert hat, vermag ich nicht zu sagen. Bei unserem Abschied unterbreitet sie mir jedenfalls leise das Angebot, dass sie mich besuchen wird. Schweden sei ja nicht aus der Welt.

Und *das* beweist, dass sie sich *wirklich* Sorgen macht. Juliane ist kein Nordlicht, und erst recht kein Outdoor-Mensch. Für sie bedeutet Urlaub nur Urlaub, wenn er »all inclusive« ist. Dass Thomas und ich oft mit dem Rucksack zum Wandern oder zum Zelten aufbrachen, fand sie schon immer herzlich dämlich.

Ihre Ängste in allen Ehren, aber ich brauche diesen Cut. Thomas ist weg. Meine geplante Zukunft mit ihm: futsch! Ich bin es mir schuldig, endlich etwas zu tun, worauf ich selbst Lust habe. Ich will das unbedingt! Und ich muss das tun – für *mich!* Nun ist es also nicht länger nur eine fixe Idee.

Das Meer unter der Öresund-Brücke wird vom Wind gepeitscht. Ich reiße mich vom Anblick des Wassers los und komme zurück in die Gegenwart. Raus aus meinen Gedanken, die unweigerlich zum Bodensee schweifen, wenn ich in die Nähe von Wasser komme. Sonst ist immer Thomas über die Brücke gefahren. Allein schon durch die Höhe über dem Meeresspiegel beschleunigt sich mein Herzschlag, und mein Magen verkrampft sich.

Kurzerhand drehe ich die Achtziger-Playlist lauter, um mich abzulenken. Billy Idol und seine »heißen Gedanken in der City« verklingen und mit wenigen Trommelschlägen steigen Guns N' Roses mit ihren »vierzehn Jahren« ein.

Ich stöhne auf. Echt jetzt? Warum ausgerechnet *dieser* Song? Er bringt mich mit einer Punktlandung zurück zu Thomas und *unseren* vierzehn Jahren! Eine halbe Ewigkeit, wird mir bewusst. Ich war praktisch mein ganzes Erwachsenenleben mit ihm zusammen, habe mein Lebenszentrum auf ihn ausgerichtet. Natürlich weiß ich, dass jede Beziehung Kompromisse bedeutet, aber so langsam wird mir klar, dass ich zu viel für ihn geopfert habe. Und dafür habe ich dieses unrühmliche Ende nicht verdient: so mir nichts, dir nichts abserviert zu werden.

»Ich habe das einfach nicht kommen sehen«, schluchze ich und haue mit der Hand fest aufs Lenkrad. Genau das ist es, was mich am meisten fuchst: Hätte ich doch nur geahnt, dass er unglücklich ist! Dann ... ja, was?

Was, bitte, hätte ich denn tun können?

Ihn mehr verwöhnen, verführen, hofieren? Manchmal kam ich mir sogar wie seine Putzfrau und Köchin vor. Hat er mir jemals ähnliche Liebesbeweise entgegengebracht?

Da lief doch schon lange was schief!

Das ist es, was ich begreifen muss.

Hätte er nach einer Lösung für das Problem gesucht, dann hätte er mit mir darüber gesprochen. So kann ich davon ausgehen, dass er das nie gewollt hat. Somit habe ich auch keine Schuld! Ha! Wieder haue ich aufs Lenkrad und schniefe. Ein Hoch auf den Verstand! Jetzt habe ich die Chance, etwas aus meinem Leben zu machen. Auch wenn ich noch nicht weiß, was genau. Denn diese Frage habe ich mir nie gestellt. Wird Zeit!

Als ich endlich die verdammte Brücke hinter mir gelassen habe, beruhige ich mich ein wenig und biege auf den Rastplatz ein, den man netterweise direkt nach den ersten Metern auf Festland errichtet hat. Tausende Touris haben selbstverständlich dieselbe Idee. Glückliche Familien posieren am Geländer, um Erinnerungsfotos zu schießen. Andere suchen im Stech-schritt die Toiletten auf. Ich schnappe mir eine Cola aus der Kühlbox und hüpfe aus dem Van, um frische Luft zu tanken und die Aussicht auf die Brücke zu genießen.

So aus sicherer Entfernung kann ich ihre Schönheit und Erhabenheit würdigen.

Wie viele haben hier schon in die Fluten zwischen Ostsee und Kattegat gekotzt? Aber hey! Ich hatte zwar einen kleinen Heulanfall, aber gekotzt habe ich nicht. Stolz recke ich das Kinn in die Höhe und lasse mir die Meeresbrise durch die Lo-cken wehen. Ich habe es geschafft: Ich bin in Schweden an-gekommen.

Frisch gestärkt steige ich wieder in den Van und fahre weiter. Malmö mit seinen großen, breiten Straßen heißt mich willkommen. »Hej, Sverige, jag kommer.« Ich jauchze und schiebe die gelbe CD in den Schlitz, um mir »Välkommen till Sverige – Schwedisch lernen in nur 30 Tagen« anzuhören. »Var finns den närmaste bensinstationen?«, fragt die sanfte Stimme aus dem CD-Spieler. Eine Tankstelle brauche ich zum Glück nicht. Ich habe den Van in Flensburg vollgetankt und einen gefüllten Ersatzkanister dabei. Frohen Mutes fahre ich auf die E6 nach Helsingborg. Der T5 schnurrt wie ein Kätzchen. Dass alles bislang wie am Schnürchen lief, werte ich als gutes Zeichen.

Als ich das Ortsschild von Sävenfors passiere und auf die gekieste Auffahrt meines Häuschens rolle, ist es beinahe Mit-ternacht. Da die schwedische Sommernacht taghell ist, habe ich kein Problem damit, mich zurechtzufinden. Ich gleite aus dem Van, strecke mich ausgiebig und atme die laue Nachtluft ein. Ihr Duft beschert mir eine wohlige Gänsehaut. Ich rieche die torfige Erde, die Blumenwiese, den Wald und das verwitterte Holz des Hauses, dessen rote Farbe an einigen Stellen abblättert.

Gähnend schließe ich die alte Haustür auf. Das lustige Quietschen heißt mich willkommen und entlockt mir wie immer ein Grinsen. Mit Engelszungen habe ich damals auf Thomas eingeredet und ihn davon abgehalten, die Scharniere zu schmieren, da sich das Geräusch für mich wie ein lang gezogenes »Hej« anhört. Allzu gern hätte er auch die alten Holzmöbel rausgeschmissen, die sich noch im Haus befanden. Nie hat er verstanden, dass nicht nur Neues und Schickes ein Herz erfreuen kann. Zum Glück war er schlicht zu geizig, alles zu ersetzen. Der Großteil der alten Landhaus-Möbel durfte bleiben. Erleichtert trete ich ein: in mein Reich, mein neues Zuhause.

Hier im schwedischen Wald ist es nachts totenstill. Die Luft ist rein und klar. Wie ein Murmeltier schlafe ich bei geöffnetem Fenster. Bei Thomas blieben sie stets fest geschlossen. Er hatte Angst davor, dass sich ein Einbrecher einschleicht. Doch Thomas' und Julianes Befürchtungen teile ich nicht. Wir haben keine Nachbarn. Menschen trifft man hier selten. Das Haus ist von der Straße aus nicht einsehbar. Da müsste schon ein Elch oder ein Eichhörnchen durchs Fenster steigen.

Ohne mir die Zähne zu putzen, schlendere ich mit bester Laune hinunter zum Seeufer.

Ein perfekter schwedischer Sommermorgen heißt mich in meiner neuen Heimat willkommen: Die Vöglein zwitschern munter und eine sanfte Brise streicht über die Baumwipfel hinweg. Eine Libelle segelt elegant an mir vorbei und über den See, in dem sich fluffige Wolken spiegeln. Das Wasser glitzert türkisgrün und golden im Sonnenschein.

Wohlig seufzend setze ich mich auf den warmen Steg. Alle momentanen Sorgen sind wie weggeblasen. Mein Grinsen wird so breit, dass es unmöglich in mein Gesicht passen kann. Ich bin stolz auf mich: stolz, den Umzug gemeistert zu haben, und stolz, auf dem Steg zu sitzen ohne Schnappatmung und Zittern. Als Erstes schaffe ich heute meine Habseligkeiten ins Haus: Das ist doch ein guter Anfang.

Doch zu allererst brauche ich jetzt eine schöne Tasse Kaffee!

Die erste Woche vergeht wie im Flug. Ich habe es mir zur Gewohnheit gemacht, morgens mit meinem Kaffee unten am See zu sitzen. Und bald schon werde ich über meinen Schatten springen und die Füße ins Wasser tauchen. Am Ufer ist es flach. Es kann überhaupt nichts passieren!

Mit geschlossenen Augen lasse ich mich auf das sonnenwarme Holz des Stegs zurücksinken und lausche den Vögeln, die im Wald zwitschern. Bienen summen auf der Blumenwiese, und Sonnenstrahlen kitzeln meine Nasenspitze. Erst als sich der Hunger bemerkbar macht, unterbreche ich die Idylle und tappe barfuß zurück ins Haus, um mir Frühstück zu machen.

Die zweite dampfende Tasse Kaffee, Knäckebrot, Butter

und Marmelade stelle ich zusammen mit einem Glas frisch gepresstem Orangensaft auf ein Tablett und balanciere es auf die Terrasse, die von den wärmenden Sonnenstrahlen in ein behagliches Licht getaucht wird. Ein Schmetterling begrüßt mich und flattert um das Tablett herum. Hach, wie hyggelig, wie behaglich! Ja, das Wort passt genau auf die Stimmung, die sich meiner bemächtigt. In Deutschland überkam mich diese Art von Glückseligkeit nie. Die Dänen und Schweden verstehen wirklich etwas davon, wenn sie sogar ein Wort dafür haben. »Hygge«, das weiß ich von meinen früheren Aufenthalten, steht für ein Gefühl von Herzlichkeit, Heiterkeit und Zufriedenheit. Es geht dabei zwar immer darum, das Gute im Leben zusammen mit Freunden zu genießen ... Aber okay – hier bin ich nun: allein und glücklich mit mir. Sicherlich sind die Nordländer da nicht pingelig und lassen auch eine Single-Frau ohne momentan verfügbare Gesellschaft hyggelig sein. Schließlich sind sie ein tolerantes Völkchen, soweit ich das beurteilen kann.

Ich setze mich auf einen der zierlichen Holzstühle, deren Vintage-Style mich bereits begeistert hat, als ich zum ersten Mal auf dieser Terrasse stand. Dann zücke ich mein Handy und halte die taufrische Morgenstimmung, das Tablett und den Ausblick für Juliane fest.

»Juhu! Sommer, Sonne, Sonnenschein! Du musst mich bald besuchen kommen! Hygge in Reinform! Love you, Bea«, schreibe ich darunter und sende ihr das Bild. Obwohl ich ihr seit meiner Ankunft täglich geschrieben habe, scheint Juliane mir nicht abzunehmen, dass es mir gutgeht. Sie hat mich so oft angerufen, dass ich nicht mehr daran glaube, dass ihr langweilig ist. In Wahrheit denkt sie, dass es *mir* langweilig ist, und ich hier Trübsal blase. Dabei stört mich das Alleinsein gar nicht. Ich bin schon immer gut allein zurechtgekommen. Das Einzige, wovor ich jetzt ein bisschen Schiss bekomme, ist die Frage, wie es weitergeht.

»Hast ganz schön überhastet reagiert«, sagte meine Mutter, als ich vor ein paar Tagen bei ihr angerufen habe, um ihr zu sagen, dass ich gut angekommen bin.

Habe ich das? Ja, vermutlich.

Doch was kann schlimmstenfalls passieren? Dass ich zurück nach Deutschland muss? Dann ist es eben so. Im Moment zählt, dass ich endlich mal etwas für *mich* mache. Ich muss mich erst wieder daran gewöhnen, allein zu sein und kein Teil mehr von »Bea-und-Thomas-Unzertrennlich«.

Das hier ist mein persönliches Abenteuer.

Ed

»Es tut mir leid, aber ich kann dir Suzan und Therese nicht schicken. Ich glaube, wir müssen das Ganze abblasen, Ed.«

Habe ich richtig gehört? Sie will unser Projekt stoppen?

Ungläubig starre ich das Handy an, als ob ich es dadurch beschwören könnte, die Aussage meiner Chefin rückgängig zu machen. Bis spät in die Nacht habe ich Mails beantwortet. Womöglich habe ich Lisbeth – übermüdet, wie ich bin – nur falsch verstanden. Oder sie scherzt mit mir. Dafür habe ich aber absolut kein Verständnis.

»Wie bitte? Das ist jetzt nicht dein Ernst, Lisbeth«, fahre ich sie an.

»Doch. Ich kann die beiden hier nicht entbehren.«

»Was zur Hölle ist passiert?«

»Sina und Bertil sind krank. Bertil sogar langfristig. Es ist nicht einfach für mich. Ich weiß nicht, wo ich so schnell Ersatz herbekommen soll.«

»Meinst du, ich? So kurz vor Beginn des Camps habe ich keine Chance mehr, jemand Neues zu finden!«

»Ich habe ja schon vier Betreuer für dein Camp freigestellt. Mehr geht nicht, Ed. Sorry.«

Aha, plötzlich ist es wieder »mein Camp«. Höre ich da etwa leise Genugtuung in Lisbeths Stimme? Wie zum Teufel kann sie so kaltblütig sein? Als wir das Projekt gemeinsam aus dem

Boden gestampft haben, waren wir beide Feuer und Flamme.

Aber sie jetzt mit Vorwürfen zuzutexten, wäre die falsche Strategie. Sie würde direkt dicht machen, und das darf ich auf keinen Fall riskieren.

»Na schön, ich suche mir zwei andere Betreuer. Vielleicht habe ich Glück. Abblasen können wir immer noch«, lenke ich ein. Es soll versöhnlich klingen, doch in Wahrheit bin ich jetzt auf dem Kriegspfad: Ich werde alles daransetzen, das Projekt auf die Beine zu stellen! Egal, wie sehr sie es sabotiert.

Sie zögert kurz. »Okay. Melde dich, wenn du was brauchst. Hejdå och ha det så bra.«

Sie hat nach ihrer neutralen Abschiedsfloskel aufgelegt, bevor ich etwas erwidern kann. Vor Frust werfe ich das Handy auf das kleine Sofa in meinem Büro. Es hat alles so gut angefangen: Die Gelder wurden zugesagt und die Umbauten des Hostels in Fjärildalen sind rechtzeitig fertig geworden. Bis auf diese zwei Betreuer habe ich mein Personal beisammen.

Warum muss Lisbeth mir ausgerechnet kurz vor dem Start Knüppel zwischen die Beine werfen? Seit wir nicht mehr zusammen sind, kommt es mir so vor, als bremse sie mich aus. Garantiert hätte sie die Situation mit den Betreuerinnen in Stockholm anders lösen können, zum Beispiel, indem sie einige Termine verschiebt. Es sind bei Gott nur vier Wochen!

Noch habe ich ein paar Tage Zeit, um die Katastrophe abzuwenden. Im Stechschritt eile ich zum Sofa und wühle zwischen den Kissen nach dem Handy. Ich muss alle meine Kontakte durchtelefonieren! Und wenn das nicht hilft, fahre ich nach Hällefors zum Arbeitsamt.

Kapitel 2

Bea

Zögerlich trete ich von einem Bein auf das andere und starre das Schild vor mir an: Arbetsförmedlingen. Spontan habe ich beschlossen, mal beim Arbeitsamt vorbeizuschauen und nach einem Job zu fragen. Obwohl ich nicht untätig war, ist bislang alles easy gewesen: Ich habe das Haus geputzt, Rasen gemäht und das eine oder andere in Ordnung gebracht. Das war stets unsere Routine, wenn wir nach Sävenfors kamen. Das konnte ich nicht abstellen. Somit haben sich die letzten Tage auch nicht wie »hier leben« angefühlt, sondern nach Urlaub.

Jetzt wird sich zeigen, ob mich mein Mut verlässt. Tief atme ich durch und betrete das Backsteingebäude, das in Hällefors' Hauptstraße liegt. Sävenfors, das nur ein paar Häuser zählt, gehört zur Gemeinde Hällefors, somit bin ich hier an der richtigen Stelle. Ich muss eine Nummer ziehen, obwohl ich neben einem bärtigen Schweden, der auf die junge Angestellte hinter dem Tresen einredet, die Einzige hier bin. Belustigt gluckse ich. Das kenne ich in Deutschland nur von der Ersatzteilausgabe bei IKEA.

Mit meinem Nümmerchen setze ich mich und warte. Nach weiteren fünf Minuten habe ich den Eindruck, als würde der Mann am Schalter die Geduld verlieren. Er wird laut, wirft die

Hände in die Höhe und rauft sich die Haare. Ist er tatsächlich Schwede? Die sind sonst immer gechillt und nett zueinander. Um nicht unhöflich zu sein, blicke ich weg. Doch als er an mir vorbeistürmt, kann ich nicht anders: Ich muss ihn in seiner Wildheit anstarren. Seine Augen funkeln, sein Mund ist verbissen und seine Schritte energisch. So sieht ein echter Wikinger aus! Er knurrt einen Fluch und stürmt aus dem Gebäude. Meine Güte, wenn jedes Gespräch hier so endet, habe ich schlechte Karten.

Unbeeindruckt von seinem Abgang lächelt mich die blonde Angestellte jedoch freundlich an, als über ihrem Schreibtisch meine Nummer aufleuchtet und ich mit wackeligen Beinen auf sie zugehe.

»Hej. Wie kann ich dir helfen?«, fragt sie nett und höflich auf Schwedisch. Sie ist maximal halb so alt wie ich, fast ein Teenager! Dennoch spricht sie mich mit »du« an – das ist hier ja so üblich. Daran muss ich mich noch gewöhnen. Kurz frage ich mich, ob man hier sein Anliegen in aller Öffentlichkeit breittreten soll, denn ihr Schreibtisch ist nur durch zwei Plexiglasscheiben von den anderen abgetrennt. Da dort aber im Moment niemand sitzt, kann es mir egal sein. Womöglich bin ich einfach zu Deutsch und von Datenschutz und Co. geprägt. Sie bemerkt meinen Blick, deutet ihn jedoch völlig anders und erklärt mir, dass alle Kolleginnen und Kollegen im Urlaub seien.

O je, Arschkarte gezogen, hätte ich sie gern bemitleidet, doch das traue ich mich nicht, laut zu sagen. Noch dazu weiß ich gar nicht, wie man das auf Schwedisch ausdrückt. Stattdessen erkläre ich ihr mit einem verständnisvollen Lächeln, dass ich nach Sävenfors gezogen bin und nach einem Job suche.

»Kannst du gut mit Kindern oder alten Leuten umgehen?«

»Nein, ganz und gar nicht«, antworte ich direkt und lache auf.

»Schade. Da suchen wir im Moment dringend Leute.«

Eine Stunde später pfeffere ich meine Sneaker in die Ecke, hinter die »quietschfidele« Eingangstür, und tappe erschöpft in die Küche, um mir einen starken Kaffee aufzubrühen. Seit unserem letzten Urlaub nutze ich dafür einen Perkolator, eine Kaffeemaschine, deren Resultat die Schweden beinahe so sehr lieben wie schlichten Filterkaffee. Normalerweise beruhigt mich das lustige Tuckern der alten Kanne, doch heute verfehlt es leider seine Wirkung. Dass die Jobsuche für eine Ausländerin in Schweden nicht ganz einfach ist, hätte ich mir denken können. Wollte ich aber nicht. Sorgfältig verdränge ich die Stimmen von Juliane und meiner Mutter, die mich beide vorgewarnt hatten.

Just in dem Moment klingelt das Handy in meinem Rucksack. Es ist Juliane! Hat sie neuerdings eine telepathische Ader und spürt, wann ich ein Down habe? Am liebsten würde ich das Gespräch gar nicht annehmen. Dieses Down möchte ich lieber nicht mit ihr teilen, denn dann müsste ich ihr ja recht geben. Wie ich sie kenne, wird sie aber nicht aufgeben. Oder sie macht sich spätestens dann Sorgen, wenn ich nach dem zweiten Versuch noch immer nicht rangehe. Also gut, ich gebe nach.

»Hej, Süße, wie geht es dir?«, begrüße ich sie bemüht euphorisch, um meine Laune zu überspielen.

»Alles gut bei dir?«, schießt sie prompt zurück.

»Ja, klar, warum?«

»Na ja, weil du gleich fragst, wie es *mir* geht. Raus damit, was geht bei dir so ab?«, will sie wissen. Verdammt! Überfordert rolle ich mit den Augen. Aber es hilft nicht, es aufzuschieben.

»Ich habe mich heute in Hällefors nach einem Job umge-schaut. Da aber von Mitte Juni bis Mitte August Ferien sind, ist nicht viel los. Das Kaff ist wie ausgestorben. Und sämtliche Menschen, die sonst Jobs zu vergeben haben, sind ausgeflogen und kommen erst im August wieder.«

»Hab ich's dir nicht gesagt? Ist halt nicht so einfach!«

»Ja, hast du«, grolle ich, zupfe abwesend an der Gardine und starre zu meinem Küchenfenster hinaus.

»Na, dann arbeitest du halt nicht. Du kannst dich doch noch ein Weilchen über Wasser halten, oder?«, fragt sie, und ich bin froh, dass sie kein größeres Drama daraus macht.

»Ich muss halt die Kredite weiter bedienen. Und das Geld von Thomas ist noch nicht da. Irgendwie muss ich die Zeit jetzt halt überbrücken.« Mit dem Handy am Ohr schlendere ich auf die Terrasse hinaus. Kurz sammle ich mich und wiederhole, was die junge Blondine gesagt hat. »Das Problem ist, dass es im Moment kaum offene Stellen mit meinen Qualifikationen gibt. Lustig ist auch, dass sie den Begriff ›Sekretärin‹ nicht kennen.« Ich lache, als ich mich an das verdatterte Gesicht meiner Be-raterin erinnere. »Hier erledigt nämlich jeder Chef seine eigene Korrespondenz und bucht seine Reisen selbst. Das nenne ich mal ein emanzipiertes Land! Und am Ende hat man mir erst einmal empfohlen, einen Schwedisch-für-Einwanderer-Kurs zu besuchen.«

Juliane gluckst. »Habe ich dir nicht gesagt, dass dein Schwe-disch nicht ausreichen wird?«

Ich beiße die Zähne zusammen. »Für das Nötigste reicht es ja. Immerhin habe ich mich heute wacker geschlagen. Der Kurs geht vier Wochen und ist kostenlos. Ich kann gleich morgen früh da aufschlagen. Währenddessen lassen die beim Arbeitsamt meine Zeugnisse übersetzen und melden sich bei mir, wenn sich was tut.«

»Das klingt ja gar nicht mal so schlecht.«

»Das sehe ich auch so. Und bei dir? Was gibt es Neues?«, frage ich, um ein bisschen von mir abzulenken. Juliane steigt voller Begeisterung ein und erzählt von einem Typen, den sie bei »Erdapfel«, ihrem Lieblings-Bio-Laden in Söflingen, kennengelernt hat. Sie schwärmt in den höchsten Tönen von ihm. Als sie bei dem Punkt ankommt, was der Kerl anhatte, schweife ich ab und lege mir eine imaginäre To-do-Liste an.

1. Schwedisches Bankkonto eröffnen und Geld von meinem deutschen Konto nach Schweden überweisen, um die nächsten Wochen zu überleben.

2. Schwedische Personennummer beantragen, die man benötigt, sobald man beabsichtigt, länger als ein Jahr in Schweden zu leben.

3. Schwedischen Handy- beziehungsweise Festnetzvertrag abschließen, um endlich im Haus ins Internet zu können.

4. Umliegende Firmen recherchieren und mich mit den vom Arbeitsamt übersetzten Dokumenten vorstellen.

6. Den Van ummelden.

»Er ist geschieden und hat ein sechsjähriges Kind. Aber kein Grund, sich ins Hemd zu machen. Ich liebe Kinder.«

Ich verschlucke mich an meinem Kaffee. Kein Grund, sich ins Hemd zu machen? Sie hat den Kerl doch eben erst kennengelernt! Will sie etwa gleich mit ihm eine Patchwork-Familie gründen?

Na, dann muss ich mir bei meiner immer länger werdenden To-do-Liste keine Sorgen machen. Es gibt Schlimmeres!

»Glückwunsch, Juliane!«

Im Kurs »Svenska för Invandrare« sitzen außer mir und einer Clique aus Holländerinnen und Holländern vor allem afghanische und nigerianische Flüchtlinge.

Auf Englisch flüstert mir die blonde Holländerin, die neben mir sitzt und einen hinreißenden, roten Lippenstift trägt, zu: »Der Große da hinten in der Ecke ist ein hochrangiger Offizier, der aus seinem Land fliehen musste. Echt krass, was viele erdulden mussten, bis sie in Schweden ankamen. Und jetzt sitzt der Arme in diesem Kurs, während seine fünf Kinder schon besser Schwedisch können als er. Hier hat irgendwie jeder ein schweres Päckchen zu tragen außer ich: Mein Mann und ich sind freiwillig nach Schweden gezogen. Hi, ich bin Lieke.«

»Bea. Hi«, flüstere ich zurück. »Mein Päckchen ist garantiert auch nicht so groß.«

»Du kommst aus Deutschland, oder?«

»Ja, aus Schwaben.«

»Ist das im Osten Deutschlands?«

Ich lächle verzeihend. »Nein, im Süden.«

Sie strahlt. »Oh, dann sind wir da bestimmt schon mit dem Wohnwagen durchgefahren!«

»Bestimmt!«, bestätige ich lächelnd. Lieke ist mir direkt sympathisch. Ob alle Holländer so offen und redselig sind?

»Hast du Lust, heute Abend bei uns vorbeizukommen? Mein Mann grillt. Nicht gut, aber er bemüht sich.«

Das lasse ich mir nicht entgehen!

Sprachlos starre ich an dem ehrwürdigen Backsteingebäude hoch, das sich über zwei Stockwerke erstreckt. Lieke und ihr Mann Benedikt haben die alte, stillgelegte Schule in Hällefors gekauft. Wer tut so etwas?

Meine Schulkameradin – und vielleicht neue Freundin – winkt aus einem Fenster im Obergeschoss. »Komm hintenrum!«, ruft sie und deutet auf die Rückseite des Gebäudes.

Hinter dem Haus, und vermutlich auf dem ehemaligen Pausenhof, stoße ich auf zwei Fußball spielende Teenager-Jungs und einen Hünen, der am Grill steht und Steaks wendet.

»Hej hej!«, begrüßt mich der große Blonde. Er trägt einen Dreitagebart und einen unordentlichen Männer-Dutt. Ich finde, er passt eher mit einem Surfbrett an die kalifornische Küste als auf den Hinterhof einer schwedischen Schule in den Wäldern Bergslagens, quasi in »the middle of nowhere«.

Er wischt sich die Hände an seinen Shorts ab und kommt auf mich zu. »Ich bin Benedikt. Ben. Und du musst die Deutsche sein.« Er spricht Englisch mit mir.

»Ja. Ich bin Beatrix. Bea«, antworte ich, ebenfalls auf Englisch. Verlegen streckte ich ihm einen Sixpack Bier entgegen. »Der ist für euch. Ich dachte, das passt zum Grillen.«

Er grinst und seine blauen Augen funkeln mit seinen weißen Zähnen um die Wette. »Ah, vielen Dank! Die Deutschen und ihr Bier ...«

Er nimmt auf den Gartenmöbeln unter einem Pavillon Platz, und belustigt erkenne ich, dass es die gleichen sind, die auch meine Terrasse zieren. Ich setze mich zu ihm und beginne Small Talk. »Wie witzig! Ich habe diese Stühle auch!«

»Jaha, die hat hier jeder. Du bist ein Alien, wenn du die nicht hast.«

An meinem Blick scheint er zu erkennen, dass ich nicht verstehe, wie er das meint, denn er erklärt: »Die sind aus der Stahlmöbelfabrik von Grythyttan, nur zehn Kilometer entfernt.«

»Ach was!« Wie schön, dass ich mich zumindest mit meinen Verandamöbeln zu den Einheimischen zählen kann.

Er öffnet zwei Bier und drückt mir eines in die Hand. »Skål!«

Ich proste zurück. »Skål! Warum sprechen wir Englisch? Du musst keine Rücksicht nehmen, ich verstehe schon ganz gut Schwedisch.«

Er grinst. »Aber ich nicht. Kein Wort.«

Wie bitte? Überrascht starre ich ihn an. »Wie lange seid ihr denn schon hier?«

»Seit März.« Er nimmt einen Schluck Bier und zuckt bedauernd mit den Schultern. »Ich mag die Sprache nicht.«

»Echt jetzt? Ich finde sie wunderschön! Wie kommt man denn in Schweden ohne Sprachkenntnisse durch?«, erkundige ich mich perplex und erinnere mich, dass er heute auch nicht im Schwedisch-Kurs gesessen hat.

»Ich bin Zimmermann. Die Schweden nehmen mich überall mit Handkuss, selbst wenn ich kein Wort rede.« Er grinst wie ein kleiner Junge.

»Oh. Okay.« Damit kann ich leider nicht aufwarten. Nachdenklich schlürfe ich den Schaum von meinem Getränk.

»Und was machst du so? Bist du schon lange hier?«, fragt er.

»Nein, ich bin erst vor zehn Tagen hier angekommen. Ich habe ein Haus in Sävenfors. Das habe ich bislang als Stuga benutzt. Doch mein Plan ist es, zu bleiben.« Die Story von Thomas drücke ich ihm lieber nicht aufs Auge nach nur zehn Minuten Small Talk. »Ich komme aus Ulm und habe dort als Sekretärin gearbeitet. Jetzt suche ich hier einen Job, aber …« Bedauernd hebe ich die Hände.

Ben unterbricht mich. »Nicht einfach, ich weiß. Die Schweden stellen lieber Schweden ein. Lieke ist Sozialpädagogin. Die suchen sie hier händeringend. Doch bevor du als Ausländer in Schweden arbeiten darfst, musst du gefühlt tausend Hürden nehmen.«

Erleichtert lächle ich. Dann geht es nicht nur mir so. »Bis auf die Zimmerleute.«

»Yeah, bis auf die Zimmerleute. Und Handwerker im Allgemeinen. Die sind hier gesucht!«

In diesem Moment kommt Lieke aus dem Haus. Sie trägt ein Sommerkleid und Flipflops. Ihren glatten blonden Bob hat sie mit einem roten Tuch aus dem Gesicht gebunden. Es harmoniert perfekt mit ihrem Lippenstift.

Was für ein hübsches Paar! Sie und ihr Surfbrett-Model von Mann passen wunderbar zusammen.

Lieke stellt eine große Platte mit Tapas auf den Tisch und drückt Ben einen Kuss auf den Scheitel. »Habt ihr euch einander schon vorgestellt?«

»Na klar, Poepie! Ich weiß, dass Bea aus Ulm ist, Bier und die schwedische Sprache mag und einen Job sucht.«

Liebevoll lächelt er sie an. Hach, dieser Blick, den die beiden tauschen. So muss sich ein glücklich verheiratetes Paar anschauen! Mein Herz schmilzt dahin: Das will ich auch, wenn ich groß bin!

Als es plötzlich bedenklich nach Angebranntem riecht,

schielt Lieke zum Grill. »Ich glaube, die Steaks sind durch, Honey. Jan! Niklas! Kommt ihr? Es gibt Essen!«, brüllt sie, und die Jungs murren etwas auf Holländisch. Begeistert klingt es nicht.

Okay, auch hier ist nicht alles perfekt, sehe ich ein.

Selbst Mister Ich-habe-es-nicht-nötig-Schwedisch-zu-lernen-weil-mich-als-begabten-Handwerker-alle-mit-Handkuss-nehmen-und-ich-noch-dazu-wie-ein-Model-aussehe ist mit simplen Dingen wie Grillen überfordert.

Gott sei Dank!

Wie zur Hölle konnte das passieren? Ich habe doch nur die Klospülung gedrückt!

Verzweifelt, hektisch und völlig planlos schöpfe ich mit meiner Müsli-Schüssel das Brackwasser ab und befördere das flüssige Desaster in die Duschwanne. Unaufhaltsam drückt das Wasser im Klo nach oben. Fuck! Ich renne nach draußen hinter das Haus. Hier irgendwo muss doch der Haupthahn der Wasserzufuhr sein! Als ich über ihn stolpere – ich wusste, er versteckt sich in der Wiese! – bin ich trotz meines pochenden Zehs überglücklich und drehe, so schnell ich kann, den rostigen Hahn zu. Kaum bin ich zurück im Badezimmer, sehe ich, wie das Wasser aus dem Klo unaufhaltsam über die Schüssel schwappt und sich auf den rosaroten Vinylboden ergießt.

»Nein, verdammt! Warum?«, schreie ich.

Ich habe doch die Wasserzufuhr abgedreht! Wie kann es sein, dass noch immer Wasser nach oben dringt? Braune Schlieren und Klümpchen verteilen sich um die Kloschüssel herum.

Und erst jetzt wird mir der fatale Fehler bewusst: Es ist Abwasser. Frustriert stampfe ich auf und heule im selben Moment, denn ich habe den lädierten Zeh vergessen. Verdammte Kacke!

Im wahrsten Sinne … Ich breche in ein hysterisches Kichern aus. Dann klopft es an der Tür, und ich humple in den Vorraum, um zu öffnen. Ich bin mit Lieke und Ben verabredet, um mein erstes Mittsommer-Fest in Schweden zu feiern.

»Du bist noch nicht fertig?«, fragt Lieke entgeistert und tritt ein. Bens Blick schweift an mir vorbei zur offenen Badezimmertür. Sein Kommentar »Oh, oh!« bestätigt mir, dass das Unglück im Bad seinen Lauf nimmt.

»Sorry! Ich muss absagen. Mein Klo ist im Arsch!«, heule ich gequält.

»Auf keinen Fall!«, empört sich Lieke. »Du kannst doch nicht *nicht* Mittsommer feiern!«

Ben drückt sich an uns Frauen vorbei. »Lass mal sehen. Das ist bestimmt nur eine Verstopfung«, versucht er netterweise, mich zu beruhigen. Als er sich die Bescherung von Nahem anschaut und die braune Brühe seine weißen Sneaker berührt, weicht er zurück. Sein Blick ist grimmig und mitleidig zugleich. »Okay. Du hast definitiv ein Problem. Das ist Abwasser.«

»Ach nee«, hätte ich am liebsten gerufen.

»Ich kenne jemanden, der sich damit auskennt. Das wird allerdings nicht billig. Immerhin haben wir Mittsommer.«

Erleichtert, dass er mir die Verantwortung aus der Hand nimmt, ganz egal, was mich das kostet, seufze ich. »Tu, was getan werden muss. Ich habe keine Ahnung, wie ich der Bescherung sonst Herr werden soll.«

Er zieht sein Handy hervor und wählt eine Nummer.

»Sune Jarlsson« steht auf dem klapprigen, rostigen Gefährt, mit dem eine Stunde später ein alter Mann auf meinen Hof rumpelt.

»Hej, fröken. Vad händer?«, fragt er mich, als ich ihm die Tür öffne. Fräulein? Entrüstet schnaube ich und streiche mir ein paar schweißnasse Locken aus der Stirn. Dummer Fehler! Meine Hände stinken barbarisch.

So gut ich in holprigem Schwedisch kann, beschreibe ich Sune, was passiert ist. Heute ist die Situation umgekehrt: Der Klempner ist vermutlich doppelt so alt wie ich, und dennoch hält die schwedische Sprache das »du« für völlig angemessen. Man gewöhnt sich daran – zumindest kann ich mir so einbilden, dass er und ich auf einer Ebene miteinander kommunizieren. Gleichzeitig führe ich ihn direkt zum Ort des Grauens, denn was los ist, wird hier ja offensichtlich. Fachmännisch nickt er und betritt das Badezimmer. Ben begrüßt ihn mit einem männlichen Schulterklopfen, das Sune wieder nur mit einem Kopfnicken beantwortet. Als er die Bescherung sieht, runzelt der alte Mann die Stirn und streicht sich über den Bart. Allein diese Geste wirkt auf mich wie eine Situation im OP, bei der der Oberarzt gleich sagen wird: »Es tut mir leid, aber wir können nichts mehr für den Patienten tun.«

Und leider ist seine Diagnose tatsächlich bitter. Nachdem er überprüft hat, wohin das Abwasser fließt – oder eben nicht –, erklärt er uns, dass meine Abwasserkammer nicht regelmäßig gewartet worden und daher die Pumpe defekt sei. Er schaltet das gute Stück erst einmal ab. Ich verstehe zwar nur die Hälfte dessen, was er uns in seinem Handwerker-Slang erzählt, doch Ben behält recht: Das wird dank Feiertagszuschlag teuer. Mein Klo hat nicht nur uns, sondern auch diesen wackeren Mann von seiner Mittsommer-Feier abgehalten. Ich will jetzt nicht so weit gehen, meiner Pumpe die Boshaftigkeit zu unterstellen, dass sie uns mit Absicht das Fest verdorben hat, aber ein bisschen sauer darf ich doch sein ob des doppelten Ärgers, den sie mir eingebrockt hat, oder?

Bevor Sune mir den Preis für die Reparatur nennt, drückt Lieke ihm einen Becher Kaffee in die Hand, den er – natürlich wieder dankend nickend – annimmt. Seine Laune scheint das Getränk aber nicht aufzuhellen. Die Summe, die er schließlich in den Raum wirft, verschlägt mir jedenfalls die Sprache: fünftausend Euro. Wo soll ich diesen Betrag bitteschön auf die Schnelle hernehmen? Mir ist zum Heulen zumute!

Auf dem Weg zur Haustür lässt Sune mich wissen, dass ich vorerst das Wasser nicht wieder anstellen darf. Und übrigens habe er in nächster Zeit keinen einzigen Termin für mich frei. Als er bereits den Türgriff in der Hand hält, brummt er: »Vielleicht müssen wir uns auch die anderen Rohre anschauen. Sieht mir aus, als leckt da was.«

»Wie bitte?«, frage ich begriffsstutzig, und er deutet als Antwort an die Decke im Badezimmer. In der Ecke über der Wanne erkenne ich im schummrigen Licht der alten Deckenlampe eine bräunliche Verfärbung. Aufgefallen ist mir die schon früher, doch ich dachte immer, dass es an der nicht wasserfesten Farbe liegt und daran, dass wir zu wenig gelüftet haben.

»Das sieht mir entweder nach einem Wasserschaden oder nach einem undichten Dach aus. Beides sollte sich mal jemand anschauen. Ich geb dir die Nummer meines Neffen. Der ist Dachdecker.«

»Äh, Moment, Sune. Willst du dir das jetzt nicht lieber gleich anschauen? Immerhin bist du schon hier!« Ich kann die beginnende Panik in meiner Stimme nicht unterdrücken.

»Ne, Fröken. Es ist Mittsommer! Ich gehe jetzt nach Hause zu meiner Familie und feiere noch ein wenig. Schönen Abend!«, verabschiedet er sich und lässt mich mit der Befürchtung zurück, dass die Stuga ein Fass ohne Boden ist, in Anbetracht dessen, dass sich riesige Baustellen auftun, deren Ausmaß ich nicht einschätzen kann. So langsam verstehe ich, wie gefragt Handwerker in diesem Land sind. Zu dumm, dass ich bloß Tippse bin. Die braucht hier keiner.

Konsterniert setze ich mich an den Küchentisch. Die Lust auf einen Kaffee und die Feierlaune sind mir gründlich vergangen.

»Fuck, fuck, fuck.« Ich stöhne und verberge mein Gesicht hinter den Händen. »Was, wenn es wirklich ein Wasserrohrbruch oder ein kaputtes Dach ist? Das kann ich mir nicht leisten! Ich bin am Ende!«

Juliane und ihr düsteres Orakel von der armen, einsamen Frau in Schweden fällt mir wieder ein, und mühsam unterdrücke ich die Tränen.

»Du könntest so lange bei uns unterkommen«, unterbricht Lieke meine Gedanken und sieht ihren Mann fragend an.

Ben nickt. »Warum nicht?«

Schlagartig fühle ich mich ein bisschen besser. Juliane – ich bin hier nicht so einsam, wie du denkst! Voller Dankbarkeit lächle ich meine neuen Freunde an. »Wie lieb ihr seid! Das würdet ihr für mich tun?«

»Yeah, warum nicht?« Ben grinst und Lieke drückt meinen Arm. »Wir Einwanderer sitzen doch im selben Boot. Wenn *wir* uns nicht helfen, wer dann?«

Lieber als dieses Angebot wäre mir, sie könnten mir spontan ein Darlehen geben. Aber so etwas wage ich gar nicht zu fragen.

»Ich weiß euer Angebot zu schätzen, doch vorerst habe ich ja eine Bleibe. Ich ziehe in den Van.«

»Bist du sicher, dass du das willst?«, fragt Lieke skeptisch. Wild und energisch nicke ich.

Ben klopft mir auf die Schulter. »Dann drücken wir dir nur die Daumen, dass der gute Sune und sein Neffe schnell arbeiten. Hier in Schweden lassen sich die Handwerker nämlich Zeit. Außer wir Zimmerleute, versteht sich«, schiebt er nach und zwinkert mir zu. »Lasst uns wenigstens einen Aquavit darauf trinken. Ein bisschen schwedische Tradition kann nicht schaden«, schlägt Ben vor und zaubert eine Flasche Schnaps aus seiner Umhängetasche hervor.

Verschwörerisch grinsend stoßen wir an: »Skål! Auf schwedische Handwerker!«

Und auf gute Freunde!

Und auf meinen ersten Mittsommer!

Leider ist es sowas von ins Wasser gefallen! Wortwörtlich: ins »Abwasser«!

Sune und sein Neffe, der Dachdecker, finden dank der über dem Putz liegenden Leitungen – was in Schweden laut Ben wegen der enormen Tragweite von Wasserschäden an Holzhäusern normal sei – schnell die Ursache für die Flecken an der Badezimmerdecke. Nicht nur lecken diverse Rohre, nein, auch das Dach ist undicht! Mein Haus ist eine Bruchbude ...

Mir war damals beim Kauf durchaus bewusst, dass wir ein hundert Jahre altes Haus kaufen und so nach und nach das eine oder andere anfallen wird. Doch ich hätte mir gewünscht, dass sich die Stuga damit noch ein wenig Zeit lässt.

So langsam dämmert mir, dass Thomas das deutlich bessere Geschäft gemacht hat bei unserem Deal.

Dass ich mir die Reparaturen so gar nicht leisten kann, hängt wie ein Damoklesschwert über mir.

War es ein Fehler, nach Schweden zu kommen?

Aber nein! Dass das Haus mir Kummer bereitet, hat ja nichts mit dem Land zu tun, sondern damit, dass ich mich schon wieder von Thomas hab verarschen lassen.

Ein weiterer Besuch auf dem Arbeitsamt bringt mir nur die Adresse eines Jugendcamps ein, das im Juli hier in der Gegend abgehalten wird. Achtlos schmeiße ich die Unterlagen auf den Beifahrersitz des Vans. Ich und Kinder? Dafür bin ich völlig ungeeignet! Interessanterweise würden sie also eine Büro-Tussi auf arme Teenager loslassen, nicht jedoch auf den Schreibkram eines schwedischen Chefs. Das ärgert mich maßlos. Widerspricht es doch auch dem, was Ben gesagt hat: Dass die Qualifikationen der Einwanderer vor einer Einstellung genauestens überprüft werden. Irgendwo muss ich meinen Frust rauslassen. Zu Hause würde ich vermutlich schreiend davonlaufen. Darum fahre ich bei Lieke und Ben vorbei.

Es ist Freitagnachmittag und beide sitzen mit einem Käffchen hinter dem Haus. Entmutigt schmeiße ich mich auf einen der Gartenstühle, der gefährlich schwankt.

»Ich kapier's nicht. Die verstehen auf dem Arbeitsamt einfach nicht, was ich in Deutschland für einen Job mache.«

Lieke sieht mich mit einer Mischung aus Verständnis und gutmütigem Spott an. »Liebes, so schnell geht das hier nicht.

Ich warte bereits seit drei Monaten auf meine Zulassung. Die wollen sichergehen, dass wir Einwanderer nicht mit unserer Ausbildung tricksen. Du musst Geduld haben.«

Ben haut einen obendrauf: »Du bist kaum einen Monat hier! Erwartest du etwa Wunder? Du bist zu Deutsch!«

Mit einem tiefen Seufzer beschließe ich, Lieke und Ben reinen Wein einzuschenken. »Ihr sagt das so leicht. Immerhin verdient wenigstens einer von euch Geld. Ich muss mich aber allein versorgen. Ich brauche einen Job, sonst geht mir die Puste aus. Die Reparaturen am Haus wollen auch bezahlt werden.«

»Hast du denn keine Rücklagen? Du bist schließlich Auswanderin. Da hast du doch sicher vorgesorgt.«

Ich stutze, und mir wird bewusst, dass ich nicht gerade eine sorgfältig durchdachte Auswanderung hingelegt habe – eher die Ich-muss-hier-weg-und-Schweden-ist-bestimmt-toll-Nummer.

»Na ja. Leider nicht wirklich.« Wenn wir schon beim reinen Wein sind, kann ich auch alles auspacken. »Ich bin eigentlich nur ausgewandert, weil ich wegwollte. Raus aus meinem alten Leben. Mein Verlobter hat mich sitzenlassen.« Gott, das klingt so deprimierend, so erniedrigend! Ich senke den Blick, um die aufsteigenden Tränen zu verbergen. Gequält presse ich hervor: »Er hat mir das Schwedenhaus und den Van überschrieben – mitsamt den Schulden dafür. Es steht noch eine Zahlung von ihm für unsere gemeinsame Wohnung aus, aber die Umschreibung auf ihn ist noch nicht erfolgt – somit auch kein Geld fällig.«

»Okay, ich verstehe. Ein Job wäre gut, egal, was für einer, richtig?« Lieke tätschelt mein Knie. Entweder ist sie extrem feinfühlig oder schlicht pragmatisch. Ich bin jedenfalls dankbar, dass sie das Thema »Thomas« nicht vertieft. Zittrig hole ich Luft. »Genau.«

»Kannst du putzen, servieren oder alte Leute pflegen?«

Leicht überfordert starre ich sie an. Diese Frage habe ich doch neulich schon gehört! »Warum?«

»Das sind so die Jobs, die man im Sommer bekommt, weil die Schweden alle für zwei Monate im Urlaub sind«, erklärt sie mir geduldig. Ich muss wohl akzeptieren, dass mein Job mir hier keine Türen öffnen wird.

»Meine Stärken liegen im Büro, also Organisieren, Schreibkram, Buchhaltung, Telefonieren.« Mit trotzig gerecktem Kinn erkläre ich: »Die Aufgabe einer Sekretärin ist es, für den Chef die Kohlen aus dem Feuer zu holen, ihm den Rücken freizuhalten, seinen Tag zu strukturieren und schneller zu denken als er.«

Ben lacht herzlich. »Klingt nach einer Ehefrau!«

Lieke verpasst ihm eine Kopfnuss, stimmt aber in das Gelächter mit ein. Auch ich schmunzle. »Ja, ich bin bestimmt eine perfekte Ehefrau. Ich verstehe selbst nicht, warum mein Verlobter abgehauen ist. Thomas liebt es halt, zu bestimmen, und lässt sich in nichts reinreden. Und er rettet gern.«

»Hast du dich etwa auch von ihm retten lassen?«, gluckst Lieke. Schlagartig erkenne ich, dass genau das die Wahrheit ist.

»Ja«, gebe ich zu, »das habe ich wohl. Er hat sich immer dann wohlgefühlt, wenn er alles im Griff hatte und ich ihn dafür angehimmelt habe.«

»Und? Hast du das auch brav getan?«

Die Wahrheit schneidet mir ins Herz. »Offensichtlich nicht mehr. In den letzten Monaten haben wir uns immer öfter gestritten. Das war früher nie so. Wir haben uns kennengelernt, als ich sechzehn und er einundzwanzig war. Ich hab zu ihm aufgeschaut. Er hatte einen tollen Job in der IT-Branche und verdiente gut, während ich noch so gar nicht angekommen war.«

Lieke nickt wissend. »Liebst du ihn noch?«, fragt sie leise.

»Ich vermisse, was wir waren, was wir hatten. Aber ich sehe so langsam, was ich all die Jahre über nicht gesehen habe: dass ich mich abhängig von ihm gemacht habe, dass ich gar nicht ich selbst war.«

Ich verziehe das Gesicht. Es tut weh, mir das einzugestehen. Ich habe mich immer für fröhlich, eigenständig und mutig gehalten.

Wann, verdammt, ging mir das verloren?

Unwillig fuchtele ich mit den Händen, so als müsse ich eine Fliege wegscheuchen. Dabei ist es die Enttäuschung über mich selbst, die ich verjagen will. »Jedenfalls muss ich Thomas eine Nachricht schicken und fragen, wann denn nun die Überweisung kommt«, sage ich, um wenigstens ein bisschen Tapferkeit und Würde zu demonstrieren.

»Das ist ein guter Plan. Und so lange suchen wir beide uns einen Sommerjob, sodass Kohle reinkommt. Mir persönlich fällt langsam die Decke auf den Kopf.« Lieke klopft sich auf die Schenkel und springt auf. »Jetzt hole ich uns mehr Kaffee und Kanelbullar.«

Als sie im Gebäude verschwindet, brummt Ben etwas Unverständliches.

»Wie bitte?«, hake ich nach.

»Lieke liebt diese schwedischen Zimtschnecken. Ich hasse sie. Zimt gehört für mich zu Weihnachten. Lieber esse ich ein Kilo Dammsugare als nur eine Kanelbulle.«

Ich lache herzhaft. »Schön, dass ihr euch auch nicht immer einig seid.« Dass Marzipan für mich ebenfalls zu Weihnachten zählt, verschweige ich.

»Welches Paar ist das schon? Das wäre auch langweilig.«

Dieser Meinung war ich bislang auch. Das scheint aber kein Garant für ewige Liebe zu sein. Ob Lieke und Ben das Rezept für die ewige Liebe haben? Nimm Marzipan und Zimt und mische einmal kräftig durch.

Ben reißt mich aus meinen Gedanken. »Hast du ein Problem mit Jugendlichen?«

»Warum?«, frage ich überrascht.

»Ich habe gerade eine Baustelle bei Fjärildalen abgeschlossen: ein Hostel, das vorübergehend an ein Feriencamp vermietet wird.«

Ich verstehe nur Bahnhof. »Was hat das mit mir zu tun?«, frage ich völlig orientierungslos.

»Im Juli wird dort ein Pilotprojekt für Jugendliche aus Stockholm gefahren. Ein Sommercamp für Teenies. Irgend so etwas.«

Das kommt mir doch bekannt vor. Redet er von dem Projekt, das mir vom Arbeitsamt angeboten wurde?

»Der Chef dort, ein Schwede, hat mir erzählt, dass er kaum Personal findet. Ich glaube, er ist auch überfordert mit dem Bürokram. Jedenfalls sucht er noch händeringend Betreuerinnen oder Betreuer. Vielleicht wäre das was für dich? Lieke überlegt es sich auch.«

Meine Kopfhaut prickelt, und mein Herz klopft ein klein wenig schneller. Das klingt nach einem wunderbaren Projekt, das den Bach hinunter geht, wenn da nicht eine geübte Sekretärin eingreift. Dass ich die Richtige für die Kinder bin, bezweifle ich, aber den Bürojob hätte ich gern!

»Wer ist der Kerl, und wo finde ich ihn?«

»In Fjärildalen. Das sagte ich doch!«

»Und wo bitte liegt Fjärildalen?«
»Mitten im Wald. Hinter Sävenfors.«
Meine Augen weiten sich vor Unglauben.
Mein Nachbardorf?

Edl

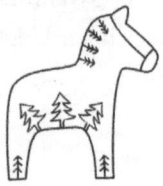

Scheppernd stürzen die Töpfe aus dem Schrank, den ich vorhin sorgfältig bestückt habe.

Skit samma! Ich trete nach der Tür, die sich wie magisch selbst geöffnet hat, und versuche, den Turm an Töpfen wieder hineinzustopfen. Keine Chance! Ich lasse sie liegen und setze mich auf den Boden. Erschöpft fahre ich mir durch die Haare. Was soll ich bloß zuerst machen?

Ich bin hundemüde. Meine Lider sind so schwer, dass ich sie kaum aufhalten kann. Lieber würde ich mich jetzt auf den Küchenboden legen und dreißig Stunden durchschlafen, als mich noch einen Zentimeter zu bewegen. Ich habe Unmengen an Telefonaten geführt, meine Kontakte spielen lassen und das Mädel vom Arbeitsamt zur Weißglut getrieben, doch gebracht hat es nichts. Die Kids sind in drei Tagen hier, und noch immer fehlen mir die Betreuer, die Lisbeth abgezogen hat. Das Miststück ruft mich mindestens fünfmal täglich an und meckert, weil ich den Zeitplan nicht einhalte, die Mails nicht beantworte und die Orga vernachlässige. Als ob ich das nicht selbst wüsste! Doch wer bitte hat mich noch mal sabotiert?

Der Plan war wasserdicht. Das Konzept ist toll! Die Location ist der Knaller! Wer mir dazwischen grätschte, waren zum einen meine biestige Ex und zum anderen die sturen Leute hier, die lieber wochenlang Urlaub machen als zu arbeiten. Womöglich habe ich auch unterschätzt, dass sie uns Stockholmer nicht leiden können. Langsam sickert eine Erkenntnis durch, die mir schier das Herz bricht: Lisbeth hat gewonnen. Wir müssen abblasen. Das geht sowas von in die Hose!

Wieder haue ich mit dem Fuß gegen die Schranktür. Und wieder schnellt sie zurück. Diesmal trifft sie mein Knie. Fan också!

Wie gerne würde ich mir jetzt einen Whiskey einschenken oder eine Tüte rauchen! Aber ich muss eisern bleiben. Die Situation ist zwar übel, aber nicht übel genug, um mich wieder zurückzuschmeißen. Ich will nicht aufgeben! Weder mich noch das Camp!

Mit meiner Kippenschachtel und einer Coke trete ich nach draußen. Das Wetter ist wie gemacht für das perfekte Sommercamp. Der Wald um mich herum riecht nach heißen Kiefernadeln und Tannenzapfen. Durch die Bäume sehe ich den See blau hindurchschimmern. Die Kids würden es lieben.

Ich zünde mir eine wohlverdiente Zigarette an und inhaliere tief. Meine Nerven beruhigen sich ein wenig, und ich beschließe, Lisbeth noch mal anzurufen und sie zu beknien. Sie muss mir Suzan und Therese schicken!

Auf dem Zufahrtsweg knirscht Kies. Wer kann das sein? Einen Augenblick später fährt der grüne Truck des Holländers vor. Ob er was vergessen hat? Er stoppt das Fahrzeug direkt vor mir und steigt aus. Die Beifahrertür öffnet sich und zwei Frauen gesellen sich zu ihm. Warum schleppt er hier Ladys an? Die eine trägt ein Sommerkleidchen, Flipflops und einen Lippenstift, der mich fast erblinden lässt. Die ist definitiv nicht von hier! Die zweite ist klein, zierlich und trägt Jeansshorts, die knackig braune Beine zeigen. Ihre blonden Locken stehen in alle Richtungen ab. Ein bisschen erinnert sie mich an diese Schauspielerin, die in dem alten Schinken aus den Neunzigern einen Orgasmus vorgetäuscht hat. Wie hieß die noch gleich? Als sie mich sieht, zuckt sie zusammen, bleibt stehen und starrt mich aus riesigen blauen Augen an. Man könnte meinen, sie hätte einen Geist erblickt.

Himmel, sehe ich so furchterregend aus?

Oder habe ich etwa zu aufdringlich auf ihre Beine geguckt?

»Hej, Ed«, begrüßt mich Ben und kommt näher.

»Hej, hur är det?«, frage ich, doch da fällt mir ein, dass der Holländer kein Schwedisch kann. Auf Englisch wiederhole ich: »Wie geht's?«

»Danke. Hab jetzt erstmal frei. Noch habe ich keine neue Baustelle aufs Auge gedrückt bekommen.« Er zögert und bemerkt, dass mein Blick zu den beiden Frauen hinüber huscht.

Meg Ryan! Genau! Hier haben wir Meg Ryan und Gwen Stefani vereint – wie witzig! Ein Hoch auf die Neunziger! Ich grinse in mich hinein und ziehe an meiner Kippe.

»Das hier sind meine Frau Lieke und unsere Freundin Bea.«

»Hej«, sagen die beiden. Meg Ryan hat sich eingekriegt, lächelt artig, und ich hebe die Hand.

»Wie läuft es bei dir und dem Projekt?«, fragt Ben höflich.

»Könnte besser sein«, gestehe ich. Mit den Fingern fahre ich mir durch den Bart und stoße den Rauch des letzten Zuges aus.

»Äh, deswegen bin ich hier. Hast du einen Moment?«

»Klar. Kommt rein.« Das dürfte spannend werden. Sorgfältig drücke ich den Stummel aus und entsorge ihn im Mülleimer. Dann lasse ich die drei ins Gebäude. Artig ziehen sie ihre Schuhe aus. Zumindest haben sie Manieren. Die meisten Ausländer wissen nicht, dass das in Schweden zum guten Ton gehört.

Neugierig schauen sich die Mädels um. In der Küche hole ich drei Flaschen Coke aus dem Kühlschrank und wir setzen uns.

»Ich will dich gar nicht lange stören. Ich weiß ja, dass du viel zu tun hast. Brauchst du noch immer Leute?«

»Japp. Mir fehlen noch zwei Betreuer:innen für die Kids.«

»Gibt es da irgendwelche Vorschriften, die du einhalten musst?«, fragt Ben.

Ich verkneife mir ein Lachen. »Gott, ja. Aber im Moment würde es mir schon reichen, wenn sich überhaupt jemand melden würde.«

Meg Ryan räuspert sich. Sie legt die Hände auf den Tisch und ich sehe, dass sie leicht zittern. Wieso das denn?

»Vielleicht kann ich helfen«, wirft sie ein und sieht mich mit ihren blauen Augen ernst an.

»Inwiefern?«, haue ich raus, und sie zuckt zurück. Mein Gott, Mädel, was bist du verhuscht!

»Ich komme aus Deutschland. Eigentlich bin ich Sekretärin, doch das will hier keiner haben. Ich brauche einen Job.«

»Lieke und Bea könnten dir helfen. Lieke ist Sozialpädagogin, und wir haben zwei Teenager-Söhne. Und Bea kann gut organisieren und mag Kinder«, erklärt Ben.

Ah, so läuft der Hase! Er will seinen Mädels einen Job verschaffen! Vermutlich brauchen sie die Kohle. Aber es ist ja nicht so, als wäre ich in der Lage, ein solches Angebot auszuschlagen. Eigentlich ist es ein Geschenk des Himmels!

»Okay. Also nochmals von vorn. Ihr beide sucht Jobs?« Ich lasse den Blick zwischen Gwen alias Lieke und Bea alias Meg hin- und herschweifen.

»Ja«, sagen sie wie aus einem Munde.

»Könnt ihr Schwedisch?« Ich muss das fragen, denn ohne

das wird es nicht gehen. Die meisten Kids können zwar Englisch, haben aber garantiert keine Lust, es anzuwenden.

»Ja, visst«, antwortet Bea und nickt so wild, dass ihre Locken wippen. In drolligem Schwedisch erklärt sie: »Wir haben beide den Kurs für Einwanderer gemacht. Wir sprechen ganz gut Schwedisch.«

»Hm«, gebe ich von mir und wundere mich ein bisschen, dass dann Ben der Einzige in dem Gespann ist, der es nicht hinkriegt. Ich wandere doch nicht in ein anderes Land aus und kann die Sprache nicht! Eigenartig. Aber wir haben zu wenige Handwerker, als dass wir den ungehobelten Kerl wieder nach Hause schicken könnten.

Bea wiederholt auf Schwedisch, dass sie gut im Organisieren sei, weil sie sowas in Deutschland jobmäßig mache. Sie bietet mir an, meine Korrespondenz zu erledigen und Termine zu vereinbaren. Halleluja! Ich bin gerettet!

»Das klingt zu schön, um wahr zu sein. Aber ich brauche vor allem zwei Betreuerinnen, die sich um die Kids kümmern.«

»Kein Problem. Das kriegen wir schon hin. Wir lernen schnell«, versichert sie mir. Lieke ist die perfekte Betreuerin – bis auf das Outfit. Bei Bea bin ich mir da nicht so sicher. Wer aus einem Büro kommt und nie mit Kindern zu tun hatte, beißt sich womöglich an den meinen die Zähne aus. Es reizt mich aber, in letzter Sekunde das Ruder herumzureißen und Lisbeths gemeinen Plan zu durchkreuzen.

»Ich brauche euch den ganzen Monat über. Wir wechseln uns ab bei den Schichten. Es muss immer einer bei den Kids sein, auch nachts. Ihr müsst euch das vorstellen wie ein Sommercamp für Kids aus Stockholm, die es nicht ganz leicht haben. Ich habe ein Tagesprogramm für sie ausgearbeitet, damit sie ein bisschen runterkommen und Landluft schnuppern können.«

»Das klingt toll. Was verdienen wir denn so?«, fragt Bea. Wow, das fängt ja gut an! Deutsche Direktheit und so.

»Ich bekomme für das Projekt kommunale Unterstützung. Es handelt sich nämlich um Kids, die vom Jugendamt betreut werden. Wenn du es genau wissen willst: um Kinder, die kurz davorstehen, ihren Eltern weggenommen und in Pflegefamilien untergebracht zu werden.«

Bea senkt den Blick und beißt sich auf die Unterlippe. Jetzt habe *ich* ein schlechtes Gewissen, weil ich gar zu bissig geantwortet habe. Ich bin definitiv nicht ich selbst, total übermüdet. Ich darf sie nicht vergraulen, meine beiden Hoffnungsschimmer. »Eure Löhne werden von der Stadt Stockholm übernommen. Für die vier Wochen werden euch dreißigtausend Kronen vergütet.«

Lieke nickt erfreut und Bea schnappt nach Luft. »Das sind dreitausend Euro«, flüstert sie.

»Ist das zu wenig?«, frage ich direkt – denn das kann ich auch.

»Nein, das ist perfekt.« Sie strahlt plötzlich, als hätte ich ihr ein riesiges Geschenk gemacht.

»Gut. Wann könnt ihr beginnen?« Ich klatsche in die Hände und kann gar nicht fassen, dass die beiden Ausländerinnen mir gerade den Arsch gerettet haben.

»Wann brauchst du uns?«

»Gestern!«

Kapitel 3

Bea

Unfassbar, dass ich freiwillig in diesem Jugendcamp gelandet bin. Und ausgerechnet der cholerische Schwede aus dem Arbeitsamt ist mein neuer Chef.

Nie hätte ich dem brummigen Wikinger zugetraut, dass er für das Jugendamt arbeitet und noch dazu ein so großes Projekt leitet. Gott, ich hoffe, er hatte damals nur einen schlechten Tag.

Bereits um sieben Uhr sitze ich an seinem Schreibtisch, denn mir ist klar, dass uns die Zeit davonläuft. In zwei Tagen reisen die Kinder an!

Fassungslos klicke ich mich durch Eds Posteingang. Einige Wörter und Redewendungen muss ich mir von Google übersetzen lassen, doch im Großen und Ganzen verstehe ich, um was es geht. Und vor allem zeichnet sich ein erschreckendes Bild ab. Da sind Mails dabei, die er schon vor einer Woche hätte beantworten müssen: Anfragen von unterschiedlichen Betreuerinnen und Betreuern, ob dieses oder jenes Kind angemeldet und wie die Anreise organisiert sei.

Wie konnte er alles so schleifen lassen? Nicht einmal an das Wichtigste hat er gedacht: Informationen an die Beteiligten herauszugeben.

Ich schreibe mir die eingegangenen Fragen auf und sortiere

die Mails nach Priorität. Etwa eine halbe Stunde später revidiere ich meine Meinung über Edvard Lundin: An seiner Korrespondenz erkenne ich, was er in all den Wochen davor gewuppt hat. Offensichtlich ist er einer, der gern alles allein meistert, und dem das jetzt auf die Füße fällt. Kein Wunder, dass ihm Luft und Zeit ausgehen und er die Nerven verliert.

Die nächste Mail ist von einem gewissen Harald Löfgren. Shit! Ich habe die Absage unseres Kochs vor mir! Er hat ein besseres Angebot in Stockholm bekommen. Verflixt, das darf doch nicht wahr sein! Wo sollen wir so schnell einen Ersatz herbekommen? Ich ergänze die To-do-Liste um den Punkt »Essen herzaubern«.

Grübelnd knabbere ich am Ende eines Kugelschreibers, lehne mich in Eds Schreibtischstuhl zurück und starre aus dem Fenster. Wo kriege ich auf die Schnelle für fünfzehn hungrige Kids Essen her? Da fällt mir nur *eine* Lösung ein.

Billig wird das Ganze nicht. Entschlossen greife ich zum Telefonhörer.

Wenig später klemme ich mir sämtliche Listen unter den Arm und begebe mich auf die Suche nach meinem Chef. Ich finde ihn auf dem Hof, in ein Gespräch mit einem drahtigen Mann in Outdoor-Klamotten vertieft, die aussehen wie die, von denen Juliane Alpträume bekommt. Ich warte dezent im Hintergrund, bis der Dürre ein Stück Papier in Edvards Hand drückt, sich auf sein Mountainbike schwingt und von dannen fährt. Als mein Chef sich zu mir umdreht, bemerke ich, dass die Ringe unter seinen Augen über Nacht noch dunkler geworden sind. »Auf dieses Angebot für die Fahrradtouren habe ich jetzt drei Wochen lang gewartet. Und dann so was!« Er zerknüllt das Papier, stopft es verächtlich in seine Hosentasche und grummelt etwas von »unverschämt« und »Blutsauger«. Nicht der beste Augenblick, um ihn mit weiteren Informationen zu schockieren. Aber ich habe keine Wahl.

»Hast du einen Moment?«, will ich wissen und wedle mit den Listen. Er nickt, setzt sich auf die Veranda-Treppen und streckt die langen Beine aus. Dann klopft er einladend neben sich. Okay, ungewöhnliches Team-Meeting. Doch eigentlich ist es egal, wo ich ihm die traurige Nachricht übermittle.

Ich lasse mich nieder, versuche aber, etwas professionellen Abstand zu wahren.

»Ich habe deine Mails durchgearbeitet, Edvard.«

Er verzieht das Gesicht und lächelt gequält. »Ed. Edvard nennt mich nur mein Vater.« Oh, er kann kommunikativ und nett sein.

»Okay. Ed. Also, wenn ich das richtig sehe, müssen wir deinen Kollegen in Stockholm heute noch ein paar Infos schicken – sonst drehen die durch. Die haben keinen Durchblick mehr, welche Kids nun angemeldet sind und welche nicht. Ich habe auf deinem Desktop eine Liste gefunden. Ist die aktuell?« Ich strecke sie ihm hin. Darauf sind die Namen, die Adressen und die jeweiligen Betreuer:innen von fünfzehn Kindern vermerkt. Er überfliegt sie, nickt, und reicht sie mir zurück. »Japp.«

»Gut, dann bestätige ich das so. Ich habe auch eine Packliste angelegt, die du mal durchgehen solltest. Sag mir, was wegkann oder was noch drauf muss. Die schicke ich dann gleich zusammen mit der Teilnehmerliste raus. Die Mail dafür habe ich schon vorbereitet.« Ich reiche ihm zwei Zettel. Er nimmt sie und studiert die Texte, nicht ohne hier und da zu schmunzeln. Ob ich ein paar Rechtschreibfehler eingebaut habe?

»Danke. Dumm, dass ich nicht selbst daran gedacht habe, allen noch mal Bescheid zu geben.« Zerknirscht runzelt er die Stirn und greift nach meinem Kugelschreiber. Er streicht zwei Punkte auf der Liste und ergänzt fünf andere.

»Jetzt weiß ich auch, was eine Sekretärin ist.« Er zwinkert mir zu und lächelt. Mich überrascht, dass er heute ein wenig versöhnlicher wirkt. Aus dem Augenwinkel mustere ich ihn. Er ist älter als ich, hat ein kantiges Gesicht, störrische braune Locken und einen kurzen gepflegten Vollbart. Seine Arme sind von oben bis unten mit bunten Ornamenten, Schmetterlingen und Rosen verziert. Er ist ein richtiges Kunstwerk! In seinem lässigen T-Shirt und den Cargo-Hosen sieht er gar nicht aus wie ein Sozialpädagoge. Es ist ein bisschen gemein, in Schubladen zu denken, aber er wirkt auf mich eher wie ein Holzfäller, ein Ex-Soldat oder ein Türsteher. Noch dazu sieht er ganz gut aus, wenn er nicht gar so grimmig guckt. Oje, habe ich gerade wirklich meinen Boss abgecheckt? Ertappt senke ich den Blick und spüre, wie mich eine peinliche Hitze durchströmt. Um von mir abzulenken, raschle ich mit den Papieren. »Und jetzt habe ich noch eine schlechte Nachricht«, komme ich zum Kern unseres Gespräches.

Sein Gesicht verfinstert sich sofort. »Welche?«

»Harald hat abgesagt.«

»Der Koch?«

»Ja.«

»Vad fan!«, flucht er und haut mit der flachen Hand gegen den Stützbalken des Terrassendaches.

Ich zucke zusammen und halte die Luft an. Er springt auf und tigert hektisch über den Hof. Es folgen ein paar weitere schwedische Flüche, von denen ich zum Glück nicht einmal die Hälfte verstehe. Mir ist klar, dass das ein Schock für ihn ist, doch seine Reaktion empfinde ich als übertrieben. Das sieht schon eher nach dem Typen aus, der im Arbeitsamt die Fassung verloren hat.

Rigoros unterbreche ich seine Schimpftiraden. »Ich habe eine Lösung für das Problem, wenn du mich erklären lässt.«

Wie ein wilder Stier stößt er heftig Luft durch die Nase, stemmt die Arme in die Hüften und kneift die Augen zu schmalen Schlitzen zusammen. Um ihn nicht noch mehr zu reizen, beginne ich vorsichtig: »Das Arbeitsamt hat leider im Moment niemanden, der Harald ersetzen kann. Deswegen habe ich mit der Chefin des Hotels vor Ort telefoniert.«

Ich kann in seinem Gesicht nicht lesen, was er von meinem Engagement hält. Doch bei der Erwähnung des Hotels verschließt sich seine Miene. Dennoch fahre ich tapfer fort: »Falls uns das Arbeitsamt in letzter Sekunde nicht noch ein Wunder beschert, können wir uns mit Essen aus dem Hotel behelfen.«

»Das wird bestimmt zu teuer. Die Chefin ist ganz schön garstig. Sie ist auch die Eigentümerin des Hostels und schon die Verhandlungen für die Miete waren zäh.«

Überrascht runzle ich die Stirn. »Ich finde nicht, dass sie garstig ist. Sie hat sich gefreut, dass ich an sie gedacht habe. Sie bereitet eh jeden Tag das Essen für die Kantine von Ovako vor, da kann sie gern zweiundzwanzig Portionen mehr einkalkulieren – also für die Kids und uns. Sie will vierzig Kronen pro Portion. Für vier Wochen wären das 24.640 Kronen. Dann hätten wir ein Essen pro Person pro Tag.«

Ungläubig starrt er mich an und hört auf zu tigern. Er hat wohl nicht erwartet, dass ich ihm zwei Schritte voraus bin. Ich grinse in mich hinein und fahre fort: »Die Kids brauchen aber mindestens drei Mahlzeiten. Sie kann sich vorstellen, dass sie uns auch mit Lunchpaketen versorgt. Die kosten dreißig Kronen. Das ist optimal, weil die Kids ja eh Tagesprogramm haben. Ich hab ihr gesagt, das muss ich erst mit dir besprechen. Es wären weitere 18.480 Kronen. Alles in allem liegen wir damit bei dem Betrag, den die Stadt auch Harald bezahlt hätte inklusive Sozialbeiträge.«

Noch immer schweigt er. Wie unheimlich! Wird er mich jetzt gleich zum Teufel jagen? Leicht verunsichert ergänze ich: »Frühstück könnten wir selbst machen. Das ist nicht teuer.«

Endlich fährt Leben in ihn. »Was würden wir dafür brauchen?«

»Es genügen Müsli, Milch, Knäckebrot, Marmelade, Butter, Käse, Schinken und Obst«, rattere ich meine Essensliste herunter. Ich kann förmlich sehen, wie es in seinem Kopf arbeitet. »Carina hat mir übrigens verraten, dass es in Örebro einen Großhandel gibt. Hier im ICA würden wir uns dumm und dusselig bezahlen.«

»Wer ist Carina?«

»Im Ernst? Du weißt nicht, dass die Chefin vom Hotel Carina heißt?«

Er bricht in Gelächter aus.

»Du bist echt ne Nummer, Meg!«

Meg? Wer ist …?

Oh!

Jetzt hat er einen Stein im Brett bei mir.

Ed

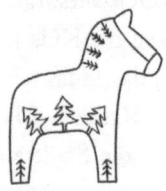

»Hey Baby« von No Doubt tönt aus den Lautsprechern und bringt mich dazu, rhythmisch mit den Fingern das Lenkrad zu bearbeiten. Klar, dass auf meiner Neunziger-Playlist Gwen und ihre Band nicht fehlen.

Der Weg nach Örebro zieht sich. Ich bin froh, dass ich so früh losgefahren bin. Verflucht sei der treulose Koch!

Unfassbar, dass Meg Ryan mir den Arsch gerettet hat. Nicht nur, dass sie mir eine Diskussion mit der zickigen Hotelchefin erspart hat – sie hat mir sogar eine Lösung präsentiert, die umsetzbar und gar nicht mal so teuer ist. Ihre Einkaufsliste für den Großmarkt liegt auf dem Beifahrersitz neben meinen Kippen und der leeren Red-Bull-Dose. Sie ist schlau: Sie hat gleich den ganzen Monat durchgeplant, sodass ich zwar heute einen Großeinkauf absolvieren darf, dafür aber die restliche Zeit davon verschont bleibe. Ich bin happy, regelrecht euphorisch. Okay, das könnte entweder am strahlenden Sommerwetter, der guten Musik, oder am Energy-Drink liegen, der mir zusammen mit dem Nikotin durch die Adern rauscht. Aber eigentlich bin ich schlicht erleichtert, dass alles planmäßig anläuft und sämtliche Hürden beseitigt sind. Dank Meg – sorry, Bea.

Das war kurz vor knapp! Buchstäblich in letzter Minute haben wir alles rund bekommen. Jetzt fehlen nur noch die Kids und das Team aus Lena, Gunilla, Micke und Christer. Mit Meg und Gwen – ich muss mich echt beherrschen, die beiden bei ihren richtigen Namen zu nennen – sind wir dann komplett.

Alles, auf das ich die letzten Wochen und Monate hingearbeitet habe, wird sich morgen verwirklichen. Es wird sich zeigen, ob ich ein gutes Näschen hatte. Entweder lieben es die Kids, oder es endet in einem Desaster. Das Ganze hängt nicht nur von ihrer Kooperation ab, sondern auch von meinem Team. In den nächsten vier Wochen werden wir auf engem Raum arbeiten, essen, schlafen und – hoffentlich – miteinander klarkommen. Ich weiß, was das bedeutet: Es wird an den Nerven zerren und den einen oder anderen echt an seine Grenzen bringen. Vermutlich auch Bea. Dass sie meinen Papierkram bezwungen hat, beeindruckt mich schon gewaltig. Die wenigen Rechtschreibfehler, die ich gefunden habe, sind vernachlässigbar. Aber ob sie es mit meinen Teenies aufnehmen kann, bleibt abzuwarten. Die kann man nämlich nicht mit Google ruhigstellen.

Zwischen den Bäumen tauchen drei Kleinbusse auf, die eine Staubwolke hinter sich herziehen. Ist das ein Omen?

Nikotin, Koffein und das ungesunde Essen der letzten Wochen machen sich bemerkbar: Meine Speiseröhre brennt wie Feuer. Angewidert drücke ich die Kippe aus.

»Bea! Lieke! Sie sind da!«, brülle ich ins Haus.

Ein Scheppern ertönt aus der Küche, dann ein deutscher Fluch. Ich höre Liekes gutmütiges Lachen und schnelle Schritte, die meine Rookies ankündigen. Bea wischt sich die Hände an ihren Shorts ab. Sie ist blass, und ihre Augen sind gerötet, weil sie bis spät in die Nacht Listen abgearbeitet hat. Sie sieht aus, wie ich mich fühle: erbärmlich. Lieke hingegen wirkt entspannt – gar nicht wie eine »Neue«. Sie hebt die Hand, um ihr Gesicht vor der strahlenden Sonne zu schützen. »Na dann! Auf in den Kampf«, raunt sie. Liegt wohl daran, dass sie Mutter ist.

Die Busse rollen in die Einfahrt und stoppen wenige Meter vor uns. Ich winke und gehe die Stufen hinunter, als Christer, Micke und Gunilla aus den Fahrzeugen steigen. Lena, die bei Gunilla mitgefahren ist, öffnet die Schiebetür und hüpft ebenfalls heraus. Sie ist die Einzige, mit der ich schon zusammengearbeitet habe. Lachend umarmt sie mich und tief atme ich den beruhigenden Kokosduft ein, der ihren Dreadlocks entströmt.

»Hej, vännen! Schön, dich zu sehen! Bist du nervös?«, flüstert sie mir ins Ohr.

Ich küsse sie auf die erhitzte Wange. »Hej, Lena! Frag lieber nicht.«

»Keine Bange. Es hat keinen Krawall und auch keine Verweigerungen gegeben. *Noch* nicht«, betont sie und boxt mich gutmütig in den Oberarm. Wir lösen uns voneinander und sie schlendert zu Meg und Gwen hinüber, um sich vorzustellen. Ich wiederum heiße Christer, Micke und Gunilla per Handschlag willkommen und tausche Freundlichkeitsfloskeln aus. Misstrauisch betrachten die Teenager den Wald. Einer der Jungs stöhnt, greift sich in den Schritt und rollt mit den Schultern. »Alter, was für ein Ritt! Wir sind ja voll in der Pampa!«

»Was hast du denn erwartet, Blödmann? Wir sind hier in einem Bootcamp, schon vergessen?«, fährt ihn das Mädchen an, das nach ihm aussteigt. Am Nasenring, dem pechschwarzen glatten Haar und dem Teint einer Wasserleiche erkenne ich Rika.

Kapitel 4

Bea

Ich habe keine Ahnung, was ich erwartet habe. Diese trostlose Truppe jedenfalls nicht. Mühsam würge ich den fetten Kloß der Beklemmung in meinem Hals hinunter. Ein Lächeln wäre angebracht. Ich strenge mich aufrichtig an. Hoffentlich sieht es nicht gekünstelt aus.

»Vällkommen till Fjärildalen. Schön, dass ihr da seid«, sage ich artig, als die ersten Kinder murrend das frisch renovierte Hostel betreten. Die meisten haben Sporttaschen dabei, die wenigsten einen Koffer.

Das blasse Mädchen, das an mir vorbeiläuft, schnaubt abfällig. Seine Augen sind fett mit Kajal umrandet. Die Dockers an den Füßen sind viel zu groß. Das zierliche Ding ist komplett in Schwarz gekleidet. Die hautengen Jeans sind zerrissen und der Pulli ist überdimensioniert. Wir haben Sommer. Wieso trägt das Kind ein solch unvorteilhaftes, viel zu warmes Kleidungsstück?

»Scheiße, sie haben die SS für uns angeheuert«, brummt das Mädchen.

Sein eisiger Blick trifft direkt mein Herz und lässt mich erstarren. Das Lächeln gefriert mir im Gesicht. Hat sie das eben wirklich gesagt? Mal abgesehen von dieser Ungeheuerlichkeit:

Hat sie etwa an meinem Akzent gehört, dass ich Deutsche bin? Ich fühle mich diskriminiert und beleidigt. Das kann ja heiter werden.

»Geht alle durch bis in die Halle und wartet dort auf mich!«, ruft Ed.

Fünfzehn Teenager – kein einziger davon macht ein freundliches Gesicht! In der Halle drängen sie sich zusammen wie ein Haufen Demonstranten, was in Anbetracht ihrer übellaunigen Mienen ein passender Vergleich ist. Sicher würden sie alle am liebsten abhauen – so wie ich.

Doch in dem Moment, als Ed hinter uns die Tür schließt und sich davor positioniert, ist ihnen klar, dass das nicht läuft. Er wirkt selbstsicher und souverän. Chefmäßig stellt er sich mit breiten Beinen vor der Meute auf.

»Hej, allihopa! Ich freue mich, dass ihr gut angekommen seid. Ich weiß, ihr seid nicht alle freiwillig hier. Es wurde euch ›nahegelegt‹.« Das letzte Wort setzt er mit Zeige- und Mittelfinger in Gänsefüßchen. »Aber glaubt mir, wenn ich sage, das soll eine Art Urlaub sein. Was nicht bedeutet, dass ihr hier nur chillen werdet.« Er scannt die Runde und lässt seinen Blick länger auf denjenigen verweilen, die meckern. Das sind hauptsächlich die Jungs. Das Verhältnis ist nicht ausgewogen. Ich zähle sechs Mädchen und neun Jungen.

»Was meinst du damit?«, will eine große Rothaarige wissen. Herausfordernd hat sie die Fäuste in die Seite gestemmt und scheint null Respekt vor ihm zu haben. Sie erinnert mich an eine Walküre in Minirock und Tanktop.

Ed lächelt höflich und erklärt: »Das bedeutet, liebe Hild, dass wir einen geregelten Tag und ein gemeinsames Programm haben. Hier könnt ihr euch ausprobieren. Was dazulernen.

Spaß haben. Wenn ihr euch an die Regeln haltet.«

Dass er sie mit Namen anredet, scheint das Mädchen zu beeindrucken – und mich ebenfalls. Ob er sie aus Stockholm kennt? Oder aber er hat sich die Akten der Kinder vorgenommen und sie auswendig gelernt. Dass ich selbst nicht auf diese Idee gekommen bin! Womöglich gibt es sogar Passfotos! Das muss ich nachholen! Es verschafft einem garantiert Vorteile, ihre Namen zu kennen.

Ed macht eine kleine, aber wirkungsvolle Pause, und sein ernster Blick trifft die Seele der Anwesenden – einschließlich der meinigen. »Wir können Mountainbike und Kanu fahren, Wandern gehen, Fußball, Volleyball und Kubb spielen, Bogen schießen, auf Elchsafari oder reiten gehen und ein Floß bauen. Hier in der Nähe gibt es sogar die Möglichkeit, zu bouldern oder Paintball zu spielen. Und wer Lust hat, lernt, wie man im Wald überlebt und am Lagerfeuer kocht. Ich passe den Plan an, wenn ich sehe, was wir als Gruppe brauchen.«

In den Gesichtern einiger Kids lese ich Anspannung, in anderen eine leise Hoffnung und in wenigen leider Abscheu.

»Alter, nicht dein Ernst! Kubb? Elche? Das ist doch alles Kinderkram!«, fährt ihn einer der Jungs mit ätzender Stimme an. Doch Ed verzieht keine Miene, sondern doziert ganz ruhig: »Im Gegenteil! Kubb ist als Geschicklichkeitsspiel so beliebt, dass es sogar Weltmeisterschaften gibt. Und wer bitte liebt keine Elche?« Er scannt alle Anwesenden, so als erwarte er, dass wir ihm darauf antworten.

Ein blondes Mädchen, das sich auf seinen großen Rucksack gesetzt hat und an den Fingernägeln kaut, wirft ein: »Wo ist der Haken? Du machst das doch nicht zu unserer Unterhaltung!«

»Doch, Malin!«, kontert Ed, »Im Großen und Ganzen

schon. Aber ihr sollt auch lernen, Respekt voreinander und vor uns zu entwickeln und Regeln einzuhalten.«

»Ein Bootcamp, sag ich doch!«, höhnt die Lady in black, das blasse Nasenring-Girl.

»Ganz und gar nicht, Rika. Wir behandeln euch nicht wie Straftäter, sondern leben ein Miteinander. Ihr sollt lernen, dass euer Verhalten direkte Auswirkungen auf euer Leben und somit auch Konsequenzen hat. Am Ende wollen wir als Gruppe zusammenwachsen und so etwas wie Freundschaft entwickeln. Darum seid ihr hier.«

»Bist du Jesus, oder was? Dir ist schon klar, dass das nichts nützt. Wenn wir wieder zu Hause sind, ist deine Mission doch voll im Arsch!«, mault ein dicker pickeliger Junge.

»Das glaube ich nicht. Vieles, was ihr hier lernt, könnt ihr zu Hause bei euren Eltern und Geschwistern anwenden. Und ihr werdet danach immer noch *euch* haben: Freunde, die ihr mit nach Hause nehmt.«

»Mir wird gleich schlecht«, antwortet der Kerl und unterstreicht den Kommentar mit ekeligen Würgegeräuschen.

»Bullshit!«, knurrt ein Junge, der lässig an der Wand gelehnt hat, und spuckt sein Snus-Beutelchen achtlos auf den glänzenden Linoleum-Boden.

Snus? Tabak im Beutelchen? Darf man das nicht erst ab achtzehn konsumieren? Empört ziehe ich Luft durch die Zähne, doch Ed reagiert entspannt.

»Hier kommen meine Regeln: kein Snus, kein Nikotin, keine Drogen, kein Alkohol. Solltet ihr davon etwas dabeihaben, wird es an mich abgegeben. Sollten wir euch beim Konsumieren erwischen, müsst ihr die Konsequenzen tragen, die wir – je nach Härtegrad des Vergehens – verhängen. Ihr werdet euch hier in die Gruppe einbringen, also auch Küchendienst absolvieren. Wir essen gemeinsam zu geregelten Zeiten. Wer keinen Hunger hat, wird nicht dazu gezwungen, jedoch erwarte ich, dass wir zusammensitzen. Auch das Tagesprogramm absolvieren wir gemeinsam. Wer aus gesundheitlichen Gründen oder warum auch immer nicht teilnimmt, schaut zu. Wir dissen und mobben niemanden. Gewalt ist keine Option. Streits versuchen wir, mit einer Diskussion zu lösen. Fühlt sich jemand ungerecht behandelt, kommt sie oder er damit bitte zu mir. Waffen gehören zum illegalen Kram dazu, den ihr bei mir abgebt. Und jetzt fangen wir gleich mit der Umsetzung an: Du darfst deinen ausgekotzten Snus aufheben und mir überreichen, Johan.«

Gott, worauf habe ich mich da eingelassen?

Völlig erschöpft falle ich in mein Bett und bin heilfroh, in den geschützten Wänden des Vans schlafen zu dürfen. Hätte ich heute Nachtschicht, wäre ich vermutlich heulend zusammengebrochen. So anstrengend habe ich mir den Job mit den Kids nicht vorgestellt! Ich kann Lieke und Ed nur dafür bewundern, mit wie viel Geduld sie auf die verzogenen Lümmel eingehen, schlichten, kommunizieren und vermitteln. Immer mit einem Lächeln. Warum hat Ed mich überhaupt eingestellt? Christer, Micke, Gunilla und Lena haben allesamt mehr Erfahrung mit Kindern als ich. Viel lieber würde ich mich in seinem Büro austoben und den liegen gebliebenen Kram ordnen.

Frustriert starre ich an die Decke. Schon am ersten Tag gehen mir die Kinder auf die Nerven. Das kann ja heiter werden.

Diese undankbaren Gören schätzen gar nicht, was für ein fantastisches Paket Ed ihnen geschnürt und wie viel Arbeit er in das Projekt investiert hat.

Ein Käuzchen ruft. Es freut sich des Lebens und genießt den Einbruch der Nacht. Ich wünschte, ich könnte das auch von mir sagen. An Schlaf ist nicht zu denken: Das Adrenalin in meinen Adern gaukelt mir vor, noch immer im Überlebensmodus zu sein. Eine regelrecht blutige Schlacht für mein Selbstbewusstsein war es nämlich, als wir Betreuerinnen und Betreuer uns vorstellen sollten. Nach Eds Ansprache wirkte das, als würde er seine Zoowärter einer Meute wilder Tiere zum Fraß vorwerfen.

»Hallo, zusammen. Ich bin Bea aus Deutschland und ich hoffe, wir haben eine tolle Zeit zusammen.« Gesichter, die mich ausdruckslos anstarren, hochgezogene Brauen, verkniffene Münder, verächtliche Blicke. Oder habe ich mir das nur eingebildet? Zum Glück bleibt mir ein weiterer SS-Kommentar erspart.

Wie ticken Teenager?

Das müsste *ich* eigentlich am besten wissen, war ich doch einer der rebellischen Sorte: immer dagegen! Meine Mutter konnte sagen, was sie wollte – ich hatte garantiert etwas daran auszusetzen. Schätze, ich habe sie dafür bestraft, dass Papa uns verließ. Bis heute weiß ich nicht so recht, ob *sie* die Schuld an der Trennung trägt oder *er*. Die offizielle Geschichte: Er trennte sich und zog direkt bei einer anderen Frau ein. Mutter redet nicht darüber, wie das passieren konnte. Haben sie sich dauernd gestritten? Wenn ja, worüber? Wann und warum ließen ihre Gefühle füreinander nach? Aus heutiger Sicht kommt mir das Szenario gruselig bekannt, ja, sogar nachvollziehbar vor. Die Geschichte wiederholte sich. Vermutlich stand meine Mutter ebenso schockiert und ahnungslos vor dem Scherbenhaufen ihrer Beziehung wie ich vor wenigen Monaten.

Als Kind war es mir unmöglich, das zu erkennen. Der Schmerz des Verlassenwerdens war zu groß, als dass ich ihn tragen konnte. Und das wollte ich Mutter spüren lassen: jeden verdammten Tag. Es war so viel Wut in meinem Bauch! Und die konnte ich nur an ihr auslassen. Sonst war ja keiner mehr da.

Womöglich tragen diese Kinder genau dieselbe Wut in sich und wissen nicht wohin damit: am besten gegen jeden, gegen die ganze Welt. Und im Speziellen? Na, gegen uns, die wir sie vier Wochen im Wald festhalten. Alles in allem hat Ed seine Sache gut gemacht, wenn auch keines der Kinder irgendetwas Illegales an ihn aushändigte, und der Junge mit dem Snus das Beutelchen erst nach Androhung einer Schicht Küchendienst aufhob. Ich bin mir zu einhundert Prozent sicher, dass sie von allem ein bisschen in ihren Taschen verstecken.

Kampflos werde ich mich nicht ergeben. Eine Strategie muss her. Lieke schien nicht halb so erschöpft wie ich. Sie ist es gewöhnt, von Teenagern ignoriert und verachtet zu werden. Bei Gelegenheit frage ich sie nach ihrem Geheimrezept.

Ich reibe meine brennenden Augen und drehe mich auf die Seite, in der Hoffnung, endlich einschlafen zu können. Gute Nacht, Käuzchen, morgen ziehe ich wieder in den Kampf!

Obwohl ich gefühlt kaum geschlafen habe, betrete ich eine halbe Stunde zu früh die Hostel-Küche. Mit kritischem Blick auf meine geschwollenen Augen fragt Ed: »Kaffee?«

Dankbar nehme ich die große Tasse entgegen, schütte

Milch dazu und koste vorsichtig. »Mmh, lecker. Ist das Filterkaffee?«, frage ich überrascht.

Er gibt ein seltsames Geräusch von sich, das klingt, als ziehe er Luft durch die Zähne. Wie ulkig! Das habe ich hier in Schweden schon oft gehört: Es bedeutet Ja.

»Es gibt nichts Besseres als guten alten Filterkaffee. Wir Schweden trinken nix anderes.«

Das ist mir auch schon aufgefallen – ein bodenständiges Völkchen.

Ed dreht sich um und kümmert sich wieder um die Pfannen mit Rührei und Speck, die auf dem Herd vor sich hin brutzeln. Wortlos decke ich den Tisch und hole Brot, Butter und Käse aus dem Kühlschrank. Auf Außenstehende würden wir womöglich wie ein altes Ehepaar wirken. Ich unterdrücke ein Grinsen.

»Was grinst du so?«

Ertappt zucke ich zusammen. »Ich grinse doch nicht!«

Nachsichtig schmunzelt er. Diesen Blick schenkt er garantiert auch den Kindern, wenn er weiß, dass er beschummelt wird. Schnell suche ich nach einer passenden Ausrede. »Na ja, ich habe mich gefreut, dass du die Nacht überlebt hast. Du wurdest nicht erstochen oder erwürgt, oder so. 1:0 für die Erwachsenen.«

Er gießt sich eine zweite Tasse ein und setzt sich zu mir an den Tisch. »So schlimm sind die nicht.«

Argwöhnisch ziehe ich die Augenbrauen zusammen. »Wirklich!«, beteuert er. »Das ist nur ihre Unsicherheit. Sie müssen jetzt erst einmal die Lage checken. Sie kennen nichts anderes, als auf Konfrontation zu gehen. Lass dich davon nicht beeindrucken.«

»Danke für den Tipp.«

»Bleib einfach locker.« Sein Blick scannt mich, so als wolle er prüfen, ob mir das zuzutrauen ist.

Na, wart's ab! Ich brauche diesen Job – und das Geld.

Ich bin zäh.

Locker bleiben? Keuchend ringe ich um Luft.

Damit niemand mein schmerzverzerrtes Gesicht sehen kann, krümme ich mich über den Volleyball. Diese Göre hat mir das Teil absichtlich und mit voller Wucht in den Bauch gerammt. Hild. Ja, den Namen merke ich mir! Sie ist die rothaarige Walküre. Rika hingegen ist die dürre Hexe mit dem Nasenring.

»Nur Unsicherheit«, flüsterte ich mir Mut zu und mache mein Anspiel. Prinzipiell bin ich nicht schlecht in Volleyball, aber ich spiele zu fair, bin ein Team-Player. Vermutlich hat jeder dieser Teenager tausend Überlebensinstinkte mehr als ich – und ein Selbstbewusstsein, das Klein-Bea in diesem Alter nicht hatte.

Werde ich die vier Wochen überleben?

Ich muss! Ich brauche das Geld!

Das ist mein Mantra, das mich Tag für Tag dieses Martyriums begleiten wird.

Müde drehe ich Kreise auf Eds Bürostuhl. Insgeheim genieße ich die kurze Auszeit, in der ich mich in dieses Büro zurückziehen kann und meine Ruhe habe. Doch nachdem ich Carinas Rechnung beglichen und die Kosten verbucht habe, bin ich arbeitslos und müsste wieder zurück zu den anderen.

Zwischenzeitlich kenne ich ihre Namen. Ich weiß, wer okay ist und wer immer querschießt. Ed und alle anderen machen ihre Sache gut. Nur *ich* habe ein Problem, weil ich zu verletzlich bin. Das riechen sie. Sie legen es darauf an und provozieren mich.

Es klopft und ertappt halte ich inne. »Ja bitte?«

Ed öffnet die Tür, kommt herein und schließt sie wieder hinter sich. Er hat mir eine Tasse Kaffee mitgebracht, überreicht sie mir und lehnt sich an den Schreibtisch.

»Wie geht es dir?«

Oh, wird das eines dieser unerträglichen Feedback-Gespräche, die ich hasse wie die Pest? Man darf auf gar keinen Fall sagen, was einem nicht passt. Und wenn man nicht gefeuert werden will, sollte man dem Chef lieber Honig ums Maul schmieren.

»Ganz gut, denke ich.« Ein gekünsteltes Lächeln schicke ich passenderweise hinterher.

»Wie kommst du bisher klar mit den Kindern?«

Puh, ich habe es befürchtet … Tief atmen! Es klingt wie ein Seufzen. »Jadå …«, antworte ich vorsichtig. Das heißt so viel wie »Ja, doch« und soll ihm meine Souveränität vermitteln.

Nachdenklich betrachtet er mich. »Ich weiß, dass es nicht einfach ist. Kannst du dich daran erinnern, wie du selbst als Teenager warst?«

Da muss ich nicht lange überlegen. »Klar. Ich war wie sie.«

»Und wie hättest du dir gewünscht, dass deine Eltern mit dir umgegangen wären?«

Verdammt, was soll das Verhör? Das ist mir zu persönlich! Mein Kinn zittert verräterisch und energisch stoße ich mich ab, um wieder ein paar Runden in seinem Bürostuhl zu drehen, auch auf die Gefahr hin, dass er das als frech empfindet.

Seine Frage pocht penetrant zwischen meinen Schläfen und lässt mich nicht los. Was hätte ich mir gewünscht von meinen Eltern? Dass sie da sind. Dass sie mich akzeptieren und lieb haben, egal, was ich sage und tue. Dass sie an mich glauben, mir all die Dinge zutrauen, die ich mir nicht zutraue. Dass sie mich in den Arm nehmen, selbst, wenn ich Scheiße gebaut habe oder pampig war. Dass sie verdammt noch mal zusammenbleiben und für ihre Liebe und für unsere Familie kämpfen. Stattdessen habe ich alles verloren, sogar meine Mutter, weil ihr Leuchten, ihr Lachen und ihr Mut plötzlich verblassten. Sie wurde unerträglich still und mürrisch nach der Trennung.

»Gut. Sei so.«

Verwundert schaue ich in Eds braune Augen und sehe darin, dass er glaubt, ich hätte eine Antwort gefunden. Indirekt habe ich das ja auch: Präsenz und Akzeptanz zeigen und Vertrauen schenken.

»Und wenn du ein Problem hast, komm lieber zu mir und friss es nicht in dich hinein. Sie riechen das und provozieren dich bis aufs Messer.«

Er geht und lässt mich allein wie ein störrisches Kind.

Kann es sein, dass er ein Arschloch ist – und gleichzeitig ein verdammt guter Chef?

»Wie meint er das?«, will ich mich bei Lieke versichern und knabbere an meinem Daumennagel. Wir sitzen unten am See. Ich habe sie endlich um Rat gebeten – so wie ich es bereits am ersten Abend vorhatte, mich aber nicht traute, mir die Blöße der Unwissenheit zu geben.

»Ich glaube, er wollte dir damit sagen, dass du zu sehr im Abwehrmodus bist.«

Ach, nee … Ich schenke ihr einen meiner Hätte-ich-jetzt-nicht-gedacht-Blicke. Überdeutlich erinnere ich mich an diverse Ballspiele, in denen mir die Kinder den Krieg erklärt haben, an das Paintball-Desaster und an meine Schockstarre im Kletterpark, wegen der ich ausgelacht wurde.

»Ich finde eine Abwehrhaltung durchaus gerechtfertigt. Immerhin zeigen sie mir jeden Tag, wie nichtsnutzig ich bin. Kann es denn noch schlimmer kommen?«

»Du siehst sie als Feinde – das ist nicht nur anstrengend, sondern bietet ihnen die ideale Angriffsfläche.«

Frustriert schnaube ich und starre auf Liekes rote Zehennägel, die in den dazu passenden Flipflops stecken. Ihre Unterschenkel sind perfekt rasiert und elegant blass. Mit ihrem hübschen Blümchenkleid sitzt sie neben mir und ist völlig locker – vermutlich so locker, wie ich es nie werden kann. Womöglich wachsen Holländer mit diesem Ich-bin-total-gechillt-Gen auf. Marihuana ist dort ja auch schon lange legal, oder nicht?

»Aha, und was ist dein Geheimrezept?« Hoffentlich kein

Gras, flehe ich in Gedanken.

Sie lächelt nachsichtig und pustet sich eine Haarsträhne aus dem Gesicht. »Ich sehe sie auf Augenhöhe. Als Menschen. Als Persönlichkeiten mit Bedürfnissen und Erfahrungen, von denen ich nicht die leiseste Ahnung habe. Als Freunde, wenn du so weit gehen möchtest.«

»Machst du das bei deinen Söhnen auch so? Die musst du doch erziehen!«

»Das klingt, als wäre Erziehen etwas, das nach starren Regeln verlaufen muss. Es ist nicht so schwierig, wenn du ihnen eine Chance gibst. Es ist immer ein Miteinander. Ein Aufeinander-Zugehen. Das ist vermutlich auch das, was Ed dir mitgeben wollte. Sei so, wie du deine Eltern gern gehabt hättest.«

Lange starre ich auf das Wasser. »Ich glaube, ich kämpfe nicht nur gegen die Kinder, sondern auch gegen Ed und die anderen. Er traut mir nichts zu, behandelt mich wie ein rohes Ei. Und die anderen beziehen mich kaum ein.«

Lieke steht auf und klopft sich den Staub vom Kleid. Dann reicht sie mir die Hand und zieht mich hoch. »Das liegt vielleicht daran, Liebes, weil du alles so verdammt perfekt machen willst. Lass einfach mal locker und lache und albere mit uns herum. Wir wollen hier doch Spaß haben!«

Spaß? Echt jetzt? Ich bin auf Arbeit!

»Denk drüber nach.« Sie lächelt aufmunternd und lässt mich allein und grübelnd zurück.

Habe ich den Sinn des Lebens verpasst?

Ich schlinge die Arme um mich, denn plötzlich ist mir kalt.

Ed

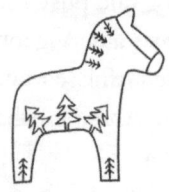

Ich habe sie alle im Blick, auch wenn ich mit ihnen lache und scherze. Zwischenzeitlich haben sie sich ein wenig entspannt, und ich lerne ihre Eigenheiten kennen. Rika ist wie immer poltrig, um ihre Unsicherheit zu überspielen. Sie freut sich aber wie ein kleines Kind über Lob. Gunnar hasst nichts mehr, als sich bewegen zu müssen, während Johan und Lennart nicht still sitzen können. Sie stänkern, wenn sie unterfordert sind. Hild will beachtet werden, stößt aber jeden von sich, der sich ihr nähert. Alma braucht ihre Ruhe und ist nur happy, wenn sie lesen darf. Gunilla, die eine leidenschaftliche Leserin ist, hat sich zum Glück so umfangreich mit Romanen eingedeckt, dass sich die beiden die Bücher locker teilen können. Jesse, Magnus und Bosse lieben es, mit mir und Micke Karten zu spielen. Malin und Lillan sind die Sportskanonen und verbringen ihre Zeit am liebsten draußen mit Volleyball. Frederik und Filip würden den ganzen Tag an ihren Handys zocken und sind nur schwer dazu zu bewegen, ihre Zimmer zu verlassen. Jesper und Kirsten mögen den Küchendienst, denn sie kochen gern. Ich glaube sogar, dass sie sich ineinander verguckt haben und die Küchenzeit nutzen, um sich näherzukommen. Das ist okay, solange sie hier keinen Sex haben. Ich muss sie im Auge behalten. Und so erwachsen sie sich alle geben: Als ich gestern jedem von ihnen eine kleine Tüte mit Lördagsgodis in die

Hand gedrückt habe, den für Schweden üblichen Samstagssü-
ßigkeiten, konnten sie ihre Überraschung nicht unterdrücken.
Ja, ich weiß genau, wie sich das anfühlt, denn auch ich hatte
die früher nie! Ihnen diese kleine Freude zu machen, ließ mich
fühlen wie Jultomte höchstpersönlich!

Die Tür öffnet sich und Bea tritt ein. Sie ist mein Sorgen-
kind. Ich kann nichts für sie tun, solange sie sich verschließt
und sich krampfhaft an ihrem Stock im Arsch festklammert.
Seltsam, dass sie mehr Probleme beim Eingewöhnen hat als
manches der Kinder.

Irgendetwas scheint sie zu plagen, doch sie lässt nichts
raus. So schade, dass sie sich zurückhält, während die anderen
aus dem Team schon Freunde geworden sind. Obwohl Beas
Schwedisch besser ist als Liekes, hat Lieke schneller den Zu-
gang zu ihren Kolleginnen und Kollegen gefunden.

Bea setzt sich zu Malin und Lillan und beginnt ein Gespräch.
Das ist prima! Die drei sind ein gutes Team beim Volleyball.
Dennoch lächelt Bea verkrampft. Wie schwer ist es denn bitte,
normal zu sein? Ihr Feuer sehe ich nur beim Sport oder wenn
sie organisiert und mir zeigt, dass sie das besser kann als ich.

Überfordern sie die Kinder oder hat sie ein anderes Problem? Ich will nicht, dass sie mir von jetzt auf gleich die Kündigung auf den Tisch knallt. Immerhin entlastet sie mich bei der
beknackten Büroarbeit. Und darüber hinaus brauche ich sie als
siebte Person, sonst geht der Dienstplan nicht auf.

Ich befürchte, ich muss nochmal mit ihr reden. Deutlicher
werden. Deutscher.

Kapitel 5

Bea

Ich will nur kurz schauen, ob Carina auf meine Mail geantwortet hat, und haste den Flur entlang zu Eds Büro. Die Tür ist angelehnt – das ist komisch! Ich bin mir sicher, dass ich abgeschlossen habe. Die Kids dürfen nicht in dieses Zimmer, da die gesamten Abrechnungsunterlagen und persönlichen Akten hier verwahrt werden.

Verwirrt will ich nach der Klinke greifen, doch meine Hand bleibt wie bei einer Marionette in der Luft hängen, als ich Eds Stimme im Büro sagen höre: »Ich verstehe schon. Aber wir brauchen sie. Und wenn jemand noch nie mit Kindern gearbeitet hat, dann sind die unseren nicht nur heavy, sondern hardcore.«

Mein Herz klopft schneller. Redet er etwa über mich?

Gunillas Stimme ertönt leise, beinahe im Flüsterton: »Warum bloß hast du sie eingestellt?«

»Ich hatte keine weiteren Bewerbungen. Und das drei Tage, bevor die Kids anreisten!«

»Du musst mit ihr reden. Sie darf den Kindern gegenüber nicht diesen Lehrer-Ton anschlagen. Hinter ihrem Rücken wird sie nur *die Deutsche* genannt.«

Alles klar! Es *geht* um mich.

»Das ist ja an und für sich keine Beleidigung. Hat sich denn

82

jemand beschwert?«, hakt Ed nach.

»Nein, aber man hat dauernd das Gefühl, sie zwingt sich dazu, nett zu sein.«

Mühsam unterdrücke ich den empörten Laut, der mir entschlüpfen will, damit die beiden nicht auf mich aufmerksam werden.

»Nur weil sie anders ist, heißt das nicht, dass sie einen schlechten Job macht.«

Danke, Ed, dass du mich in Schutz nimmst. Das rechne ich dir hoch an!

»Aber du musst zugeben, dass sie schräg ist. Irgendwie passt sie nicht zu uns.«

Jetzt wird mir übel. Ich habe geahnt, dass sie mich nicht akzeptieren, aber dass Gunilla mir in den Rücken fällt, tut weh. Mein Herz sackt hinab bis zu meinen wackeligen Knien. Ich sollte nicht länger hier stehen und lauschen. Aber ich bin unfähig, mich zu rühren. Nur meine Hand kann ich senken. Sie wiegt plötzlich Tonnen.

»Na ja, so würde ich das nicht sagen. Sie ist halt typisch deutsch, ordentlich und zurückhaltend, nicht wahr?«

»Das kann man wohl sagen!«

»Sei nicht so streng mit ihr, Gunilla. Gib ihr doch wenigstens eine Chance. Ich brauche sie! Sie kümmert sich um meinen gesamten Bürokram. Ohne sie wäre ich aufgeschmissen.«

Verflucht, Bea, das willst du jetzt nicht hören! Dreh dich um und geh, befehle ich mir. Kann mein Herz noch schneller pochen? Ich sehe verflixte Sternchen vor meinen Augen! Ist das etwa eine Panikattacke?

Krampfhaft hole ich Luft und zwinge meine Beine, sich zu bewegen. Wie Betonklötze fühlen sie sich an, als ich sie mühsam über den Boden schleife.

Weg, bloß weg hier!

Ich schaffe es auf die Veranda hinaus. Die kühle Nachtluft umfängt mich tröstend. Die Enge um meine Brust löst sich, und ich kann wieder atmen. Grillen zirpen unbeeindruckt, und vom See her ertönt ein leises Platschen. Vermutlich ein Fisch, der sich ein Insekt auf der Wasseroberfläche geschnappt hat. Ich würde so gerne tauschen mit dem armen Ding und verschluckt werden – auf Nimmerwiedersehen vom Erdboden verschwinden und nie wieder auftauchen.

Was für eine Blamage! Obwohl Ed für mich in die Bresche gesprungen ist, fühlt es sich so an wie damals in der fünften Klasse, als mich keines der Sportteams in seine Gruppe gewählt hat. So, als hätte Gunilla mir gerade den Todesstoß verpasst, während Ed mich gerade noch von der Klippe wegreißen konnte.

Meine Kehle wird eng, und ich spüre die aufsteigenden Tränen. Die kann ich jetzt gar nicht gebrauchen. Angestrengt kneife ich die Augen zusammen und drücke Daumen und Zeigefinger gegen die Nasenwurzel, bis sich meine Sicht wieder klärt.

Auf den Stufen hinter einer der Verandasäulen bemerke ich auf einmal eine kauernde Gestalt. Ist das etwa Rika?

Sie muss mich gehört haben, denn sie dreht sich erschrocken um. Ihre gerunzelte Stirn wirkt schuldbewusst, und mir entgeht nicht, wie sie mit der linken Hand eine Zigarette ausdrückt. Aha, so ist das.

Als ob mich das noch schocken könnte.

Innerhalb einer Millisekunde setzt sie ein falsches Lächeln auf. Müde winke ich ab und setze mich zu ihr auf die Stufen.

»Eine Zigarette hätte ich jetzt auch gerne. Allerdings habe

ich noch nie geraucht. Ständig höre ich, dass es entspannen soll.«

Mit großen Augen starrt sie mich an. »Ernsthaft?«

»Ernsthaft was?«

»Du hast noch nie geraucht? Du bist doch mindestens dreißig!«

Autsch. Mein Bedarf an fiesen Beleidigungen ist für heute gedeckt.

»Ja, so in etwa. Und in deinen Augen also steinalt. Aber ganz so prüde, wie du denkst, bin ich nicht. Ich bin weder ungeküsst noch Jungfrau.«

Sie verzieht ihr Gesicht. »So detailliert wollte ich es jetzt nicht wissen.«

Selbst schuld. Ein paar Sekunden starren wir beide vor uns hin. Ein größeres Kontrastprogramm als Rika und mich wird sich auf Gottes Erden nirgends finden. Keine Ahnung, warum sich Schweigen mit Rika im Moment dennoch so anfühlt, als hätte ich eine Gleichgesinnte gefunden.

»Willst du?«, fragt sie und streckt mir die Packung mit den Zigaretten hin.

»Die hättest du Ed geben müssen«, murmele ich, nicht fähig, streng zu sein und eine Konsequenz zu fordern. Nicht, nachdem ich gehört habe, wie steif ich bin.

»Pff, damit *er* die raucht? Ich weiß doch, dass er sich immer wieder rausschleicht, um zu rauchen.«

Da hast du den Dreck, Ed! Die Kleine ist auf Zack und du ebenfalls nicht perfekt. »1:1.«

»Was?«

»Ach, vergiss es. Das ist mein deutscher Humor.«

»Deutsche haben Humor?«

Sie grinst, und ich schließe enttäuscht die Augen. Noch ein Haken und ich gehe K.o..

Sie stupst mich an und reicht mir eine Kippe, die sie bereits angezündet hat. »Zieh langsam. Sonst musst du husten.«

Keine Ahnung, ob sich mein Hirn gerade auf Urlaub befindet, aber ich greife zu. Womöglich ist es schlicht der Wunsch, mich zu entspannen. Ich ziehe bedächtig, doch der Hustenanfall lässt nicht auf sich warten. Es schmeckt fürchterlich und meine Lunge brennt wie Feuer.

Rika lacht, nimmt mir die Zigarette ab und klopft mir den Rücken.

»Das geht allen so am Anfang.«

Ich würge und fächle mir Luft zu. Meine Augen tränen.

»Na, dann bin ich aber beruhigt. Wenigstens bin ich dieses Mal *nicht* die Außenseiterin«, keuche ich.

Rika zieht die Augenbrauen zusammen. »Wer sagt, dass du eine Außenseiterin bist? Ihr seid doch zu siebt.«

»Ach, lass gut sein. Es war ein verdammt harter Tag für mich.«

Skeptisch sieht sie mich an. Sie glaubt mir nicht. Warum erörtere ich meine Gefühlslage auch mit dem Gör, das von allen das Schwierigste ist. Ihre Ablehnung entströmt jeder Pore, jedem Glitzern ihrer vielen Piercings und jeder Masche ihrer schwarzen Klamotten. Ihre herabgezogenen Mundwinkel provozieren mich auf magische Weise.

»Warum hast du eigentlich dauernd diesen dicken Pullover an?«, will ich wissen.

Sie schnaubt. »Das willst du nicht wissen.«

»Doch. Das will ich. Wir haben Sommer und du bist immer noch so blass wie eine Leiche.«

Ihre schwarzen Augen glänzen plötzlich. Ich kann nicht sagen, ob sie gefährlich glitzern oder ob Tränen in ihnen aufsteigen. In Zeitlupentempo schiebt sie den Ärmel ihres Pullovers hoch und lässt mich nicht aus den Augen.

»Vielleicht, weil ich mich manchmal auch so fühle.« Jedes Wort schneidet sich in meine Seele, als ich auf ihren entblößten Unterarm starre und verstehe. Lange Zeit kann ich den Blick nicht lösen. In meinem Kopf ist Watte. Kein klarer Gedanke formt sich, keine Begründung, keine Lösung bietet sich dafür an, was ich sehe. Ihr Arm ist übersät mit Narben: präzisen, blassen Linien, die parallel zueinander verlaufen. Manche davon sind schmal, manche breit und hässlich.

Was verdammt noch mal ist das?

Behutsam hebe ich meine Hand, will sie berühren, über diese Mahnmale des Schmerzes streichen, um diesen zu lindern, oder um Anteilnahme zu zeigen – ich weiß es nicht.

Doch so schnell sie kann zieht Rika den Ärmel wieder an Ort und Stelle und springt auf.

»Du verrätst das niemandem. Sonst sag ich allen, dass *du* mir die Kippen besorgt hast.«

Du Biest!

Sie rauscht zurück ins Haus, und ich bleibe verdattert sitzen, kann nicht fassen, was geschehen ist.

Zuckerbrot und Peitsche.

Ein Moment der Vertrautheit, dann rammt sie mir das Messer in den Rücken.

Gleichzeitig ist mir bewusst, wie kostbar dieser Moment war, in dem sie mir ihre Verletzlichkeit gezeigt hat. Das wiegt fast so schwer wie ein Vertrauensbeweis. Und garantiert wiegt es mehr als mein pubertäres Verhalten, mit ihr zusammen eine Zigarette zu rauchen. Wenn das Ed herausbekommt, bin ich den Job los. Rika und ich sind ab jetzt aneinandergekettet – Verbündete in einem Schweigen, das uns schützen soll, uns aber gleichzeitig mehr als verwundbar macht.

Ist es vertretbar, dass ich ihr Geheimnis für mich behalte?

Was für ein beschissener Tag!

Was genau habe ich da überhaupt gesehen?

Abends, allein in meinen vier Wänden, recherchiere ich im Netz.

Ritzen: ein selbstverletzendes Verhalten bei Jugendlichen, meist ein Ausdruck seelischer Belastung, die sich in unerträglicher innerer Leere und Spannungszuständen, Trauer und Selbsthass äußert.

Ja, das passt zu Rika.

Ich beiße mir auf die Lippen, als ich erkenne, wie gemein und abwertend dieser Gedanke ist. Mit schlechtem Gewissen lese ich weiter.

Es scheint festzustehen, dass sich hinter den Verletzungen keine Selbsttötungsabsicht verbirgt. Die betroffenen Jugendlichen sprechen eher davon, dass sie »sich ein Gefühl zufügen, mit dem sie umgehen können«. Sie verschaffen sich eine Art Erleichterung, finden ein Ventil. Die eigentlichen Gefühle wie Trauer, Angst, Verzweiflung oder Wut werden damit umgangen. Das selbstverletzende Verhalten ist ein Hilferuf, hinter dem sich traumatische Erfahrungen verbergen können. Ich halte inne. Was hat das Mädchen erlebt, dass es damit nicht umgehen kann?

Die nächsten Sätze liefern mir vielleicht die Erklärung: Oft sei es die Erfahrung von Vernachlässigung oder der Mangel an Zuwendung und Wertschätzung, die die Jugendlichen dazu bringen würden, sich selbst für das vermeintliche Versagen zu bestrafen oder sich erst durch Schmerzen spüren zu können.

Wenn Eltern die schockierende Entdeckung machen, dass das eigene Kind seinen Körper misshandelt, so rät die Internetseite, solle man zunächst Ruhe bewahren. Man müsse dem Kind zeigen, dass man sich sorgt. Falsch wäre es, mit Panik, Vorwürfen und Drohungen zu reagieren oder das Verhalten zu bewerten. Wichtiger sei es, dem Kind zu beweisen, dass man es ernst nehme und helfen wolle.

Aber was, wenn das Kind das weder will noch den Helfenden ernst nimmt? Rika ist niemand, der gerne Menschen an sich heranlässt.

Auch hier weiß die Seite Rat: Wenn das Kind »dicht macht«, solle man nicht aufgeben, sondern immer wieder das Gespräch suchen. Meist wünschen sich die Jugendlichen mehr Beachtung, Zeit, Anteilnahme und Anerkennung. Sie wollen sichergehen, dass man sich für ihre Sorgen interessiert, ihnen mit Verständnis, Vertrauen und Unterstützung begegnet.

Okay, es ist also wirklich ein Hilferuf von Rika. Bin ich vielleicht die Einzige, die ihn bislang hören durfte? Sie hat für mich – warum auch immer – einen Moment lang ihre Verteidigungsmauer durchbrochen. Ich will nicht so weit gehen, zu sagen, dass sie mir vertraut, aber zumindest ist es ein Zeichen. Ich darf sie jetzt nicht hängen lassen. Und auf gar keinen Fall darf ich sie jetzt verraten. Ich muss behutsam mit diesem Wissen umgehen und ihr zeigen, dass ich mich für sie interessiere. Dass ich sie und ihr Problem sehe und sie mir wichtig ist. Erschöpft lasse ich mich zurücksinken.

Kann ich diese Verantwortung tragen?

Ich bin doch selbst mit meinen eigenen Unzulänglichkeiten

und Sorgen überfordert!

Die Recherche hat mich dennoch ein bisschen beruhigt. Zumindest habe ich jetzt nicht mehr das Gefühl, dass ich mit einem sofortigen Gang zu Ed etwas Gutes bewirke.

Am nächsten Tag bin ich wie gerädert und unkonzentriert. Meine Gedanken schweifen immer wieder zu Rika, als ich das Frühstück vorbereite. Morgen wollen wir eine Wandertour durch die Wälder starten.

Eigentlich freue ich mich auf die Tour. Eds Plan sieht so aus, dass wir in zwei Tagen nach Tyfors wandern und von dort aus mit den Kanus zurück nach Hällefors paddeln. Auf den zweiten Teil freue ich mich weniger. Um nicht zu sagen: gar nicht. Das einzig Beruhigende an der Aussicht, knapp fünfzig Kilometer auf dem Wasser zurückzulegen, ist die Ankündigung, dass dieser Kanu-Ausflug für Familien mit Kindern geeignet ist, da die Flüsse schmal und die Seen klein seien. Und dass wir alle verpflichtet sind, Schwimmwesten zu tragen.

Was mich aber viel mehr beschäftigt, ist das Geheimnis, das ich mit Rika teile. Was, wenn es die falsche Entscheidung ist, niemanden einzuweihen? Womöglich braucht sie ja doch dringend irgendeine Form von Hilfe, und ich sollte das nicht allein durch einen Internetbeitrag bewerten.

Auch die Befürchtung, dass Gunilla Ed mit ihrer Unkerei davon überzeugt haben könnte, dass ich die Falsche für diesen Job bin, lastet schwer auf mir – gerade jetzt, wo ich das Gefühl habe, von Nutzen zu sein. Rika hat sich mir anvertraut – aus welchen Gründen auch immer. Darf ich ihr Vertrauen missbrauchen? Wäre es überhaupt ein Missbrauch? Kann ich mir außerdem sicher sein, dass sie sich an die Abmachung hält?

Mal angenommen, Rika würde Ed petzen, dass ich mit ihr eine Zigarette geraucht habe, anstelle sie zu denunzieren, habe ich keinen Stand mehr im Team. Das würde einen sofortigen Rausschmiss nach sich ziehen. Das darf ich nicht riskieren.

Puh, ich *muss* mit Ed reden – mir bleibt gar nichts anderes übrig.

Ed

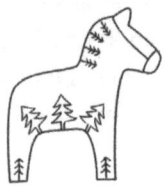

»God morgon«, begrüße ich Bea, die in der Küche werkelt. Die Tüte mit dem duftenden, warmen Gebäck lege ich behutsam auf einem Teller ab.

Sie antwortet mit einem beklommenen »God morgon«. Was ist los mit ihr? Sie sieht aus, als hätte sie ein megaschlechtes Gewissen.

»Ed.« Zitternd atmet sie durch. »Ich muss dir etwas sagen.«

»Und das wäre?« Kommt nun etwa die Kündigung?

Ich mache mich an der Kaffeemaschine zu schaffen und auf alles gefasst.

»Du hast mir den Tipp gegeben, den Kindern gegenüber lockerer zu sein. Ich weiß nicht, ob ich den Bogen überspannt habe.«

Herre gud, hat sie etwa mit den Kids gekifft? Das würde ihrem Gesichtsausdruck gerecht werden. Ich warte gespannt, und nach einem Moment fährt sie fort: »Ich habe mich mit Rika unterhalten. Sie raucht. Das ist aber nicht das Schlimme. Sie ritzt sich. Sie hat mir ihre Narben gezeigt. Jetzt weiß ich nicht, wie ich damit umgehen soll. Und noch was. Ich habe auch an ihrer Kippe gezogen. Normalerweise rauche ich nicht, aber ich war etwas durch den Wind. Jedenfalls haben wir uns versprochen, uns nicht zu verraten.«

Schockiert bin ich nicht. Ich schalte die Maschine ein und drehe mich zu ihr um. Dass Rika raucht und sich nach der

Trennung ihrer Eltern nicht anders zu helfen wusste, als sich zu ritzen, ist mir nicht neu. Bea natürlich schon. Sie sieht aus, als sei ihr kotzübel. Dunkle Ringe umschatten ihre Augen. Hat sie wegen dieser Sache nicht geschlafen? Das zeigt mir, dass sie ein Gewissen hat. Und dass sie Rika mag – und umgekehrt.

»So, so.« Ich gehe kurz in mich, wie ich hier meiner Rolle als Chef gerecht werde. »Das mit dem Rauchen war natürlich nicht in Ordnung. Und ich bin froh, dass du es mir gesagt hast. Du hast sie hoffentlich dazu aufgefordert, ihre Schachtel abzugeben.«

»Natürlich. Aber das wird sie nicht tun, weil sie sagt, dann rauchst du sie.«

Ich schnaube. »Typisch Rika. Sie schockiert gern.«

Mit Entsetzen wird mir klar, dass ich einen Fehler gemacht habe: Ich habe verpennt, Bea in die Geschichten der Kids einzuweihen. Die anderen kennen die Akten der Kinder und hatten Zeit, sich vorzubereiten. Bea und Lieke nicht. Ganz klar, dass sie sich erschreckt hat.

»Hast du Fragen – ich meine zum Ritzen? Hast du Erfahrungen damit?«

»Ich war gestern ziemlich überfordert. Ich habe es aber gegoogelt.« Sie knetet ihre Finger.

»Komm, setz dich erstmal. Fika ist immer eine gute Idee.«

Nachdem sie sich einen Stuhl herangezogen hat und ich ihr eine Tasse Kaffee eingeschenkt habe, reiche ich ihr den Teller mit Kanelbullar.

In kurzen Sätzen erkläre ich, dass Rika mit dem Ritzen aufgehört hat. Damals war es ihre Antwort darauf, dass ihr Vater sie und ihre Mutter verlassen hatte. Ihre Mutter ertränkte den Verlust mit Alkohol, Rika reagierte mit selbstverletzendem Verhalten.

»Das ist nun vier Jahre her. Seit dieser Zeit sind sie und ihre Mutter dem Jugendamt bekannt und werden von uns betreut. Rikas Narben sind alt. Die Wut auf ihren Vater sitzt tief.«

Meine Worte scheinen Bea zu berühren. Die Zimtschnecken vor sich rührt sie nicht an, den Kaffee ebenso wenig. Stattdessen klammert sie sich an die Tasse, als gälte es ihr Leben. Davon, dass »Fika« als sozialer Austausch bei Kaffee und Süßkram verstanden wird, hat sie vielleicht noch nichts gehört, oder aber ist sie so verzweifelt, dass mehr nötig ist, um sie zu beruhigen.

»Mithilfe einer Therapeutin ist Rika zwischenzeitlich weggekommen vom Ritzen. Es ist gut, dass sie sich dir gegenüber geöffnet hat. Sie mag dich offensichtlich.«

Beas flackernder Blick sucht den meinen. »Ernsthaft?«

Ich nicke. »Jadå. Ihre Narben zeigt sie sonst nicht. Immer hat sie diese Pullis an.«

Bea nickt. »Was soll ich jetzt tun?«

»Du musst nichts tun. Mach dir keine Sorgen um Rika, sie ist ein toughes Mädchen. Und im Moment ist sie stabil. Sie fügt sich ein, so gut sie kann.«

»Ich bin vermutlich nicht die Richtige in diesem Job«, flüstert Bea. »Ich bin nicht dazu ausgebildet, mit diesen Kids umzugehen.«

Das ist exakt das, was Gunilla meinte. Trotzdem habe ich das Gefühl, Bea ist richtig hier. Am liebsten würde ich ihre Hand ergreifen und sie streicheln, denn ich sehe, wie sehr sie das Eingeständnis plagt.

»Vielleicht bist du nicht dazu ausgebildet, ja. Aber wir anderen sind es. Und interessanterweise hat Rika sich *dir* gegenüber geöffnet.« Fragend sieht sie mich an. »Das ist ein gutes

Zeichen. Wir brauchen dich hier.«

Unmerklich strafft sie die Schultern, und ich lese so etwas wie Rührung in ihrer Mimik und den glänzenden Augen.

»Ernsthaft?« Das scheint ihr Lieblingswort zu sein. Vielleicht weil es so gut zu ihr passt.

»Ernsthaft,« bekräftige ich und habe dabei das Gefühl, ihr ein weiteres Kompliment machen zu müssen, um ihr ein Lächeln zu entlocken. »Ich habe mir übrigens deine Proviantliste für den Trip angesehen. Hast du prima gemacht!«

Überrascht, ja, beinah ungläubig, sieht sie mich an. Dann erhellt tatsächlich ein Lächeln ihr hübsches Gesicht.

»Hab ich gern gemacht.«

Als ob ich das nicht wüsste. Sie ist Meisterin im Listenmachen und Nachdenken. Nicht unbedingt das, was ich an einer Frau mag. Aber ich muss sie ja nicht mögen, oder? Ich muss nur mit ihr arbeiten.

Ich sollte jetzt die Kinder zum Frühstück rufen. Dennoch wage ich einen letzten Blick in ihre strahlend blauen Augen, bevor ich mich abrupt erhebe, auf den Tisch klopfe und mir Worte entschlüpfen, die ich gar nicht sagen müsste. Denn sie ist alt genug. »Eins noch, Bea … Lass das Rauchen lieber sein. Das ist ungesund. Die Kippen nehme ich Rika natürlich ab.« Beas Augen weiten sich vor Schreck. »Aber ich werde dich nicht verpetzen, keine Sorge.«

Kapitel 6

Bea

Der Wald riecht nach feuchter Erde und Moos, die Vögel zwitschern. Tief atme ich durch und genieße den Moment. Thomas und ich sind hier in der Gegend Tausende von Kilometern gewandert. Es fühlt sich an, als komme ich nach zwölf harten Tagen an der Front wieder heim.

Die Teenager sehen das natürlich anders.

»Überlebenstraining im Wald! Was für eine bescheuerte Idee!« Hild schnieft und haut sich verzweifelt abwechselnd mal auf das linke, dann auf das rechte Schienbein. »Meine Beine sehen aus wie Stracciatella-Eis«, jammert sie und strauchelt im Bemühen anzuhalten, um ihre Waden zu betrachten.

Rika, die hinter ihr geht, knufft sie und keift: »Geh schon weiter! Du rettest deine Beine auch nicht, wenn du rumheulst. Hättest du halt eine lange Hose angezogen!«

Recht hat sie. Hild ist mit ihren knappen Jeans-Shorts und dem Top mit Spaghetti-Trägern denkbar ungeeignet gekleidet. Alma muss hinter mir ebenfalls anhalten, weil Hild den Verkehr auf dem Trampelpfad aufhält.

Sie grinst hämisch. »Ich finde, deine Waden sehen eher aus wie ein weißes Tischtuch, auf dem jemand Erdbeermarmelade verspritzt hat.«

Dass das zurückhaltende Mädchen Hild gegenüber den Mund aufmacht, überrascht mich. Offenbar lernt sie schnell von ihren aggressiven Kameradinnen.

Hild heult theatralisch auf und starrt in die Baumwipfel über sich. »Die verdammten Knott fressen mich mit Haut und Haaren!«

Ich tätschle ihr die Schulter. »Das sind keine Kriebelmücken, Hild. Es sind Bremsen. Wenn wir unsere Zelte aufgeschlagen haben, kümmere ich mich um dich. Ich habe was dabei, das die Schwellungen abklingen lässt. Morgen solltest du aber kein Parfüm verwenden und am besten lange Hosen und ein Longsleeve anziehen, okay?«

Sie schaut mich mit großen Augen an.

»Warum hat mir das niemand vorher gesagt?«

»Na ja, *du* bist doch die Schwedin hier ... Ich dachte, ihr wart schon öfters im Wald unterwegs.«

»Nein, war ich *nicht!* Ich komme aus einer scheiß Großstadt, schon vergessen?«, schimpft sie und stampft dabei mit dem Fuß auf.

Ed dreht sich um, als er ihre aufgebrachte Rede hört. »Lass gut sein, Hild. Bea ist die Letzte, die was dafürkann. Du hättest halt heute Morgen zuhören müssen, als ich euch erklärt habe, was ihr mitnehmen sollt.«

Die Mädels grummeln, entgegnen aber nichts. Ihre Laune ist definitiv im Minusbereich. Missmutig stapfen sie weiter durch den Wald. Auch wenn wir nicht mehr reden, sind wir lauter unterwegs als eine Horde Elefanten.

Hinter mir höre ich Alma stolpern und fluchen.

»Geh weiter, Alma, sonst holen dich die Wölfe!«, stichelt Johan.

Lennart meint, er muss in dieselbe Kerbe schlagen und erzählt eine haarsträubende Geschichte von einem Rudel Wölfe, das hier gesichtet worden sei. Ich höre, wie Alma wimmert, und drehe mich alarmiert zu ihr um. Die Angst ist ihr ins Gesicht geschrieben. Kurz und fest umarme ich sie. »Das sind nur Schauermärchen! Ganz ruhig! Hier siehst du allenfalls Elche, Alma!«

Die Jungs boxen sich schadenfroh und können sich das Lachen nicht verkneifen. »Alma, dir kann man auch einfach alles erzählen und du glaubst es!«

»Ihr seid echt *so* fies!«, schießt das Mädchen zurück.

»Hört auf, Jungs! Das ist nicht okay! Alma, geh vor. Wenn ich hinter dir bin, musst du dich nicht ärgern lassen.«

Ich werfe den beiden Übeltätern einen drohenden Blick zu, wenn ich auch wenig Hoffnung habe, dass der wirkt.

Das Mädchen schnieft leise vor sich hin und ich fühle mich dazu aufgefordert, zu flüstern: »Hab keine Angst. Hier gibt es wirklich keine wilden Tiere. Ich bin in der Gegend schon ganz oft gewandert.«

Aufmunternd schiebe ich sie wieder auf den Pfad, und wir gehen weiter.

Ed hat angehalten und uns beobachtet. Er zwinkert mir zu und nickt anerkennend. Mein Herz stolpert.

Wie ein kleines Kind freue ich mich darüber, dass er bemerkt hat, wie gut ich die Situation gelöst habe. Ha, Gunilla! Vielleicht passe ich besser in die Gruppe, als du denkst. So langsam werde ich warm, denn hier draußen bin ich in meinem Element!

Wandern hatte schon immer eine meditative Wirkung auf mich. Meine Mundwinkel heben sich und munter schreite ich voran. Selbst die Kinder haben sich an das Wandertempo gewöhnt. Den Jungs ist scheinbar die Lust darauf vergangen, die Mädchen zu ärgern. Mir fällt auf, wie sie an ihren Rucksäcken zerren. Vermutlich sind die nicht ideal gepackt. Noch dazu sind sie es nicht gewohnt, über längere Zeit Gepäck durch unwegsames Waldgebiet zu schleppen. Dabei sind wir gerade mal zwei Stunden unterwegs. Ob Ed bald eine Pause eingeplant hat?

Bei dem Gedanken an vorhin, als er mit zugezwinkert hat, wird mein Lächeln – wenn möglich – noch breiter. Wieso ist mir plötzlich so wichtig, was Ed von mir hält? Warum will ich seine Anerkennung? Um meinen Platz im Team zu behalten? Ohne Umschweife antwortet mein Verstand: *Natürlich willst du diesen Job nicht vermasseln! Denk an dein Mantra: Du brauchst das Geld!*

Aber wäre es nicht schön, wenn er dich öfters so ansehen würde wie gerade eben?, fragt ein zaghaftes Stimmchen, und ich wundere mich, woher das denn auf einmal kommt. Aber ja, seine braunen Augen haben eine beruhigende und gleichzeitig belebende Wirkung auf mich.

Okay, Bea, das war jetzt ein komischer Gedanke. Er ist immerhin dein Chef! Seine Augen tun nichts zur Sache!, knurrt der Verstand.

Unweigerlich erinnere ich mich an das Gespräch vom Vortag. Dass Ed so entspannt reagiert, ja, sogar lobende Worte für mich gefunden hat, beweist mir, dass er sich nicht von Gunilla einlullen hat lassen. Das rechne ich ihm hoch an.

Zwischen all dem Geplapper in meinem Hirn tönt plötzlich etwas anderes: Mein Magen lässt mich wissen, dass ich eine Pause brauche. Mindestens genau so dringend wie mein Hirn. Doch um uns herum drängt sich dichter Wald – keine Lichtung in Sicht. Hier lässt es sich definitiv nicht gemütlich Rast machen. Zu allem Überfluss fängt es jetzt an zu tröpfeln. Die drei Mädchen vor mir murren. Mich stören die Tropfen nicht, denn ich habe eine Basecap auf. Doch da es weiterhin stoisch vor sich hin nieselt, sehe ich, wie Hild frierend ihre nackten Arme entlangfährt. Rikas Schritte in den Dockers werden schwerfällig und ungleichmäßig. Müsste ich raten, so würde ich sagen, sie hat Schmerzen. Es würde mich nicht wundern, wenn sie sich die Füße wundgelaufen hätte.

Während ich zu Hild aufschließe, nehme ich den Rucksack ab und krame darin. Vorsichtig tippe ich ihr auf die Schulter und drücke ihr wortlos meine Regenjacke in die Hände. Sprachlos sieht sie mich an, lächelt dankbar und wirft sich die Jacke um.

»Ed? Ed!«, rufe ich nach vorne und lege die wenigen Meter bis zur Spitze des lahmen Trauerzuges zurück.

»Die Kinder brauchen eine Pause. Lass uns nach einem Rastplatz suchen.«

Sein Blick schweift durch die Landschaft. »Das ist doch gleich wieder vorbei. Und außerdem sind wir nicht aus Zucker.«

Die Mädchen schon, Mister Survival-Gott!

»Bea hat recht! Können wir nicht eine Pause machen? Ich habe gefühlt tausend Blasen an den Füßen!« Rika, die unser Gespräch aufgeschnappt hat, stampft wie zum Beweis mit einem Fuß auf und verzieht leidend das Gesicht.

Ed deutet auf ihre Dockers. »Das da, liebe Rika, sind einfach die falschen Schuhe für diesen Trip.«

»Es hat mir keiner gesagt, dass wir tagelang durch den Wald rennen!«, faucht Rika zurück.

»Doch, Mädchen. Hättest du in die Packliste geschaut, die ihr alle bekommen habt, hättest du gelesen, dass ihr passendes Schuhwerk für Wanderungen dabeihaben sollt.«

Meint er die Mail, die ich einen Tag vor Campbeginn rausgeschickt habe? Ob sie diese Information überhaupt rechtzeitig bekommen hat?

»Als ob ich eine Packliste gekriegt hätte ...«, brummt sie und bestätigt damit meine Vermutung. »Außerdem habe ich nur *ein* Paar Schuhe.«

Oh! Das wirft nochmals ein ganz anderes Licht auf die Sache.

»Lass uns anhalten. Ich versorge sie«, flüstere ich.

Eds Augen verengen sich und scannen das Häufchen inzwischen tropfnasser Menschlein vor ihm. Bin ich zu weit gegangen? Habe ich sein Anführer-Image untergraben?

Lieke kommt hinzu. Ihre Stoff-Sneaker sind ebenfalls nicht die geeignete Schuhwahl für den Wald. Ihre Mascara verteilt sich unvorteilhaft unter ihrem Wimpernkranz.

»Ich kann nicht mehr, Ed. Außerdem habe ich Hunger«, jammert sie.

»Ich auch!«, und »Ja, können wir bitte, bitte, endlich was essen?«, ertönt es von überall her.

Ed stöhnt und zuckt theatralisch mit den Schultern. »Na schön! Wir suchen uns eine nette Lichtung und essen was. Micke, Christer? Geht ihr bitte vor und haltet Ausschau?«

Rika wirft mir einen scheuen Blick zu. Ich glaube sogar, zu

sehen, dass sie den einen Mundwinkel nach oben zieht, was fast so aussieht wie ein Lächeln.

Zwei Stunden nach der kurzen Rast erreichen wir Gravendal. Die Kinder jubeln und lassen ihre Rucksäcke erleichtert auf den wunderschönen weißen Sandstrand am Ufer des Skärsjön-Sees plumpsen – und sich hinterher. Der Badeplatz ist mit einer Feuerstätte und genügend Platz gesegnet, um die sechs Zelte aufzubauen.

Das ist die nächste Challenge! So hat sich der Hersteller das garantiert nicht vorgestellt! Grinsend beobachte ich die Kids dabei, wie sie sich redlich bemühen, aus einem Häufchen Stoff und glasfaserverstärktem Kunststoff Zelte zu formen. Ja, das artet heute tatsächlich zum Überlebenscamp aus: nicht für mich, aber für *sie*. Die Lautstärke und die Flüche nehmen exponentiell zu. Ed versucht, überall gleichzeitig zu sein. Ich selbst gebe ebenfalls mein Möglichstes. Zum ersten Mal kann ich zeigen, was ich kann. Gefühlt habe ich schon eine Million Zelte aufgebaut! Diese hier sind igluförmige Vier-Mann-Exemplare, deren filigran gebogene Stangen den Aufbau zu einem Kinderspiel machen. Doch unsere Kids haben das natürlich noch nie zuvor gemacht. Triumphierend kreischend freuen sich Rika, Hild und Alma, als wir unser Zelt als Erste fertig haben. Die Jungs grölen abfällig, doch die Mädchen lassen sich ihren Sieg nicht schmälern.

»Ab an den Kochtopf, jetzt wo ihr nix mehr zu tun habt«, schimpft Gunnar und erntet einen Klaps auf den Hinterkopf von Micke.

»Dazu musst du erst mal einen Fisch fangen. Sonst haben wir nichts zu essen«, zieht er ihn auf. Ungläubig starrt Gunnar ihn an. »Dein Ernst, Alter?«

»Japp«, flachst Micke unbeeindruckt und bastelt weiter am Zelt herum.

»Wir kriegen nix Gescheites zu essen? Fuck! Lasst uns umdrehen!«, motzt der Junge.

»Kannst du gerne machen. Ich hoffe, du findest den Weg zurück«, erklärt Lena trocken. Die Dreadlocks fallen ihr ins Gesicht und triefen wie tauende Eiszapfen auf ihr T-Shirt.

Alle Betreuerinnen und Betreuer haben ein wenig Essen im Rucksack, doch will ich Mickes Scherz nicht verderben und halte den Mund.

Ed kniet über der Feuerstelle und versucht, das feuchte Holz zum Brennen zu bringen. Ich flitze zu dem Unterstand, der meist auf schwedischen Rastplätzen neben einem Plumpsklo platziert ist, und suche nach dünnen Ästchen, die als Anbrennholz funktionieren werden. Nicht nur solche finde ich, sondern sogar trockene, größere Scheite.

Verblüfft sieht Ed auf, als ich sie neben ihn in den Sand fallen lasse.

»Woher ... wie ...?«

Keine Ahnung, was er genau wissen will, aber ich unterbreche ihn. »Ich war schon auf vielen solchen Rastplätzen.«

»In Schweden?«, fragt er.

»Ja. Es ist noch einiges an Holz da, aber wir müssen später etwas nachschlagen, sodass die Besucher nach uns versorgt sind.«

Ich vermag nicht zu sagen, ob es das knisternde Feuer oder sein Blick ist – jedenfalls breitet sich wohlige Wärme in mei-

nem Bauch aus. Ein klein wenig fühle ich mich wie Aschenput-
tel in ihrem schicken Kleid, die dem Prinzen auf dem Ball zum
ersten Mal auffällt. Nur in Wanderschuhen.

Ed

Wer hätte das vermutet?

Meine spröde Deutsche kennt sich mit dem Alemannsrätten aus und wandert gern. Für uns Schweden ist es ganz natürlich, für nachkommende Besucher Feuerholz aufzufüllen, oder seinen Müll mitzunehmen. Für Touristen ist das Jedermannsrecht aber im Normalfall erklärungsbedürftig. Ich habe Bea unterschätzt. Dass sie sich natürlicher im Wald bewegt als mancher Stockholmer, hat mich tief beeindruckt. Sie hat heute im Übrigen mehr geleistet als alle anderen des Teams. Bea hat sich um wunde Füße, um frierende und triefende Mädchen, Mückenstiche und um das Essen gekümmert.

Nun sitzt sie hier am prasselnden Feuer und scheint zum ersten Mal entspannt zu sein. Sie lächelt sogar und blickt versonnen in die Flammen, die warme Lichtreflexe auf ihre Wangen zeichnen. Einmal mehr erinnert sie mich an Meg Ryan, wie sie so dasitzt, ein hübsches, zartes Persönchen, das man leicht unterschätzt. Ihren Haarschopf bedeckt ein hellblaues Bandana, unter dem die nassen Locken hervorlugen. Verstohlen beobachte ich sie. Lustig, wie sich die blonden Locken über ihren Augen kräuseln wie Korkenzieher.

Gunilla setzt sich zu ihr und beginnt ein Gespräch. Anscheinend hat sie ihre Vorbehalte über Bord geworfen, denn die beiden lachen und plaudern ungezwungen miteinander.

Auf Gunillas Haaren prangt Beas Basecap, die sie ihr heute während des Regens geliehen hat. Ich finde, Bea steht sie tausendmal besser als Gunilla, deren Kopf damit eher wie ein Ei mit Hut aussieht.

Mir ist aufgefallen, wie die Mädchen Bea heute mehrmals dankbare Blicke zugeworfen haben. Das bereitet mir eine gewisse Genugtuung: Gunilla hat sich getäuscht. Wobei das nichts mit Rechthaben oder Rechtbehalten zu tun hat. Es ist einfach schön, wie Bea aufgeblüht ist. Ihre Augen strahlen, und sie wirkt zufrieden.

Rika, die neben ihr sitzt, streift sich die Schuhe ab. Ihr Gesicht verzerrt sich vor Schmerz. Die Blasenpflaster, die Bea ihr verpasst hat, haben sie über die restlichen Kilometer gerettet, doch ihre Fersen sind blutverschmiert, als sie die feuchten Socken zum Trocknen auf den Sand legt.

Bea unterbricht ihr Gespräch mit Gunilla und verschwindet in ihrem Zelt. Als sie wiederkommt, hat sie schwarz-weiß gestreifte Oma-Socken in der Hand! Nämen, sind die selbstgestrickt? Ein Glucksen kann ich nicht unterdrücken. Die wird Rika ihr um die Ohren hauen!

Suchend schaut Bea sich um. Ihre blauen Augen bleiben an mir hängen. »Ed, hast du Pflaster dabei?«

Ich nicke ertappt und krame in meinem Rucksack, der auf dem Boden hinter mir liegt. Mit der Großpackung gehe ich zu den beiden hinüber und knie mich neben das Mädchen. »Sind die Schmerzen erträglich, Rika?«

»Geht so«, presst sie hervor.

Bea greift sich ein Mikrofaser-Handtuch – Donnerwetter, sie ist ja für alles ausgerüstet! – und trocknet Rikas Füße ab. »Sie sind noch immer ganz kalt. Am besten hältst du sie nah ans Feuer, Kleines.«

Kleines? Ich erwarte ein Gemotze von Rika, doch die schnieft nur vor sich hin und murmelt: »Okay.«

Ich reiche dem Mädchen die Pflaster und beobachte, wie es sich die Fersen beklebt. Dann befolgt Rika Beas Rat, rückt näher zum Feuer, streift sich die Haare hinter die Ohren und den Pulli bis zu den Ellenbogen hoch. Das ist ein deutliches Zeichen, dass sie sich wohlfühlt. Ich setze mich neben sie.

»Denkst du, du schaffst die morgige Etappe?«, frage ich. Sie hier mitten im Wald abholen lassen zu müssen, wäre schwer zu organisieren. Außerdem müsste ich jemanden aus dem Team abkommandieren, sodass sie nicht allein ist. »Es sind noch mal grob vier Stunden, dann haben wir es geschafft.«

»Werden wir dann nicht mehr wandern?«, will sie wissen.

»Nein. In Tyfors holen wir unsere Kanus ab. Kein Wandern mehr, versprochen. Na ja, an gewissen Stellen müssen wir die Kanus übertragen.«

»Was heißt das?«

»Wenn wir von einem See in den anderen wechseln, müssen wir die Kanus ein paar Meter weit tragen.«

Sie grübelt ein wenig, dann nickt sie. »Das schaffe ich.«

Bea setzt sich auf Rikas andere Seite. »Wenn du morgen diese Socken und die Blasenpflaster benutzt, bin ich sicher, dass du es schaffst.«

»Die gefallen mir.« Rika grinst und nimmt die Oma-Socken entgegen. »Könnten von der Addams-Family sein.«

Ich pruste. »Was? Du kennst die Addams-Familiy?«

Das erstaunt mich fast mehr als die Zustimmung zu den Socken.

»Wer nicht?« Sie runzelt die Stirn und zieht sich die Liebestöter über die kleinen Füße. Im Schein des Feuers zeichnet sich das feine, blasse Netz der Narben wie Spinnenweben auf ihren Unterarmen aus. Im selben Moment streift sie wie beiläufig den Pulli wieder hinab zu ihren Händen. Traurig hebe ich den Blick – und sehe Beas ernste Augen auf mich gerichtet. Seufzend erhebe ich mich und beschließe, mit dem Kochen anzufangen.

Die Kids haben sich, soweit ich das beurteilen kann, in ihren Zelten installiert und kommen so nach und nach heraus, um sich zu uns zu gesellen. Hild hat noch immer Beas Regenweste an und sich eine lange Hose von jemandem geborgt.

»Muss ich jetzt ehrlich den verdammten Fisch fangen?«, mault Gunnar und blitzt Micke angriffslustig an.

Der lacht laut auf und boxt den Jungen. »Nee, lass stecken. Es gibt Dosenravioli.«

Gunnars Gesichtsausdruck verändert sich schlagartig von »Sauertopf« zu »Honigkuchen«.

»Lasst uns Stockbrot dazu machen. Kennt ihr das?«, will Bea wissen.

Geniale Idee!

So sind die Kinder beschäftigt und müssen zusammenarbeiten. Als zwei Stunden später alle satt und müde in den Zelten verschwinden, trete ich zu Bea. »Hast du einen Moment?«

»Klar, Chef, was hätte ich denn sonst hier vorhaben sollen? Meinst du, ich will noch groß ausgehen?«

Oh, Madame hat Humor? Das ist mir neu. Steht ihr aber! Ich nicke etwas überrumpelt und ziehe sie dann mit mir, sodass wir ein paar Schritte am Strand entlang gehen können. Sie wirft mir einen flackernden Blick zu. Ob sie Angst vor diesem Gespräch hat? Jetzt erinnert sie mich wieder an die verhuschte

Frau, die ich vor einigen Tagen kennengelernt habe. Sie ist mir ein Rätsel.

»Willst du mit mir nochmals über Rikas Narben sprechen?«, flüstert sie.

»Ja, auch.« Nein, eigentlich nicht, aber es ist ein passender Einstieg. Ich will sie loben, ihr sagen, dass sie den Kindern guttut, egal wie holprig ihr Anfang im Team war. »Und ich muss mich entschuldigen. Dafür, dass ich dich und Lieke nicht ausreichend vorbereitet habe.« Überrascht fährt ihr Kopf hoch. Da sie nichts entgegnet, räuspere ich mich verlegen. »Ich weiß nicht, was dir deine Google-Recherche über selbstverletzendes Verhalten gesagt hat. Aber der Grund ist oft, dass Kinder mit ihren Problemen nicht klarkommen und sie ein Ventil brauchen. Um ihre Gefühle zu kanalisieren. Um nicht fühlen zu müssen.«

»Ja, das habe ich gelesen.«

»Es ist wie eine Sucht, ein böser Kreislauf. Je weniger sie fühlen, umso abgestumpfter werden sie.«

Wir schweigen einen Moment, und ich lasse sie diese Information verdauen.

»Sie tut mir so leid! Wie kann ich ihr helfen?«

»Nun, eine Art Handbuch für richtiges Benehmen gibt es nicht. Rika ist in Therapie, und das ist das Wichtigste.«

»Hilft denn eine Therapie überhaupt?« Beas Blick ist weich und verletzlich. Es rührt mich, dass sie sich so um das Mädchen sorgt.

»Ja, sofern Rika das will und sich öffnet. Es braucht viel Liebe und Zeit. Der Halt ihrer Angehörigen und Freunde ist wichtig. Geborgenheit. Keine Vorwürfe.«

Sie sieht zum See und bleibt stehen.

»Aber wird es für sie jemals besser, wenn sie zu Hause keinen Halt hat? Ich dachte, sie kommt aus problematischen Verhältnissen.«

»Das stimmt. Wenn eine Therapie nichts hilft, dann gibt es noch die Möglichkeit, sie stationär zu behandeln.«

»Das will sie garantiert nicht.«

Ich nicke, denn sie schätzt das Mädchen richtig ein. Es ist kein Spaziergang, Rika helfen zu wollen. Es erfordert Geduld und Fingerspitzengefühl, auch von uns Betreuern und den Therapeuten.

Schweigend gehen wir weiter. »In einer Verhaltenstherapie wird ihr beigebracht, dass man Konflikte nicht mit dem Körper austrägt.«

»Das ist nicht einfach.« Beas Stimme klingt gepresst. Das Thema geht ihr nahe.

»Nein, das ist es nicht. Alle diese Kinder haben unterschiedliche Formen gelernt, mit Gefühlen und Konflikten umzugehen. Allesamt sind nicht sonderlich gesund.«

»Wie lehrt man sie denn, mit Gefühlen richtig umzugehen?«

Seltsame Frage. »Nun ja, man lebt es ihnen vor. Du hast ja sicher gemerkt, wie wir ihnen zeigen, dass man Wut nicht mit Gewalt an anderen auflösen kann. Es ist viel besser, wenn sie auf Kissen oder das Sofa einschlagen. Auch sollen sie brüllen und schreien, um die Wut rauszulassen. Wichtig ist es einfach, dass sie sie nicht an anderen oder sich selbst auslassen.«

Bea nickt traurig. In Gedanken scheint sie meilenweit weg zu sein.

Leise fahre ich fort: »Ich hoffe, dass das Camp für Rika eine Auszeit von ihren Problemen zu Hause ist. Sie hat bereits neue Freunde gefunden. Das ist gut. Ein Fortschritt.«

Wenn sie jedoch eine Chance haben soll, ihre Sucht erfolgreich zu bekämpfen, müssen sich ihre familiären Hintergründe deutlich verbessern. Das sage ich Bea aber nicht. Das Thema ist harter Tobak. Ich will sie wieder lächeln sehen.

»Ich finde übrigens, du machst das richtig gut mit ihr. Und ich danke dir dafür, dass du dich kümmerst.« Jetzt schaut sie mich endlich wieder an, wenn auch ernst und zweifelnd. »Heute hast du großartige Arbeit geleistet. Du bist über dich hinausgewachsen. Du wirkst hier draußen wie ein anderer Mensch.«

Wäre es nicht so düster, würde ich sagen, sie errötet bei meinen Worten. Wie gerne würde ich ihr jetzt diese Locke aus dem Gesicht streifen und ihre Wange berühren. Meine Brust verengt sich, und ich bemühe mich mit einem tiefen Atemzug, sie zu befreien. Normalerweise bin ich nicht so emotional, sondern habe gelernt, alle Gefühle zu kontrollieren, was ironischerweise genau das Gegenteil davon ist, was ich meinen Kids beibringe. Aber beim Wandern heute ist mit eines klar geworden. Etwas, das ich nicht kontrollieren kann, sondern das unbedingt aus mir herausmuss. Mit belegter Stimme bringe ich es hervor: »Ich bin froh, dass du bei uns bist. Du bist gut für das Team, Bea.«

Und irgendwie auch für mich.

In meinem Kopf bilden sich Worte, die ich zum Glück nicht ausspreche: »Ich bin froh, dass du nicht gekündigt hast. Denn ich mag dich, Bea Steinmann. Obwohl du so widersprüchlich und komisch bist. Vielleicht gerade, *weil* du so bist. Anders. Erfrischend. Unberechenbar.«

Ihre Augen schimmern verräterisch und sie murmelt: »Tack ska du ha, Ed, für deine Worte. Das tut mir jetzt wirklich gut.«

Kapitel 7

Bea

Rika, Hild und ich sind wach, bevor wir überhaupt das winzigste Geräusch von draußen oder aus den anderen Zelten vernehmen. Es ist taghell, obwohl ich beim Schielen auf meine Armbanduhr feststelle, dass es erst fünf Uhr ist. Alma ist so tief in ihrem Schlafsack vergraben, dass nur ihre weißblonden Haarspitzen hervorlugen.

Ich lege den Zeigefinger auf die Lippen und winke den anderen beiden zu, mir nach draußen zu folgen. So leise wie möglich schälen wir uns aus den Schlafsäcken und krabbeln aus dem Zelt.

Die Luft ist klar nach dem gestrigen Regen, und über dem See liegen zarte Nebelschwaden, die im Begriff sind, sich aufzulösen.

»Habt ihr Lust, euch mit mir unten am See zu waschen? Danach sprühen wir uns mit Mygga ein. Ich schwöre euch, dass uns dann die Bremsen und Knotts nicht angreifen werden.«

Die Mädchen starren mich skeptisch an.

»Du bist doch aus Deutschland. Woher weißt du das alles?«, will Hild wissen.

»Na ja, ich bin mit meinem Exfreund sehr gerne gewandert. Auch hier in der Gegend. Wir haben eine Stuga in Sävenfors.«

Rika zieht eine angewiderte Grimasse. »Sävenfors? Wer bitte will denn in dieses Kuhkaff? Die Leute ziehen doch prinzipiell lieber weg vom Land und rein in die Stadt!«

Ich lache auf. »Ich nicht! Die unberührte Natur, die freundlichen, offenen Leute, die klare Luft, das wechselhafte Wetter – ich liebe einfach alles an Schweden! Tja, so gestörte Menschen wie mich soll es geben ...« Mein Lachen kommt von Herzen, denn trotz des Ärgers mit dem Haus, der Geldprobleme und des Umstands, dass ich mich mit anstrengenden Kindern und ebensolchen Arbeitskolleg:innen und Chefs herumschlagen darf, bereue ich den Schritt nicht.

Rikas Gesicht spiegelt eher Zweifel wider als Verständnis. »Täusch dich nicht. Wir Schweden sind nach außen immer nett und gesittet. Aber eigentlich sind wir wortkarg, menschenscheu und lieber für uns.«

»Das habe ich *so* noch gar nicht bemerkt.« Spöttisch lächle ich und finde es extrem lustig, dass ausgerechnet *sie* mir das so offen sagt.

Ganz im Widerspruch zu Rikas Unkerei über schwedische Eigenheiten folgen mir die Mädchen willig hinunter zum Ufer. Beschwingt führe ich sie ein bisschen weg vom Camp an eine Stelle, an der große flache Steine in den See ragen. Dort können wir unbeobachtet unsere Klamotten ausziehen und ablegen. Allein würde ich mich wahrscheinlich nicht hineintrauen. Nur in Unterwäsche wate ich in das Wasser, bis es mir zu den Knien reicht. Das genügt. Weiter werde ich nicht hineingehen. Ich will nicht, dass die Mädchen meine zitternden Beine und das angstvolle Zaudern bemerken. Zum Glück habe ich eine ideale Stelle gewählt, die so flach ist, dass man bis auf den Grund sieht. Dennoch spüre ich mein Herz schneller schlagen.

Ich atme tief ein und aus und lockere bewusst die Kiefer.

Hinter mir ertönt ein Platschen, dann taucht Hild auf und schwimmt an mir vorbei. Als hätte Rika nur darauf gewartet, bis unsere Walküre weg ist, gesellt sie sich zu mir. Schweigend waschen wir unsere Gesichter, Arme und Beine. Wenig später kehren wir um und setzen uns auf die Steine, die den Strand säumen. Ich liebe diese magischen Stunden, bevor die Welt so richtig erwacht.

Rika seufzt. »Es ist schön hier.«

»Und so friedlich, nicht wahr?«, erwidere ich und blinzle in die Sonnenstrahlen.

Der Himmel ist so weit und der See spiegelglatt. In solchen Momenten frage ich mich, warum ich diese dämliche Aquaphobie nicht endlich ablegen kann.

»Bea, meinst du, dieses Klo im Wald ist sauber? Also, zumindest so ein bisschen?«, reißt mich ein unsicheres Stimmchen aus meinen Gedanken.

Ich pruste überrascht. »Musst du etwa *groß*?«

»Wenn du es genau wissen willst: ja!«, faucht sie und verzieht dabei angewidert das Gesicht. Ich muss mich beherrschen, um nicht zu lachen.

»Keine Bange, Kleines. Ich habe es schon getestet. Es ist sauber. Und du findest sogar genügend Klopapier!«

Dass sich Rikas Wangen röten, könnte ich auf die Freude über meine Antwort zurückführen, doch wahrscheinlicher ist, dass sie mich peinlich findet. Ich hingegen denke, dass einem etwas Natürliches nicht peinlich sein muss. Noch dazu freue ich mich stets wie ein Kind, dass sich im Nirgendwo mitten im schwedischen Wald Plumpsklos befinden, die völlig sauber und sogar mit Klopapier ausgestattet sind. Es ist mir ein Rätsel, wie das organisatorisch möglich ist.

»Ich frage mich immer, wie ihr Schweden das macht! In Deutschland findest du nicht mal an einer Raststätte oder einem Autobahnparkplatz solch gut gepflegte Toiletten wie hier.«

Rika erhebt sich ruckartig und flieht.

Entweder ist der Drang zwischenzeitlich so groß, oder ich habe ihr mit dieser Erklärung den Rest gegeben, was sie an Peinlichkeit erträgt.

Mit Hild mache ich mich wenig später auf, zurück zum Camp. Gleichzeitig mit Rika treffen wir dort ein.

Ich entzünde das Feuer und krame in den Rucksäcken nach dem Topf, um Tee zu kochen. Problemlos finden die Mädchen Knäckebrot, Nutella und Marmelade und helfen mir, ohne dass ich sie dazu auffordern muss. Donnerwetter! Was ist nur mit diesen Kindern passiert?

Mir drängt sich das Gefühl auf, dass in Schweden mehr zwischenmenschliche, wortlose Kommunikation stattfindet, als den Einheimischen klar ist. Anders als in Deutschland redet man nicht so viel unnützes Zeug. »Wortkarg« hat Rika es genannt. Ein bisschen stolz bin ich schon darauf, dass es mir gelungen ist, mich in dieses »menschenscheue Gefüge« einzugliedern.

»Sollen wir wieder Stockbrot machen? Das war lecker!« Hild sieht mich erwartungsvoll an, und ich kann nicht anders, als sie selig anzulächeln.

»Sehr gerne. Weißt du noch, wie es geht?«

»Na klar!« Sie greift sich das Mehl, schüttet es in einen Topf und knetet es mit ein wenig Wasser zu einem Teig, während sich Rika die Pfanne schnappt und sie wie selbstverständlich im See auswäscht. Nicht nur, dass es keiner Aufforderung bedarf – nein, sie verrichten mit mir zusammen Küchendienst, zu dem ich sie vor wenigen Tagen hätte prügeln müssen. Die Walküre, die Hexe und die steife Deutsche – was für eine Kombination!

Als wir unseren Tee schlürfen, betrachte ich meine beiden Zeltgenossinnen aus den Augenwinkeln. Es würde mich schon brennend interessieren, was die unterschiedlichen Mädchen alles durchgemacht haben, um hier in diesem Camp zu stranden.

»Wie kommt es eigentlich, dass ihr hier seid?«, platze ich heraus und befürchte zeitgleich, dass sie mir das nicht beantworten werden. Nach einer Minute betretenen Schweigens bereue ich es, gefragt zu haben.

»Ed wollte, dass ich herkomme. Er hat gesagt, wenn ich nicht in dieses Camp gehe, muss ich ins Heim, bis meine Mutter aus der Entzugsklinik zurück ist«, berichtet Rika leise. Dass sie geantwortet hat – noch dazu ehrlich und ausführlich – erleichtert mich. Sie scheint mir langsam zu vertrauen. Von Ed kenne ich ja einen Teil ihrer Geschichte. Aber es ist nochmals etwas anderes, sie von *ihr* zu hören. Ich wage mich in die Höhle des Löwen: »Was ist mit deinem Vater? Warum schicken sie dich nicht zu ihm?«

Sie schaut auf den See und schweigt erneut. Und dieses Mal kommt keine Antwort. Okay, der Vater ist ein Fettnäpfchen. Das haben sie und ich gemeinsam.

»Und du, Hild? Warum bist du hier?«, beziehe ich unsere Walküre ins Gespräch mit ein.

»Das willst du nicht wissen«, knurrt sie abweisend.

»Doch. Will ich«, antworte ich bestimmt, und unsere Blicke verhaken sich ineinander. Mit ihren roten Zöpfen, den hellblauen Augen und den vielen Sommersprossen wirkt sie heute sehr jung. Weniger wie eine Walküre, eher wie Pippi Langstrumpf.

»Ich wollte mit meinem Freund abhauen«, bricht es plötzlich aus ihr heraus. Rikas Kopf ruckt nach oben.

»Aha, und das wurde nichts?«, frage ich, ebenfalls neugierig auf diese Geschichte.

»Nein. Sie haben mich zurückgeholt, und ich darf ihn seither nicht mehr sehen. Und das, obwohl ich schwanger von ihm war.«

Uff, das ist eine harte Nummer. Sie ist maximal sechzehn. Ich habe tausend Fragen im Kopf. Doch nur eine entschlüpft mir direkt und unverblümt: »Warum sollst du ihn nicht mehr sehen?«

Sie knetet ihre Hände, und ihre Stimme wird leise und brüchig, als sie ansetzt: »Er ist …« Sie schluckt. »Er ist fünfundzwanzig. Er hat sich strafbar gemacht. Und meine Eltern haben mich dazu gezwungen, abzutreiben.«

Du meine Güte!

Jetzt wird mir klar, warum sie annahm, dass ich das nicht hören will. Tatsächlich hätte ich es lieber nicht gehört. Entsetzt und sprachlos lege ich meine Hand auf ihren Arm.

Was kann ich darauf nur sagen?

Dass es besser so ist, weil sie zu jung für ein Kind ist?

Dass ich ihre Eltern ein Stück weit verstehe?

Dass, selbst wenn sie selbst vielleicht noch nicht reif genug für Geschlechtsverkehr war, zumindest ihr Freund an Verhütung hätte denken müssen? Alle weisen Worte sind hier vergebens. Und kommen vor allem zu spät. Wenn sie diesen Mann liebt, hilft ihr das nicht weiter.

»Wie hat dein Freund reagiert?«, frage ich leise. »Seid ihr noch zusammen?«

Wütend wischt sie sich über ihre tränennasse Wangen und schüttelt den Kopf. »Er hat sich seit der Abtreibung nicht mehr bei mir gemeldet. Meine Anrufe drückt er weg.«

»Das kann ja wohl nicht wahr sein! Vergiss ihn, Hild! Er ist ein Arsch, wenn er dich jetzt hängen lässt, wo du ihn am meisten brauchst.«

Eiskalt läuft es mir über den Rücken. Im Vergleich zu diesen beiden Mädchen habe ich das Gefühl, behütet aufgewachsen zu sein.

»Das ist echt hardcore.« Rika schüttelt sich. »Deine Story ist ja noch schrecklicher als meine. Und du, Bea? Was hat dich in dein Kuhkaff verschlagen?«, will sie wissen. »Hast du etwa auch eine kleine Horrorstory für uns?«

Soll ich ihnen das wirklich anvertrauen? Aber warum nicht? Immerhin waren sie mir gegenüber offen und ehrlich. Es käme mir wie Verrat vor, mich jetzt auszugrenzen.

»Mein Verlobter hat mit seiner Fitness-Trainerin geschlafen und sich von mir getrennt. Er hat mich mehr oder weniger aus der gemeinsamen Wohnung hinausgeschmissen. Nur der Van und das Schwedenhaus sind mir geblieben. Schweden schien mir eine gute Option. Es ist weit genug von Ulm weg. Ich hätte es nicht ertragen, den beiden womöglich regelmäßig über den Weg zu laufen.«

»Du liebst ihn noch, oder?«, wispert Hild.

Liebe ich ihn noch?

Puh, das ist eine knifflige Frage.

Nein, ich will ihn nicht mehr lieben.

Aber in Wahrheit wüsste ich nicht, was ich täte, wenn er plötzlich vor mir stünde und sich entschuldigen würde.

»Vermutlich«, gestehe ich ein. »Es dauert eben, bis man sowas verdaut hat.«

»Ja, das glaube ich dir«, murmelt Hild.

Betreten starren wir vor uns hin. Keine sagt mehr was, jede ist vertieft in ihre eigene Gefühlswelt, die es nach diesen intimen Geständnissen gehörig durcheinandergewirbelt hat.

Hinter uns höre ich einige Reißverschlüsse, und die ersten Zelte öffnen sich. Hat der leckere Duft unseres Brotes sie geweckt?

»Sie haben die schönste Zeit verschlafen«, brummt Rika, und ich pflichte ihr innerlich bei.

Plötzlich steht Ed neben uns. »Guten Morgen, die Damen! Das sieht nach einer gemütlichen Runde aus.«

»Wir waren schon im Wasser und haben gefrühstückt, während ihr alle noch gepennt habt, ihr Faulpelze«, feixt Hild.

Als er uns mit hochgezogenen Brauen mustert, hebe ich in einer hilflosen Geste die Hände. Recht hat das Mädchen!

»Na schön, dann werde ich das auch mal tun«, kommentiert er und zwinkert uns achselzuckend zu. Auf halbem Weg zum See zieht er sein T-Shirt aus und wirft es nachlässig in den Sand. Sein braungebrannter Rücken ist oben an den Schultern breit und wird dann v-förmig schmaler. Beeindruckt betrachte ich seine Muskeln und den knackigen Po, der von den schwarzen Badeshorts betont wird. Er watet ins tiefe Wasser hinaus und stürzt sich dann kopfüber hinein. Erst jetzt bemerke ich, wie Rika mich süffisant anlächelt.

»Was ist?«, frage ich und ziehe unwillig die Brauen zusammen.

Rikas Mundwinkel zucken. »Du findest ihn heiß!«

»Was?« Erschrocken huste ich meinen Tee aus.

»Du hast mich schon verstanden. Du hast auf seinen Po gestarrt!«

»So ein Quatsch! Ich hab nur seine Tattoos angeschaut.«
Meine Wangen brennen glühend heiß bei dieser Lüge.

»Stehst du auf Männer mit Tattoos?«

»Eigentlich nicht.«

»Aber ihm stehen sie ganz gut, nicht wahr?«

»Na ja, geht so«, wiegle ich ab. Dass ich Eds gut gebauten Körper – mit oder ohne Tattoos – sehr sexy finde, binde ich den Mädchen auf gar keinen Fall auf die Nase! Thomas war immer eher blass und hat, wenn überhaupt, eher einen Sonnenbrand bekommen als knackige Sommerbräune. Zu Tattoos hatte er ein ganz spezielles Verhältnis: Er fand sie immer asozial, während ich schweigend daneben saß und selbst von einem träumte. Da fällt mir doch prompt auf, dass Thomas zwischenzeitlich meilenweit von mir entfernt ist – physisch wie psychisch. Tagelang habe ich nicht mehr an ihn gedacht. Womöglich hat ihn auch erst das Gespräch vorhin mit den Mädchen wieder präsent werden lassen. Da ist Ed hingegen deutlich öfter durch meine Gedanken gegeistert.

Ob Ed Single ist?

O Gott, Bea! Was ist das denn für ein Gedanke? Er ist dein Chef! Ob er Single ist, geht dich nichts an!

Rika lässt nicht locker. »Ich finde schon, dass er für sein Alter heiß aussieht. Gar nicht wie ein Sozi. Bestimmt war der früher ein ganz Wilder.« Sie knufft mich in die Seite und schnauft belustigt.

Daraufhin grinse ich schief. »Er hat garantiert eine interessante Vergangenheit.«

»Safe!« Energisch nickt sie.

»Und deswegen ist er der perfekte Camp-Leiter, weil er selber schon viel durch hat!«, nehme ich ihn in Schutz. Er ist und bleibt mein Boss!

Ein sehr *heißer* Boss, wohlgemerkt.

So auf die Harte-Wikinger-Schalen-Art: außen tough, innen weicher Kern.

Wie souverän er mit den Kindern umgeht, gefällt mir. Er ist erwachsen und dennoch cool zugleich, weder autoritär und überheblich noch lasch oder nachlässig: eine Mischung, die die Kids akzeptieren und respektieren.

Selten habe ich einen Mann kennengelernt, der sich so stark für ein soziales Projekt gemacht hat – noch dazu für benachteiligte Teenager.

Was ihn wohl dazu gebracht hat?

Seine eigene Kindheit?

»Ich glaube, der lässt auch nichts anbrennen«, holt Rika mich aus meinen gedanklichen Schwärmereien heraus.

Wie bitte?

»Wie meinst du das?«, krächze ich.

»Ich habe gehört, wie Gunilla zu Lieke sagte, dass er was mit Lena und seiner Chefin in Stockholm am Laufen hatte. Pass auf, dass er nicht auch dich vernascht, Bea!«

Mir stockt der Atem. Die Kleine nimmt kein Blatt vor den Mund.

Hild lacht auf. »Der Herr Saubermann ist also gar nicht so sauber. Da hab ich ihn wohl falsch eingeschätzt.«

Ich auch!

Es fällt mir schwer, das Gehörte zu verdauen, und ich bringe keinen Ton hervor. Ja, gewiss, er scheint ein besonderes Verhältnis zu Lena zu haben, inniger als das, was ihn mit den anderen verbindet. Ob es tiefer geht als Freundschaft?

Das versetzt mir einen Stich.

»Auch *dich* habe ich falsch eingeschätzt«, fährt Rika unge-rührt fort. Überrascht blicke ich in ihre schwarzen Augen. Sie lächelt – liebevoll! Doch bevor ich fragen kann, was sie damit meint, erhebt sie sich und geht.

War das ein Lob? Mir wird warm ums Herz. Muss am schwedischen Sommer liegen!

Oder daran, dass ich mich für die Gedanken an Ed ein wenig schäme. Verdient er meine Anerkennung am Ende gar nicht? Ist er ein Playboy, der mit den Gefühlen von Frauen spielt?

Fuck, fuck, fuck!

Das ist das Ende!

Panisch starre ich auf die elf roten Kanadier, die auf dem See dümpeln. Plötzlich gefällt mir die Idee so gar nicht mehr, in einem dieser minikleinen Boote zu hocken und dem Wasser näher sein, als mir lieb ist.

Warum bloß habe ich Ja gesagt? Diese verdammte Geldnot! Diese Kanutour zuzusagen war eine total bescheuerte Idee!

Wie soll ich bloß meine Angst verbergen?

Zum Glück habe ich in weiser Voraussicht ein Fläschchen Panik-Globuli eingepackt. Doch ob die mich retten werden? Selbst wenn ich die ganze Packung verschlingen würde, werden mich die nächsten Tage bis zum Limit herausfordern. Mich und meine Angst.

Aber es hilft alles nichts!

Ich stehe hier, ausstaffiert mit einer leuchtend orange-farbenen Rettungsweste und einem Paddel in der Hand. Kann ich jetzt noch aussteigen, ohne das Gesicht zu verlieren? Ohne den Kids die Kanutour zu vermiesen? Vorsichtig taste ich nach der Schwimmweste und kontrolliere die Verschlüsse. Der sympathische holländische Kanu-Verleiher, der uns eine Einführung verpasste, hat versichert, dass die Tour völlig ungefährlich sei.

Quasi für Kleinkinder geeignet.

Nervös puste ich meine Wangen auf.

Na schön! Ein kleiner Schritt für die Menschheit, ein großer für Bea. Augen zu und durch!

Wie lautet das Mantra: Ich brauche das Geld!

Zitternd atme ich ein und aus und setze einen Fuß in das Boot hinein. Das Kanu schwankt bedenklich. Im letzten Moment kann ich mich an den Außenkanten festhalten, bevor ich unelegant aus dem Kahn herausgepurzelt wäre.

Mit spöttisch funkelnden Augen beobachtet Rika, die sich auf der vorderen Sitzbank platziert hat, meine misslungenen Bemühungen, souverän zu wirken.

Wasser gluckst unter dem Boot, als wolle es mich zusammen mit Rika verspotten! Witzigerweise soll der erfahrenere Paddler hinten sitzen. Von »erfahren« kann nicht die Rede sein! Da aber Rika vorne Platz genommen hat, habe ich keine Wahl.

»Setz dich, Bea«, befiehlt Ed, der in den See watet und unser Boot vor sich herschiebt. Ich gehorche umgehend. Hoffentlich sieht er die hektischen, roten Flecken in meinem Gesicht nicht.

Wir dümpeln ein wenig vor uns hin, bis Ed die anderen Kanus auf das Wasser hinausgeleitet hat.

In jedem Boot sitzen zwei Personen. Jede Betreuerin und jeder Betreuer hat eines der Mädchen bei sich, bis auf Micke. Der paddelt nur mit Gunnar, der unmotiviert auf seiner Bank lümmelt. Die anderen Jungs verteilen sich auf die restlichen Kanus. Auf sie müssen wir besonders achtgeben, da die Kinder ja keine Paddel-Erfahrung haben.

»Bleibt immer nah beieinander, um notfalls eingreifen zu können«, hat Ed uns Erwachsenen geraten und dabei zuversichtlich gelächelt. Ich konnte nicht zurücklächeln, da mir klar ist, dass ich diejenige bin, die am wenigsten helfen kann, wenn jemand kentert.

Verdammt, nun wird mir erst bewusst, wie dumm ich war. Ich hätte Ed sagen müssen, dass ich eine Aquaphobie habe. Aber jetzt ist es zu spät.

O Gott, ich sterbe!

Nein, ich schaffe das!

Ich muss das schaffen.

Rika sitzt vor mir und vertraut mir. Ich bin die Erwachsene und muss auf sie achtgeben.

Zögerlich tauche ich das Paddel ins Wasser, ohne dabei unser Gepäck zu benetzen. In der Mitte der Boote befinden sich jeweils zwei oder vier große blaue Tonnen, in denen die Ausrüstung wasserdicht verpackt ist.

Feine Erfindung: Sollte das Kanu kentern, bleiben unsere Sachen trocken und lassen sich leichter wieder einsammeln. Zumindest *die* gehen nicht unter.

Okay, Bea, beruhige dich. Du wirst auch nicht untergehen. Du hast eine Schwimmweste an, sagt mir mein Verstand. Mein Herz rast dennoch. Fieberhaft vermeide ich es, an meinen Unfall zu denken. Es ist schon so lange her, und ich habe eine Menge Therapiesitzungen und Trainings hinter mir.

Zum Kuckuck, das muss sich doch jetzt endlich auszahlen!

Die wichtigste Regel, so hat Frau Doktor Rau mir immer wieder eingebläut: Flüchte niemals vor Angst einflößenden Situationen!

Wie oft habe ich mich jetzt schon mit Wasser auseinandergesetzt, um die Angst zu bannen?

Mich immer wieder überwunden …

Aber hier in einem Kanu zu sitzen mit der Aussicht, auf einen riesigen See hinaus zu paddeln, fühlt sich an, als begäbe ich mich direkt in den Hades – Frau Doktor Rau wäre stolz auf mich!

Eol

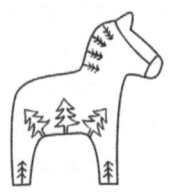

Sikko, der Betreiber des Kanuverleihs in Hällefors, hat uns in Tyfors willkommen geheißen und uns eine Einführung verpasst. Er hat uns erklärt, dass wir für die Tour zwischen vier und elf Tagen brauchen, je nach Geschwindigkeit. Die Strecke umfasst eine Länge von zwischen fünfzig und fünfundneunzig Kilometern. Die längere dann, wenn man sämtliche Erweiterungen paddelt, die möglich sind. Das habe ich nicht vor. Wir wollen die Strecke in vier, maximal sieben Tagen schaffen.

Wir begannen die Tour in ruhigen Gewässern und paddeln Richtung Lesjöfors. Der Fluss schlängelt sich träge durch die Wildnis.

Es läuft gut! Wir sind schon mindestens drei Stunden unterwegs und ich genieße die Sonne, den sanften Wind und die Ruhe, die nur durchbrochen wird vom Eintauchen der Paddel in den dunkelgrünen Fluss.

Die Kids sind außergewöhnlich still und wenn überhaupt, dann flüstern sie. Ich höre nicht, was sie sagen, doch das muss ich nicht. In ihren Augen spiegelt sich ein Glanz, der pure Freude, fast schon Euphorie, bedeutet.

Was ist aus der zankenden Horde der ersten Tage geworden? Weder Murren noch Gemecker!

Stattdessen machen sie sich gegenseitig auf die Schönheit aufmerksam, die sie umgibt.

Wenn ich mich umsehe und einen Blick auf die zehn Kanus hinter und neben mir werfe, strahlen mich staunende Kinderaugen an. Ich kann mir das Grinsen nicht verkneifen. Ich wusste, dass es so kommt. Oder habe es zumindest sehr gehofft.

Es ist immer wieder magisch auf dem Fluss, auch für mich, der ich gerne und viel paddele, so oft es meine Zeit zulässt. Aber die Schären sind nicht zu vergleichen mit der urtümlichen Schönheit und der mächtigen Stille Bergslagens.

Der Flusslauf führt durch einen dichten Wald. Man hört Vögel zwitschern und Insekten summen. Die Kulisse betört mich, und ich weiß, dass es den anderen genauso geht.

Johan entdeckt etwas im Wasser, zeigt nach unten und Lennart beugt sich neugierig vor. »Wow, ist der fett, Alter!«, sagt er erstaunt.

»Das ist bestimmt eine Forelle«, wage ich eine Vermutung und lächle den Jungs im Kanu neben mir zu. Es ist nicht wichtig, was genau es ist, denn sie haben eh noch nie einen Fisch in freier Wildbahn gesehen.

Damit mich die anderen Kanuten ebenfalls hören können, hebe ich leicht die Stimme und fordere sie auf: »Haltet die Augen offen und schaut immer mal ans Ufer. Hier gibt es einige Biber!«

Etwa einhundert Meter vor uns öffnet sich die Schneise, und der Fluss wird breiter, die Bäume spärlicher. Es wird bald Zeit für eine Pause und einen kleinen Snack. Den Kids wird sonst die Kraft ausgehen.

»O – mein – Gott! Schaut nur!«, kreischt Rika da, und das Herz bleibt mir stehen vor Schreck. Sie sitzt mit Bea im Kanu rechts von mir, näher beim Ufer, und ich kann überhaupt nicht erkennen, was sie so aus der Fassung gebracht hat. Sie starrt in den Wald und reckt die Hand.

»Was? Was ist?« Bea, die ohnehin schon ziemlich blass war die letzten Stunden, keucht und ihr Blick irrt hektisch zu Rika, dann zum Ufer und wieder zurück.

»Seht ihr ihn nicht? Da!« Die Kleine pikst den Zeigefinger in die Luft, so als könnten wir damit der Richtung, die sie angibt, besser folgen.

Und dann sehe ich ihn: einen riesigen Elch mit einem majestätischen Geweih, der hinter einem Baum hervorkommt. Gemächlich schaukelt er in dem für ihn typischen Gang aufs Wasser zu. Er ist kaum auszumachen, da sich seine Farben mit denen der Bäume decken.

»Ein Elch! Seht nur!«, zischle ich, so laut es eben geht, um ihn nicht zu erschrecken.

Doch Rika liegt Zurückhaltung fern. Sie quietscht aufgeregt und zappelt wild im Boot herum.

»Wo?«, fragt Bea und reckt sich. Rika hebt ihren Hintern von der Bank. Verdammt, was tut sie da?

»Rika, bleib sitzen!«, rufe ich. Ihr Boot wackelt bedenklich, und Bea lässt das Paddel los, um sich an den Außenkanten des Kanus festzuhalten.

»Rika, setz dich!«, schmettere ich meinen Befehl zu ihr hinüber. Scheißegal, wie der Elch das findet! Doch sie hört nicht auf mich. Sie zwängt sich durch die Fässer hindurch zu Bea, packt ihre Schulter und dreht sie in Richtung Ufer.

Das Kanu schwankt bedenklich, Rika taumelt und greift

nach der Außenwand, um Halt zu finden. Ihre Hand fasst ins Leere. Bea reißt die Augen auf und will Rikas Arm packen, doch diese verliert das Gleichgewicht. Unelegant plumpst sie über Bord, und eine Wasserfontäne schießt in die Luft.

»Fuck!«, fluche ich und paddle hektisch auf die beiden zu.

Bea schreit, springt auf und bringt damit das Kanu endgültig zum Kippen. Innerhalb eines Wimpernschlages kentert das Boot, und sie schlägt auf dem Wasser auf. Das alles geht so rasend schnell, dass ich nicht einmal Luft holen kann.

Ein markerschütternder Schrei gellt über das Wasser, wie der eines gequälten Tieres, einer armen Seele, die sich vor Angst verzehrt. Gänsehaut kriecht über meinen Rücken, als ich realisiere, dass das Beas Stimme ist.

Ich werfe das Paddel hinter mich und schreie Jesse an, der mein Bootspartner ist: »Rudere uns ran! Schnell! Micke, komm rüber!«

Micke, der zusammen mit Magnus im Kanu hinter uns sitzt, hat bereits intuitiv Fahrt aufgenommen. Ich hechte ins Wasser und kraule, so schnell ich nur kann, zu dem falschherum treibenden Kanu. Von Bea und Rika keine Spur!

Das Boot schirmt sie ab.

Beas Schrei ist verklungen. Endlich habe ich den Kahn umrundet und sehe sie. Sie hat die Hände vor das Gesicht geschlagen und wird nur von ihrer Schwimmweste über Wasser gehalten. Ist sie verletzt? Auf den ersten Blick kann ich kein Blut erkennen, aber das muss nichts heißen.

Eine Bewegung lenkt mich kurz ab. Ich entdecke Rika, die an Land klettert. Gott, was hat sie vor? Will sie dem Elch hinterher? Der hat schleunigst das Weite gesucht bei dem Lärm, den wir veranstaltet haben.

»Rika, bleib hier!«, brülle ich, als sie triefend nass die Böschung erklimmt. »Vad fan!« Wütend klatsche ich mit der Faust ins Wasser. Ich kann mich jetzt nicht auch noch um einen Teenager kümmern, der sich womöglich im Wald verirrt!

»Bea? Alles gut?«, frage ich, als ich das Häuflein Elend erreiche und fußtretend nach ihren Schultern greife. Sie scheint mich nicht zu bemerken. »Bea, sieh mich an! Hast du dich verletzt?« Keine Reaktion. Vorsichtig nehme ich ihre Hände in meine und blicke in ihre verschreckten Augen, die völlig leer und ohne Leben auf mich wirken. »Du machst mir Angst, Bea! Was hast du?«, bedränge ich sie.

Ihre Lippen sind blau, dabei ist es weder außerhalb noch im Wasser besonders kalt. »Lass uns an Land schwimmen, okay?«, frage ich, in der Hoffnung, sie damit aus der Lethargie reißen zu können. Vergeblich. Hat sie einen Schock? Hat sie sich die Beine verletzt? »Okay, weißt du was? Ich nehme dich nun in den Arm und ziehe dich ans Ufer. Du brauchst dich nicht zu bewegen, okay? Lass dich einfach treiben, und ich erledige den Rest.«

Mit einem Schwimmstoß bin ich auf ihrer anderen Seite und greife unter ihren Armen hindurch, so als würde ich einen Ertrinkenden bergen.

Mit großen Beinbewegungen befördere ich uns gen Böschung. Sie ist steif, wehrt sich aber nicht. Die Gewissheit, dass etwas ganz und gar nicht in Ordnung ist, verfestigt sich in mir, als sie wild zu keuchen beginnt. Mit Müh und Not ziehe ich sie hinauf auf den Waldboden. Ich setze mich hinter sie, schlinge die Arme um ihren Körper und spüre trotz der Schwimmweste, wie sie zittert.

»Bea, kannst du sprechen?«

Ich höre ein Geräusch in meinem Rücken, als Rika zu uns kommt. Gott sei Dank! Ein Problem weniger!

»Was ist mit ihr?«, will sie leise wissen.

»Ich habe keine Ahnung. Sieht aus wie ein Schock!«

Sie setzt sich zu uns und ergreift Beas Hand.

»Scheiße, sie ist eiskalt!«, ächzt sie. »Ich glaube, das ist eher eine Panikattacke. Sie atmet viel zu schnell.«

Ich streife Bea die klatschnassen Haare aus dem Gesicht und fühle, dass ihre Haut feucht ist. Doch ob es Schweiß oder das Flusswasser ist, vermag ich nicht zu sagen. Dann greife ich nach ihrem Handgelenk und fühle den Puls. Der galoppiert regelrecht.

»Du hast recht«, antworte ich der Kleinen, dankbar für den Hinweis.

Rika kniet sich zwischen Beas Beine, nimmt auch die andere Hand und befiehlt eindringlich: »Bea, hör mir zu. Atme mit mir. Langsam durch die Nase ein bis vier – eins, zwei drei, vier – halte den Atem an, bis ich bis sechs gezählt habe: eins, zwei, drei, vier, fünf, sechs. Jetzt ausatmen bis acht.« Sie zählt bis acht und beginnt dann wieder von vorn. Ich kann nicht erkennen, ob Bea mitmacht, bis Rika nach einigen Durchläufen flüstert: »Du machst das gut. Prima.«

Ein Beben geht durch Beas Oberkörper und sie seufzt. Dann merke ich, wie sie sich in meinen Armen bewegt und sich aufrecht hinsetzt.

»Schön, dass du wieder da bist«, stellt Rika fest und grinst. Ich habe sie noch nie so emotional gesehen: Ihre Schminke ist verschmiert, sie schaut aus wie ein kleiner Pandabär, doch ihre Augen glänzen. Sind das etwa Tränen in ihren Augenwinkeln?

Meine Standpauke über ihr Verhalten im Boot und das Verschwinden im Wald verkneife ich mir lieber. Das muss warten. Das passt jetzt so gar nicht hier her.

Bea schluchzt auf. Ihre Schultern beben, und wieder schlägt sie die Hände vor das Gesicht. Die Laute gehen mir durch Mark und Bein und erinnern mich an ihren Schrei. Egal, was es war – ich bin froh, dass sie wieder unter den Lebenden ist. Mit dem Weinen kann ich umgehen. Der Schrei hingegen war nicht von dieser Welt. Als hätte sie sich von etwas Uraltem befreit, das tief aus ihr herausgebrochen ist. Ich habe das Gefühl, etwas sagen zu müssen, um den Schauder zu überspielen, der mich durchfährt.

»Ihr beide habt das super gemacht. Danke für deine Hilfe, Rika«, murmle ich und schenke ihr ein Lächeln, das ungefiltert von ihr zurückkommt.

»Gern geschehen.«

»Wieso kennst du dich damit aus?«, frage ich, nicht sicher, ob sie mir das beantworten wird.

»Ich habe selber schon so einige Panikattacken hinter mir.«

Ohne dass ich es will, heftet sich mein Blick auf ihre Unterarme, die entspannt in ihrem Schoß ruhen. Mein Herz verkrampft sich. Was noch? Wie viel mehr kann ein Mensch ertragen?

Das bringt mich zurück zu der Frau in meinen Armen.

»Alles gut, Bea. Es ist nichts Schlimmes passiert.« Ich wiege sie sachte wie ein Baby.

Rika schnaubt. »Natürlich ist etwas Schlimmes passiert. Sonst würde es ihr ja nicht so dreckig gehen.« Sie straft mich mit einem herablassenden, sehr erwachsenen Blick, so als hätte ich keine Ahnung von dem, was sie mit Bea teilt.

Dann wendet sie sich an ihre Leidensgenossin und ergreift

wieder deren Hände. »Hast du Wasserangst, Bea?«

Leider kann ich von meiner Position aus ihre Reaktion nicht sehen, aber ihr blonder Schopf hebt und senkt sich – ein Nicken.

»Du hast geschrien wie am Spieß!« Die Kleine schnaubt.

Etwas wie ein »Hmpf« dringt aus Beas Kehle, und nach wenigen Sekunden flüstert sie: »Ich dachte, ich ertrinke wieder ...« Ihre Stimme ist heiser und kaum wahrnehmbar.

Wieder? Ist sie etwa ...?

»Warum wieder? Was ist geschehen?«, hakt Rika nach.

»Können wir bitte nicht darüber reden? Bitte«, fleht Bea. Rika sieht mich fragend an, und ich nicke.

Sie hat Angst vor Wasser? För fasen, was für ein verdammter Mist! Warum ist sie dann überhaupt in ein Kanu gestiegen? Es ist der erste Tag auf unserer Tour! Wie soll sie bloß den Rest überstehen?

Das Thema können wir zwar nicht ruhen lassen, aber verschieben klingt nach einer guten Idee.

»Wir drei suchen jetzt erst einmal einen Rastplatz. Heute werden wir nicht mehr raus aufs Wasser gehen. Okay?« Bea nickt. »Rika, kannst du übernehmen?«

Ich lasse Bea los und erhebe mich, während die Kleine sich neben unsere Patientin setzt und ihr den Arm um die Schultern legt. Meine Knie knacksen unüberhörbar, als ich auf das Ufer zugehe – ebenso wie mein Herz.

Ist sie wirklich schon einmal beinahe ertrunken?

Auf dem Fluss hat sich alles wieder beruhigt.

Irgendjemand hat das Kanu umgedreht und die Tonnen eingesammelt, die herausgepurzelt sind. Micke hat das herrenlose Boot besetzt, während Jesse allein in dem unseren hockt. Alle starren sie betreten zu uns herüber. Sicher haben sie die

Bemühungen um Bea beobachtet und fragen sich, was los ist.

»Alles okay! Bea geht es wieder gut!«, rufe ich hinüber. »Wir bleiben an Land und suchen nach einem Rastplatz. Bleibt nah am Ufer und bewegt euch parallel zu uns, sodass wir uns nicht verlieren.«

Micke, Christer und Gunilla geben mir den Daumen hoch, die anderen nicken.

Ich sammle die beiden Frauen ein, und wenig später tappen wir im Gänsemarsch durch den Wald.

Der herbe Duft der Tannennadeln steigt mir in die Nase, und das Zwitschern der Vögel begleitet unsere Suche, so, als sei nichts geschehen – als hätte sich nicht eben eine Frau den Dämonen ihrer Vergangenheit gestellt.

Die Welt ist grausam.

Und dennoch unfassbar schön, oder nicht?

In dem Tohuwabohu, als die Kinder und das Team die Kanus an Land ziehen und das Gepäck ausladen, fällt es nicht auf, wenn ich Rika für ein Gespräch zur Seite nehme. Nachdem ich einen Blick über die Schulter auf Bea geworfen habe, die apathisch auf einem Baumstamm sitzt und von Lieke betüddelt wird, schlendere ich neben Rika tiefer in den Wald hinein.

Gerade überlege ich, wie ich meinen Ärger und die Besorgnis formulieren soll, als sie schon beginnt: »Ich weiß – ich habe Scheiße gebaut.« Mit einem Schnauben mache ich mir Luft. »Ich hab's geschnallt! Du brauchst gar nicht so vorwurfsvoll mit den Augenbrauen zu zucken.« Sie grinst mich verlegen an.

»Was *genau* hast du geschnallt?«, will ich wissen.

Rika ist schlau. Es könnte durchaus sein, dass sie mit diesem Einstiegssatz geschmeidig einer Standpauke aus dem Weg gehen will, ohne zu wissen, was schieflief. Und trotz ihrer rüpeligen Art kann sie auch sehr sensibel und feinfühlig sein. Ich darf ihr nicht unrecht tun.

Sie zögert, überlegt und kickt dabei nach Tannenzapfen. Mit den gestreiften Omasocken, die aus den klobigen Dockers herauslugen, und den übergroßen Klamotten erinnert sie mich an eine – zugegeben etwas düstere – Pippi Langstrumpf.

»Na ja. Es war meine Schuld. Ich war zu wild. Das Kanu ist meinetwegen gekippt.«

»Das stimmt. Und damit hast du ganz schön viel Chaos angerichtet.«

»Das wollte ich doch nicht! Aber ich habe noch nie einen Elch gesehen!« Ihre betretene Miene verschwindet schlagartig. »Es war soooo cool, oder?« Das strahlende Lächeln und das Funkeln der Augen lassen einmal mehr mein Herz schmelzen. Am liebsten würde ich sie in den Arm nehmen und ihr sagen, wie sehr ich mir dieses Glück für sie gewünscht habe.

»Ich verstehe genau, was du meinst. Es ist unglaublich, oder? Mich fasziniert bis heute, welch stolzen Gang diese Tiere haben«, stimme ich zu. Wir gehen weiter, und erst nach einer Weile nehme ich den Faden wieder auf. »Leider hast du damit Bea und dich in Gefahr gebracht. Und als du dann ans Ufer geschwommen und dem Elch nachgelaufen bist, habe ich mir Sorgen gemacht. Du kannst nicht einfach davonlaufen. Was hätte ich in diesem Moment tun sollen, wenn dir etwas passiert wäre, hm? Ich kann mich nicht zerreißen! Bea dümpelte bewegungsunfähig im Wasser. Um wen hätte ich mich deiner

Meinung nach zuerst kümmern sollen?«

In ihrem Gesicht zeichnet sich die ganze Bandbreite an Emotionen ab, die auch mich in jenen Sekunden durchströmt haben. Plötzlich kann sie verstehen, wie brenzlig die Situation war.

»Es tut mir leid. Daran habe ich nicht gedacht«, gesteht sie.

»Das war dumm. Ich hätte an Bea denken sollen.«

»Du hast dich danach rührend um Bea gekümmert, was mir beweist, dass du auch an andere denkst. Ich erwarte von dir auch nicht, dass du eine Situation so einschätzt, wie ich es tun würde. Das Ausmaß einer Gefahr ist etwas, was man lernen muss, zu bewerten. In diesem einen Moment hättest du nur vernünftig sein und an dich und deine *eigene* Sicherheit denken müssen.«

»Denkst du etwa, mir hätte etwas passieren können? Ich kann doch selbst auf mich aufpassen.«

»Ja, ich weiß, dass du das kannst, Rika. Ich habe mir trotzdem Sorgen um dich gemacht. Du kannst nicht wissen, wie ein wildes Tier auf dich reagiert! Es hätte dich angreifen können. Oder du hättest *ihm* Angst einjagen können. In der Natur sollte man sich rücksichtsvoll bewegen und den Lebensraum der Tiere respektieren.«

Ihre blasse Stirn runzelt sich und sie bearbeitet ihre Unterlippe mit ihren Zähnen. Die Ansage ist offenbar angekommen. Mein Ziel ist es aber nicht, dass sie sich Selbstvorwürfe macht. »Wenn du morgen in eine ähnliche Situation kommen würdest, was würdest du anders machen?«

Ein Weilchen schweigt sie. Dann bleibt sie stehen und stemmt die Fäuste in die Hüften. »Ich werde vermutlich in meinem ganzen Leben keinen Elch mehr sehen, Edvard Lundin. Aber damit du zufrieden bist, beantworte ich dir die Frage: Ich würde einfach auf meinem Arsch sitzen bleiben.«

Lauthals breche ich in Gelächter aus und pruste: »Rika, du bist schon so ne Nummer!«

»Danke für das Kompliment.« Sie winkt großmütig ab und schlägt den Weg zum Camp ein. »Ich sterbe vor Hunger! Können wir endlich zurück?«

Schmunzelnd beeile ich mich, sie einzuholen. »Nur eines noch, Rika.« Ich halte ihren Arm fest, bis sie mir in die Augen schaut. »Ich bin verdammt stolz auf dich. Danke für deine Hilfe bei Bea. Ohne dich hätte ich das nicht hinbekommen.«

Nun ist sie es, die schmunzeln muss. Sie verkneift es sich aber, dreht sich brüsk um und stapft weiter. »Jetzt werde mal nicht gefühlsduselig. Komm schon. Sonst fressen uns die anderen alles weg!«

Wer wird hier gefühlsduselig? Ganz sicher haben ihre Wangen eine zarte, hellrosa Farbe angenommen, und ihr Kinn zitterte ebenso wie die Hand, mit der sie sich über die Augen strich.

Kapitel 8

Bea

Die Flammen werfen einen rhythmischen Teppich aus Licht-
reflexen auf den Sand, und endlich wird mir wieder warm.
Ed hat das Lagerfeuer angezündet, direkt nachdem wir den
Rastplatz gefunden haben. Seitdem sitze ich auf einem dieser
Baumstämme, die um die Grillstelle herum gruppiert sind,
starre in die Flammen und beobachte, wie sie sich vereinigen,
trennen und in winzigen Funken in den Himmel stieben.
Genau so fühle ich mich jedes Mal nach einer Panikattacke:
verloren im Universum der Emotionen, aufgelöst und haltlos
im beängstigend riesigen Kosmos der Angst.

Meine Glieder sind erschöpft und schwer wie nach einem
kräftezehrenden Training. Nur nicht zufrieden erschöpft, sondern bis auf das letzte Quäntchen Energie ausgezehrt. Nicht
mal das Hirn funktioniert mehr, wie es soll: leergefegt und
nicht fähig, neue Gedanken zu produzieren.

Lieke saß eine Zeitlang bei mir, hat mir den Arm um die Schultern gelegt und mich gedrückt. Doch als ich nicht darauf reagiert
habe, ging sie wieder mit den beruhigenden Worten, dass sie immer für mich da sei, wenn ich jemanden zum Reden bräuchte.

Die anderen haben zunächst die Zelte aufgebaut und dann
angefangen zu kochen. Nur am Rande habe ich mich gewun-

dert, warum wir hierbleiben und das Lager aufschlagen, obwohl der Tag noch jung ist. Doch es ist mir egal. Ich will nicht wieder auf den Fluss hinaus.

Natürlich weiß ich, dass ich darum nicht herumkomme.

Und mir ist klar, dass es wichtig für meine Psyche ist, jetzt nicht aufzugeben. Es ist vergleichbar mit einem Reitunfall: Nach einem Sturz muss der Reiter sofort wieder aufsitzen, damit die Angst nicht bleibt. Das Kanu wird mir nicht erspart bleiben. Aber ich finde nicht, dass ich mich mit dem »wieder aufsitzen« beeilen muss. Der Worst Case ist eingetreten, und ich meine, dass ich mir in Anbetracht dessen ein bisschen Ruhe gönnen darf. Auch wenn Frau Doktor Raus Stimme in meinem Hinterkopf immer wieder rekapituliert: »Das Wasser ist nicht Ihr Feind. Auch nicht die Angst. Es ist die Angst vor der Angst. Sie sollten weder das Wasser noch die Angst meiden. Beides kann Ihnen nichts antun.«

Unweigerlich schweifen meine Gedanken zurück zu dem Moment, in dem die Wellen des Bodensees mich beinahe verschluckt hätten. Es fühlt sich an, als wäre es eben erst passiert. So viele Jahre lang spulten sich diese Minuten immer und immer wieder in meinem Kopf ab: das kalte Wasser, das über mir zusammenschlägt und mich verschlingt; der Druck, der sich wie ein Stahlband um mein Herz und meine Lunge legt und sich dort für immer einbrennt; die Gewissheit, dass ich sterbe und mich niemand retten wird. Ich will schreien, atmen, doch statt der lebensspendenden Luft dringt Wasser in meinen Mund.

Schaudernd schlinge ich mir die Arme um den Oberkörper. Wie oft habe ich diese entsetzlich langen Augenblicke durchlebt?

»Angst ist ein ganz normaler menschlicher Gefühlszustand wie Liebe, Freude, Ärger, Wut und Trauer. Sie hilft und schützt uns. Sie lässt uns in akuten Belastungssituationen handlungsfähig bleiben«, hat mir Frau Doktor Rau erklärt.

Ich war aber definitiv *nicht* handlungsfähig. Weder damals noch heute. Wieder einmal war ich nicht in der Lage, mich selbst zu retten.

Ein trotziges Stimmchen flüstert mir zu: *Das musstest du auch nicht. Du hattest eine Schwimmweste an. Du konntest gar nicht untergehen. Und Ed war sofort da und hat dir geholfen. Du machst Panik um nichts. Es war völlig ungefährlich. Wenn überhaupt, dann hast du dich zum Gespött der Kinder gemacht.*

»Hey, grüble nicht so viel. Es ist okay, eine Panikattacke zu haben. Andere haben das auch«, raunt Rika und schenkt mir einen warmherzigen Blick. Dass das Kind mich trösten will, ist rührend.

Erst einige Sekunden später kommt in meinem Kopf an, was sie da gesagt hat. »Du auch?«, frage ich.

»Ja. Aber zum Glück schon länger nicht mehr.«

Etwas benommen von dieser Eröffnung nicke ich. »Wie hast du es wegbekommen?«

»Ich habe aufgehört, mich dagegen zu wehren. Ich habe akzeptiert, dass ich sie habe. Dass es nicht schlimm ist. Angst habe ich heute keine mehr. Es gibt nichts, wovor man Angst haben muss. Nicht einmal vor dem Tod.«

Sie sieht mich aus ihren dunklen Augen traurig an. Ich empfinde den unbändigen Drang, sie zu berühren. Ihr ein bisschen Trost abzugeben von dem, den sie für mich erübrigt hat. Zögerlich bewegen sich meine Finger. Sie zuckt nicht zurück, als ich sie auf ihren Unterarm lege. Überdeutlich nehme ich ihre

Narben wahr.

»Hast du die Angst gegen Wut ausgetauscht?«, frage ich leise. Sie lässt sich Zeit mit der Antwort.

»Kann sein. So habe ich das noch nie gesehen.«

Jetzt zieht sie ihren Arm weg und steht auf. »Ich schau mal, was zu tun ist, um hier endlich was zu essen zu bekommen.«

Und weg ist sie.

So viel zum Thema Angst und Wut.

Auch wenn sie meist offen mit ihren Problemen umgeht, so verschließt sie sich dennoch, sobald es wehtut. Das ist mir vertraut. Es ist nur traurig, dass ein Kind seine Kindheit nicht genießen kann, sondern stattdessen mit einem Mist klarkommen muss, den es allein nicht zu bewältigen vermag.

Seufzend starre ich in die Flammen.

Mir ist bewusst, dass ich mich aufraffen und Ed und die anderen fragen sollte, ob ich ihnen zur Hand gehen kann. Aber ich fühle mich noch nicht bereit, wieder an der Realität teilzunehmen.

Wenig später sitzen wir alle um das Feuer herum. Die Kinder grenzen mich mit ihren Blicken aus, so als würde mein Erlebnis im Wasser sie bedrücken, beschämen oder gar unangenehm berühren. Ich fühle mich unwohl dabei, habe aber keine Ahnung, wie ich das ändern soll. In einer Situation der Mittelpunkt zu sein, obwohl man das nicht aktiv beeinflusst hat, fühlt sich an, als spiele man die Hauptrolle in einem Film, für den man den Text nicht gelernt hat.

Ed sitzt mir schräg gegenüber, und sobald ich ihn ansehe, schaut er weg. Das verletzt mich. In seiner besorgten Miene lese ich ein bisschen Mitgefühl, ein bisschen Fürsorge und ein bisschen Verbundenheit. Ich rechne ihm hoch an, dass er erkannt hat, wie sehr *ich* eine Pause vom Wasser brauche. Nur deswegen hat er das Lager aufschlagen lassen. Da bin ich mir sicher. Wir haben etwas geteilt, das man eigentlich nicht teilen will. Er hat meine Panik abbekommen und mich dennoch gehalten. Auch das rechne ich ihm hoch an. Ich sollte mich für seine Hilfe bedanken …

»… nicht schwimmen kannst, Bea?« Hilds Stimme reißt mich aus meiner Gedanken-Bubble.

»Was?«, frage ich völlig überrumpelt.

»Es sah so aus, als könntest du nicht schwimmen. Du hattest aber doch eine Rettungsweste an.«

Plötzlich wird es still am Feuer, so als hätte jemand den Stecker gezogen. Unsicher starre ich in ihre Gesichter – der Reihe nach. Sie alle sehen aus, als wollten sie genau das schon die ganze Zeit wissen, als harrten sie brennend auf die Auflösung des Rätsels.

Mehrmals schlucke ich gegen den bescheuerten Kloß im Hals an, doch er rührt sich nicht. Wieder schlinge ich die Arme um meinen Oberkörper. Allein der Gedanke daran, ihnen erzählen zu müssen, was ich lieber begraben würde, lässt meinen Puls davongaloppieren. Welche Ausrede kann ich erfinden? Mein leeres Hirn findet leider auf die Schnelle keine. Darin lauert nur die Wahrheit.

Edl

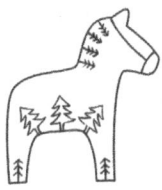

Ich sehe genau, wie es in ihr tobt, wie es in ihrem Kopf arbeitet. Ihre Augen huschen umher wie die eines wilden Tieres, das nach einem Ausweg sucht. Gequält ächzt sie, dann senkt sie den Blick. Es tut mir weh, sie so leiden zu sehen, einen Weg zu finden, der das Ganze nicht noch schlimmer macht. Was immer da passiert ist, sie soll selbst entscheiden können, was sie uns erzählt.

»Lass gut sein, Hild. Es ist Beas Angelegenheit. Wir sollten sie sich ausruhen lassen.«

»Ich will ihr ja nicht zu nahetreten. Bea, hörst du? Ich finde, es sah mehr als gefährlich aus. Es sah aus, als würdest du ertrinken. Ich hab mir echt beinahe in die Hose gemacht.«

Ich schlucke meinen rigorosen Kommentar hinunter, weil ich einsehe, dass die Kinder ein Recht auf ihre Gefühle haben. Es hat sie schockiert. Und das hat es mich auch.

Vorsichtig taxiere ich Bea, der offensichtlich genau derselbe Gedanke kommt, denn sie nickt widerwillig.

Alle Blicke ruhen auf ihr.

Sie starrt eine Weile in die Flammen. Dann flüstert sie: »Mein Vater hat mich und meine Mutter verlassen, als ich zehn war. Er hatte eine andere, eine Frau, die in der Schweiz lebte. Er ist zu ihr und ihren Kindern gezogen, direkt, nachdem er bei uns ausgezogen ist. Seither habe ich nichts mehr von ihm gehört. Meiner Mama hat es das Herz gebrochen, und ich glaube, ich habe sie danach nie wieder richtig fröhlich gesehen. Sie hat sich bemüht, hat immer gut für mich gesorgt, und wir haben viele Ausflüge gemacht. Unter anderem an den Bodensee, vor allem nach Lindau und Kressbronn. Der Bodensee grenzt direkt an die Schweiz, müsst ihr wissen. Vermutlich war es das, was sie immer wieder dorthin gezogen hat. Wir haben oft auf diesen großen Motorschiffen Rundfahrten über den See gemacht. Und ich habe immer beobachtet, wie sehnsüchtig sie in die Schweiz hinübersah.«

Bea hält kurz den Atem an, und ich meine, selbst über die Distanz des Feuerplatzes hinweg, Tränen in ihren Augen schimmern zu sehen. Ich ahne, was kommt, und fühle eine Gänsehaut meinen Rücken hinaufkriechen.

»Auf einer dieser Rundfahrten waren wir dem Schweizer Ufer so nahe, dass ich mir einen verrückten Plan ausdachte. Ich wollte hinüberschwimmen und ihn suchen. Ihm sagen, dass Mama ihn noch immer vermisst, und dass wir ihn gerne zurücknehmen, wenn er uns noch will. Ich wollte mutig sein, für meine Mama. Ich wollte, dass sie wieder glücklich wird. Ich war eine gute Schwimmerin. Ich konnte mir nicht vorstellen, dass ich das nicht schaffen würde. Deswegen bin ich einfach vom Bug des Schiffes gesprungen. Womit ich nicht gerechnet habe, war die starke Sogwirkung des Bootes.«

Ein Raunen geht durch die Gruppe. Die Kinder folgen Beas Geschichte mit weit aufgerissenen Augen. Gunilla hat die Hand vor den Mund geschlagen, Lieke keucht »Um Gottes willen!« und Christer zieht die Luft durch die Zähne und murmelt »Herre gud!«.

»Ich habe wirklich mit aller Macht versucht, vom Boot wegzuschwimmen, aber das Heck kam viel zu schnell näher und somit auch die Heckschraube, und der Sog wurde immer stärker. Oben an Bord kreischte jemand und schrie um Hilfe. Ich glaube, es war meine Mama. Es war mir kaum möglich, den Kopf über Wasser zu halten. Ich habe noch nie so viel Wasser geschluckt wie in diesen Minuten. Erst da begriff ich, was für eine Dummheit ich begangen hatte. Sekunden später plumpste ein Rettungsring neben mir ins Wasser und mit ihm ein Erwachsener, der mich mitsamt dem Ring festhielt. Man zog uns näher ans Boot, und dann rollte sich eine Leiter aus, an der wir hochklettern konnten. Meine Mama ist in Tränen ausgebrochen und hat mich an diesem Tag nicht mehr losgelassen. Danach sind wir nie wieder an den Bodensee gefahren.«

Bedrückt starrt sie auf ihre Hände.

Alle schweigen und verdauen Beas Geschichte. Dann überschlagen sich die Kommentare.

»Wie mutig!«, flüstert Hild.

»Krass, dass du dich das getraut hast!«, wirft Gunnar hinterher.

»Das war ganz schön gefährlich!«

»Verdammt, was für eine Geschichte!«

»Gott sei Dank ist nicht mehr passiert!«

»Kein Wunder, dass du seither Angst vor Wasser hast.« Der letzte Satz stammt von Rika, die Bea eine Hand aufs Knie legt. Ich brauche nichts mehr hinzufügen – alles ist gesagt.

Nach Beas Geständnis beruhigen sich die Gemüter wieder. Ich ahne, dass die Kinder das Erlebte jetzt besser verstehen und verarbeiten können. Keiner ist mehr komisch zu ihr. Bea sehe ich die Erleichterung an. Sie ist aber für den Rest des Abends sehr still, und ich frage mich, was genau ihr durch den Kopf geht. Ich habe keine Ahnung, wie man sich nach einer

Panikattacke fühlt. Sitzt ihr der Schrecken noch in den Gliedern? Hat sie Angst vor morgen? Oder ist es ihr Vater, dem ihre Gedanken gelten?

Kapitel 9

Bea

Ich bin unendlich müde.

Können sich meine Knochen und Glieder noch schwerer anfühlen? Ich glaube kaum. Schwerfällig erhebe ich mich und wünsche allen eine gute Nacht.

Sie nicken verständnisvoll, winken mir zu und rufen: »Sov gott, Bea, schlaf gut!«

Als ich auf dem Weg zum Zelt bin, tritt Ed zwischen den Bäumen hervor. O nein, bitte kein Gespräch. Ich weiß, dass es nötig ist. Aber bitte nicht jetzt!

»Bea. Verzeih, wenn ich dich störe. Aber wir müssen reden.«

Ein tiefer Seufzer entschlüpft mir. »Muss das sein? Ich bin müde und will nur noch schlafen, Ed.«

»Das verstehe ich. Es dauert nicht lange, versprochen.«

Er nimmt meinen Arm und hakt ihn sich unter den Ellenbogen. Ein Kribbeln durchfährt mich, denn sofort steigt das Bild in mir auf, wie er mich mit festem Griff über Wasser hält. Als wir uns der Uferböschung nähern, werden meine Beine schwer und ich stocke. Doch ich habe nichts zu befürchten: Er drückt mich auf einen riesigen Stein, der weit genug vom See und vom Camp entfernt ist, damit keiner uns hört und ich nicht Angst haben muss, erneut ins Wasser zu plumpsen. Er setzt sich neben mich, und ich warte ab, was er mir zu sagen hat. Lust auf diese Konversation habe ich keine.

»Es tut mir leid, was du erlebt hast«, beginnt er unverfänglich. Jetzt wird er mir vorhalten, wie unverantwortlich es war, mitzukommen. »Aber du hättest es mir sagen müssen – das mit der Phobie. Das war verantwortungslos.«

Hundert Punkte, Bea! Bevor ich darauf etwas entgegnen kann, will er wissen: »Hast du eine Therapie gemacht? Um das Ganze zu verarbeiten?«

»Ja. Hab ich.«

»Warum bist du auf die Kanutour mitgegangen? Ich hätte dich nicht dazu gezwungen.«

Erschöpft fahre ich mir über das Gesicht. Weil ich das verflixte Geld brauche! Soll ich ihm das sagen? Wieder bin ich zu matt, um eine sinnvolle Ausrede zu finden.

»Ed. Ich will ehrlich sein. Du weißt, dass ich nicht gerade die geeignete Kandidatin für den Job bin. Du brauchtest mich. Und ich brauche das Geld. Mein Haus frisst mir die Haare vom Kopf. Es ist die reinste Bruchbude! Mein Ex-Verlobter schuldet mir zwar Geld, doch momentan kann ich mir nicht mal eine neue Pumpe leisten. Deswegen wohne ich in meinem Camper. Der Job kam gerade gelegen. Die dreißigtausend Kronen fließen direkt in mein Klo.«

Er lacht auf, wird aber sofort wieder ernst, als er erfasst, dass ich nicht scherze.

»Du solltest lieber aussetzen, Bea. Und natürlich bekommst du trotzdem dein Geld. Das ist doch kein Problem. Die paar Tage kommen wir auch ohne dich klar. Ich will dich nicht zu etwas zwingen, was dich so viel Überwindung kostet.«

»Du zwingst mich nicht. Alles gut.«

»Sag das doch nicht. Nichts ist gut.« Wieder trifft mich ein Blick voller Mitgefühl. Sein Verständnis tut mir gut.

Kurz schweigen wir, und ich lausche dem Quaken eines Frosches. Soll ich wirklich aussetzen, so lange die Gruppe mit den Kanus unterwegs ist? Ist das aber nicht wie Aufgeben? Frau Doktor Raus Empfehlung zieht die Schlinge um mein Herz fester zu. *Stell dich der Angst! Lass sie keine Macht mehr über dich haben!*

Mit zusammengekniffenen Augen und schief gelegtem Kopf murmelt Ed: »Ich finde, du solltest nicht so streng zu dir sein. Jeder von uns hat doch etwas, das ihn nachts nicht schlafen lässt.«

Seltsamer Spruch.

»Was lässt *dich* nachts nicht schlafen?«, frage ich.

Er schnaubt und fährt sich über den Bart. Nun habe ich *seinen* wunden Punkt getroffen, denn er erhebt sich.

»Vielleicht ein andermal. Bitte überleg es dir. Du kannst jederzeit abbrechen. Ich bringe dich jetzt zu deinem Zelt, und du ruhst dich aus. Morgen früh sieht bestimmt alles etwas klarer aus.«

Nichts ist klar in meinem Hirn. Tausende Gedanken purzeln so schnell durcheinander, dass ich sie nicht fassen kann.

Erst, als ich warm und geborgen in meinem Schlafsack liege, fällt mir ein, dass ich vergessen habe, mich bei ihm für seine Hilfe zu bedanken.

Ed

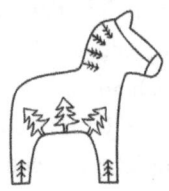

Mutig stapft sie in ihren Shorts und den Tevas aufs Kanu zu und ist die Erste, die sitzt. Blass ist sie um die Nase. Ihre Augen sind gerötet und von dunklen Schatten umgeben.

»Klar, dass du dir von mir nichts sagen lässt«, murmle ich vor mich hin. So ist sie: starrköpfig und eigensinnig. Es hätte mich gewundert, wenn sie mein Angebot angenommen hätte.

Ich habe schlecht geschlafen. Immer wieder haben sich die Ereignisse des Tages hinter meinen geschlossenen Lidern abgespult. Beas Schrei gellte in Endlosschleife in meinen Ohren und ließ mich nicht zur Ruhe kommen. Auch unser Gespräch hat mich noch lange beschäftigt.

Sie war schon mal verlobt? Das finde ich überraschender als die Information, dass sie in einem Camper lebt und pleite ist. Warum verwirren mich diese Nachrichten? Die Tatsache, dass ihr Ex sie hängen lassen hat, stößt mir übel auf. Ganz unabhängig davon, warum sie sich getrennt haben: Was ist das bloß für ein Arsch, der der Frau, die er einmal geliebt hat, ihr Geld nicht zurückzahlt? Ist es mein männliches Ego, das hier rebelliert? Eine Art Beschützerinstinkt, der anspringt? Am liebsten würde ich all das Schlechte auslöschen, das ihr in diesem Leben angetan wurde. Mir ist schon klar, dass ich nicht der Retter der Nation bin, aber für Bea tut es mir besonders leid. Und das, obwohl ich sie am Anfang schräg fand. Anstrengend! Meine

150

Sicht auf ihr Wesen hat sich verändert, seit ich ein wenig tiefer blicken kann. Vieles davon, was mich am Anfang abstieß, hat sich als Teil einer Schutzmauer entpuppt, die sie um ihr Herz errichtet hat, um nicht fühlen zu müssen. Mir imponiert, dass sie sich trotz aller Widrigkeiten durchbeißt. Ihre Starrköpfigkeit ist schon beinahe liebenswert. Sie gibt nicht auf, dieses zarte Persönchen! Man unterschätzt sie leicht. Ja, ich gebe zu, auch *ich* habe sie unterschätzt! Oftmals verbergen sich in einem Menschen ungeahnte Eigenschaften.

Ihr entschlossener, aber dennoch skeptischer Blick, der stur auf den Fluss gerichtet ist, sagt alles: Sie hat ihm den Kampf angesagt. Trotz ihrer Angst. Vermutlich ist das bei ihr so ein Ich-steige-wieder-aufs-Pferd-obwohl-es-mich-abgeworfen-hat-Ding. Das würde jedenfalls das Bild abrunden, das ich mir von ihr gemacht habe.

Als Rika sich zu ihr ins Kanu setzt und ihr beruhigend die Schulter tätschelt, erwacht sie aus ihrer starren Haltung und lächelt das Mädchen tapfer an. Dann blitzen ihre Augen auf und sie ruft: »Auf in den Kampf!«

Wusste ich es doch! Das ist Bea!

Wir kommen an diesem Tag überraschend gut voran, überqueren ein paar Seen und gelangen nach Lesjöfors. Dort rasten wir, und Micke, Gunilla und ich gehen frische Lebensmittel im örtlichen ICA-Supermarkt einkaufen. Kurz zögere ich, stelle dann aber doch eine große Tüte mit »Lösgodis« für alle zusammen. Das dürfen wir uns heute gönnen, auch wenn es nicht Samstag ist.

Am Abend lagern wir erneut an einem wunderschönen Platz, an dem die Kids baden und angeln. Bea war den ganzen Tag über schweigsam, doch als sie am Lagerfeuer sitzt, meine ich zu erkennen, dass sie sich entspannt.

Vermutlich ist sie heilfroh, dass der Tag vorbei und nichts passiert ist. Ich klopfe ihr auf die Schulter. »Du hast dich tapfer gehalten.«

Sie lächelt zaghaft. »Danke. Es war nicht einfach.«

»Das weiß ich.« Meine Hand bleibt dabei ein wenig zu lange auf ihrer Schulter liegen, als vielleicht angemessen wäre. Aber ich will ihr damit irgendwie vermitteln, wie mutig ich es finde, dass sie kämpft.

Die Tour verläuft ohne weitere Zwischenfälle, und es geschieht genau das, was ich mir gewünscht habe: Die Kids wachsen zusammen. Sie nehmen Rücksicht auf die Gruppe und wechseln sich bei den Arbeiten ab. Und sie passen aufeinander auf.

Vielleicht war Beas tragischer Unfall am Ende nicht das Schlechteste, was uns passieren konnte. Zumindest ein Gutes hatte er: Es hat ihnen gezeigt, dass wir alle verletzlich sind und unser Päckchen zu tragen haben – auch wir Erwachsenen.

Kapitel 10

Bea

»Bea?«, flüstert Rika neben mir. Hilds leise Schnarchgeräusche dringen ebenfalls an mein Ohr.

»Ja?«, frage ich, schon im Dämmerschlaf.

»Warum hast du nicht nochmals versucht, deinen Vater zu kontaktieren?«

Schlagartig bin ich wach, so als hätte mir jemand einen Eimer eiskalten Wassers über den Kopf gekippt. Ich stütze meinen Ellbogen auf. »Na ja. Schätze, ich habe es als Zeichen gesehen, dass ich es lieber bleiben lassen soll.«

»Bereust du das nicht? Vermisst du ihn denn gar nicht?«

Uff. Was soll ich darauf sagen? Nein. Ja. Manchmal. »Der Schmerz wird mit der Zeit weniger. Wie ein Messer, das mit der Zeit nicht mehr so scharf ist.«

Es raschelt neben mir, und ihr Kopf taucht über dem Schlafsack auf. Sie wischt sich die Augen. Hat sie geweint?

»Warum fragst du?«, will ich wissen.

»Ich glaube, mein Papa hat meine Mama verlassen, weil sie trinkt. Sie sagt zwar immer, dass sie trinkt, weil er weg ist, aber ich bin mir fast sicher, dass er ihr nie den Anlass dafür gab.«

Das Eiswasser erreicht meinen Bauch und lässt mich frösteln. »Wann ist er denn gegangen?«

»Vor ziemlich genau drei Jahren.«

Da muss Rika etwa zwölf gewesen sein. Das ist ein beschissenes Alter. Man ist Kind und soll gleichzeitig schleunigst erwachsen werden, um verstehen zu können, was passiert.

»Das tut mir leid«, flüstere ich.

»Muss es nicht. Der Einzigen, der es leidtun muss, ist meine Mutter. Doch die lässt es nicht an sich heran.«

Na, wenn sie deswegen trinkt, geht es ihr sehr wohl nahe, denke ich, spreche es aber lieber nicht laut aus.

»Hast du mit ihr darüber geredet? Über die Trennung?«

»Nein, sie will das nicht. Sie sagt, sie will den Scheißkerl vergessen.«

Das habe ich so nie von meiner Mutter gehört, und jetzt erst wird mir klar, dass ich dankbar dafür bin. Ja, sie hat gelitten. Aber schlecht über ihn geredet hat sie nie. So habe ich immer an diese ewige Liebe geglaubt, die unkaputtbar ist, egal was passiert. Fehler darf man machen, wenn man sie danach wieder geradebügelt, dachte ich damals.

Rikas Schlafsack raschelt erneut. Schnell besinne ich mich auf ihren letzten Satz. »Ja, das kann man verstehen – aus ihrer Sicht. Es ist mutig, dass sie sich dem Ganzen jetzt stellt. In der Klinik wird sie auch Therapie bekommen.«

»Ich glaube noch nicht daran. So richtig durchgezogen hat sie nie. Es ist ja nicht ihr erster Entzug.«

Arme Frau. Armes Kind.

»Bist du wütender auf sie oder auf deinen Papa?«

Rika schnieft. »Am Anfang war ich mehr auf ihn wütend. Aber zwischenzeitlich glaube ich, sie ist das Problem. Ich halte es kaum aus mit ihr. Dieses ewige Gejammer geht mir auf den Zeiger!«

»Hast du jemals versucht, mit deinem Papa Kontakt aufzunehmen? Vielleicht könntest du bei ihm wohnen.«

Wieder ein Schniefen. Im Dämmerlicht des Zeltes sehe ich nur ihren schwarzen Haarschopf über dem Schlafsack.

»Das wäre schön. Aber ich habe keine Ahnung, wie ich ihn finden soll.«

»Na, über das Jugendamt müsste das doch ein Klacks sein. Vielleicht kann Ed helfen.«

»Hm.« Sie schweigt eine kleine Ewigkeit. Wenig später dringen ihre tiefen Atemzüge an mein Ohr. Mir wird mal wieder warm ums Herz. Ich mag dieses Kind.

Ed

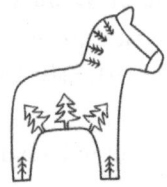

Der Torrvarpen-See glitzert im Abendlicht, und der riesige schwarze Stein, auf dem ich sitze, gibt die Wärme des Tages an mich ab. Der weiße Sandstrand schmiegt sich wie ein karibisches Kleinod zwischen den hohen Kiefern und dem See hindurch. Ich glaube, ich habe in meinem ganzen Leben noch nie etwas Malerisches gesehen als diesen Strand.

Ich nehme einen Zug von der Zigarette und genieße die tiefe Stille um mich herum. Wie gerne würde ich den Moment anhalten. Hierbleiben.

In Stockholm erwarten mich Berichte, ein übervoller Schreibtisch und eine öde, hässliche Wohnung.

Ja, ich liebe meinen Job. Aber ihn hier inmitten von Wäldern und Seen auszuüben, die Kinder aufblühen zu sehen, ist genau das, was ich bezwecken will. Ich muss es schaffen, dass das hier nicht einfach nur ein Pilotprojekt bleibt! Lisbeth muss einsehen, wie wichtig es ist.

Ich will und kann nicht mehr zurück. Nicht nach dem, was mir diese paar Wochen gegeben haben. Mit aller Wucht haben mich meine eigenen Emotionen überfahren, an meine Grenzen gebracht und stärker gemacht. Doch es sind nicht nur die Kinder, die mir das Gefühl geben, ein besserer, ein neuer Mensch zu sein. Seit Beas Unfall ist es sogar intensiver geworden, bedrängt mich förmlich: Ich habe eine Aufgabe in diesem Leben, nein, eine Berufung. Bea im Arm zu halten und für sie da zu sein, hat mich aufgewühlt und wund und schutzlos zurückgelassen. Wir alle brauchen Menschen in unserem Leben, die sich um uns kümmern und uns zeigen, dass wir wichtig sind. Rika ist an dem Vorfall ebenso gewachsen wie Bea und ich selbst.

Rika hat erfahren, was für weitreichende Konsequenzen ihr Verhalten hat. Sie musste lernen, dass es nicht immer nur um sie geht. Und dass es einem viel geben kann, wenn man sich um andere kümmert.

Bea, die spröde Deutsche, hatte ihr Herz und ihre Gefühle so fest im Griff, bis das Leben sie gewaltsam entblößte – vor mir, vor einer Horde Kinder – und sie sich zeigen musste, wie sie ist: verwundbar. Diese Verletzlichkeit und ihr wildentschlossener Mut haben etwas in mir ausgelöst. Ich fühle mich ihr verbunden. Bilde ich mir das nur ein? Bloß, weil ich in diesem Moment für sie da war, bedeutet das nicht, dass wir uns nähergekommen sind. Oder etwa doch? Und was wäre, wenn?

Ich muss meine Gefühle zügeln. Sie und ich sind grundverschieden. Passen nicht zueinander. Und das kann nicht gutgehen. Sie verschwindet womöglich wieder nach Deutschland, weil ihr das Leben in Schweden zu hart und kalt ist. Oder ihr Ex-Verlobter taucht irgendwann auf und erzählt ihr die Story vom Pferd, warum er ein Idiot war, und dass er sie wiederhaben will. Wenn wir schon beim Thema sind: Ich habe anscheinend ein Händchen dafür, Gefühle für Frauen zu entwickeln, die unerreichbar für mich sind. Was hat das zu bedeuten? Bin ich nicht beziehungsfähig? Suche ich mir mit Absicht Damen aus, mit denen eine Beziehung zum Scheitern verurteilt ist? Auch das mit Lisbeth und mir war von vornherein dem Untergang geweiht. Jetzt kann ich mit ihr wieder umgehen wie damals, als sie nur »die Chefin« war. Doch es hat lange gedauert, bis mein verletzter Stolz nicht mehr jämmerlich gejault hat bei jedem Treffen im Büro. Heute ist mir klar, dass es auf Dauer nie hätte funktionieren können, nachts mit der Chefin zu schlafen und tagsüber ihre Befehle entgegenzunehmen. Mit Letzterem tue ich mich generell schwer – unabhängig vom Sex. Wie witzig: Bei Bea und mir wäre die Situation genau umgekehrt! Ich der Chef und sie die Angestellte. Selbes Dilemma – selbe Lösung. *Lass es bleiben, Ed, und steigere dich nicht schon wieder in etwas hinein.*

Auf dem Weg hinter mir knirscht es. Wer bitte kommt jetzt und stört mich? Ich drehe die Kippe so, dass sie in meiner Hand verschwindet. Neben mir tauchen braun gebrannte Füße auf. Bea. Sie ist barfuß. Etwas überrascht starre ich auf ihre niedlichen Zehen. Ihre Beine aus dieser Position sind atemberaubend …

Tief atme ich durch und zähle in Gedanken bis zehn, damit sich mein Herzschlag wieder beruhigt. Sie setzt sich neben mich, ich entspanne meine Hand und ziehe erneut an der Kippe. Ihre Haut strahlt eine Wärme aus, die mindestens genauso kraftvoll ist wie die des Steins unter uns. Und das, obwohl wir eine Armeslänge getrennt voneinander sitzen.

»Ich glaube, ich bin dir noch ein Dankeschön schuldig. Ich danke dir für deine Hilfe … im Wasser.«

Ich finde nicht, dass sie sich hierfür bei mir bedanken muss. Es beweist, dass sie der Vorfall noch immer beschäftigt. »Nicht dafür, Bea.«

Sie fährt sich mit beiden Händen durch die Haare und zerzaust sie. Wie gerne würde ich jetzt meine Finger in diesen wirren Locken vergraben, den Abstand zwischen uns verringern und ihr ganz nahe sein.

Fan också, verdammter Mist! Gerade eben noch habe ich festgestellt, dass diese Frau nichts für mich ist. Wie zum Henker mache ich das meinem Körper klar, der völlig machtlos ist gegen ihre Anziehungskraft? Zu genau erinnere ich mich daran, wie es sich angefühlt hat, sie im Arm zu halten und ihre Angst anzunehmen, als sie auf mich überschwappte. Ihr Zittern, ihr Schluchzen zu ertragen. In diesen Momenten waren wir nicht Chef und Angestellte. Wir waren Verbündete in der Angst vor dem Leben.

Ich starre auf ihre Lippen, die so voll sind, so weich. Ihre Oberlippe hat einen wunderschönen Schwung.

Ihre Worte platzen in meine Gedanken und zerreißen die Seifenblase, die ich um uns gesponnen habe.

»Doch, genau dafür. Du warst da, hast geholfen, und du und Rika habt mich wieder beruhigt. Es tut mir leid, dass ich es verschwiegen habe. Jetzt im Nachhinein sehe ich ein, dass es fahrlässig war.«

Ich hebe überrascht die Augenbrauen. Bea sieht etwas ein? Dieser kleine Sturkopf gibt mir recht? Ein Grinsen breitet sich bis zu meinen Ohren aus. »Okay. Entschuldigung angenommen. In Zukunft bist du bitte ehrlich zu mir, okay? Solche Geheimnisse kannst du nicht mit dir rumtragen, wenn du für mich arbeitest.«

Das klang jetzt schräg. Ihre Arbeit bei mir im Camp wird in knapp einer Woche um sein, und ich werde sie vermutlich nie wiedersehen. Allein der Gedanke daran schnürt mir die Luft ab.

»Es ist so wunderschön hier, nicht wahr?«, flüstert sie und spricht damit aus, was mir vor wenigen Augenblicken ebenfalls durch den Kopf ging. Ich nicke und gönne mir einen weiteren Zug, bevor die Kippe aufgeraucht ist. Meiner Luftzufuhr ist er nicht gerade zuträglich. Angewidert drücke ich den Stummel auf dem Stein aus und lege ihn zu meinen Schuhen, damit ich ihn später mitnehmen und entsorgen kann. Meine großen, nackten Zehen neben ihren kleinen, sorgfältig manikürten, wirken unbeholfen. Ich wackle ein wenig mit ihnen, während Beas sich zusammenkrümmen.

Aus der Verlegenheit heraus entsteht ein Gedanke.

»Du bist eigentlich eine gute Schwimmerin, hast du gesagt. Vermisst du das Schwimmen nicht – seit deinem Unfall?«

Sie räuspert sich, und kurz streift mich ein eisblauer flackernder Blick.

»Vermissen hin oder her – es geht einfach nicht. Weiter als bis zu den Knien gehe ich nicht rein. Meine Therapeutin sagt natürlich, dass ich das Wasser nicht scheuen soll. Sie steckt aber auch nicht in meiner Haut.«

Keine Ahnung, was mich reitet. Ich springe auf, klopfe mir den Sand von den Shorts und recke ihr meine Arme entgegen. Es ist zu verlockend. »Willst du es versuchen?«

Sie funkelt mich an, und über ihrer Nase bildet sich eine steile Falte. »Auf gar keinen Fall! Hast du mir gerade nicht zugehört?« Entschlossen verschränkt sie die Arme vor ihrer Brust, und ich muss schmunzeln: Da ist sie wieder, die dickschädelige Bea.

»Warum nicht? Ich bin dabei. Es kann nichts geschehen. Maximal bis zu den Oberschenkeln. Ich verspreche es dir!«

»Nein!« Es klingt wie ein Schimpfwort. Und vermutlich würde sie mir genau das am liebsten an den Kopf werfen.

»Komm schon! Ich habe den Eindruck, du bist mutiger, als du denkst.« Ich gehe auf sie zu und greife nach ihren Händen, um sie in die Höhe zu ziehen. Mit aller Macht stemmt sie sich dagegen, doch da ich kräftiger bin, liegt sie plötzlich in meinen Armen. Ich ertrinke in ihren großen Augen, die so blau sind wie der Himmel.

Sie pustet sich eine Locke aus der Stirn, doch sie fällt sofort zurück an Ort und Stelle. Ich muss mich beherrschen, sie ihr nicht hinters Ohr zu streichen. So stehen wir ein paar endlose Sekunden da und starren uns an, bis ich merke, dass ihr Kampfgeist schwindet. Ihre Arme verlieren die Spannung.

»Ich halte dich«, murmle ich, und erkenne, dass ich damit nicht nur das Wasser meine, sondern diesen Moment. Und in ihren Augen lese ich, dass sie das versteht. Sie muss nichts sagen. Ihr Körper kapituliert, und vorsichtig ziehe ich sie hinab zum See, ohne den Blickkontakt zu trennen. Um meine Knöchel schwappt das Wasser, der silbrige Sand saugt an meinen Fußsohlen. Ich gebe ihr einen Moment, bevor ich weiter hineinwate. Das Ufer flacht hier ganz sanft ab. Es besteht null Gefahr, in tiefe Gewässer zu geraten.Als das Wasser ihre Füße berührt, stöhnt sie auf, und ich sehe, wie schnell sich ihre Brust hebt und senkt. So wie meine. Ich lasse weder ihre Hände noch ihren Blick los. Weitere zwanzig Zentimeter, ein weiterer Schritt. Sie öffnet die Lippen und atmet hörbar ein und aus. Mir reicht das Wasser zu den Knien. Vorsichtig gehe ich weiter und lasse ihr Zeit, meinen Bewegungen zu folgen. Da ihre Handflächen schwitzen, greife ich fester zu. Nun spielt das Wasser bereits eine Handbreit über ihren Knien, und ein Ruck fährt durch ihren Körper.

»Noch ein kleines bisschen. Hier kann nichts passieren. Du siehst den Grund. Es geht nur ganz flach weiter. Und ich bin bei dir.«

Zwei Schritte, und das Wasser berührt ihre Shorts. »Okay,

das ist genug!«, keucht sie und gräbt ihre Füße in den Sand.

»Ja, das ist genug. Gut gemacht.«

Mein mutiges Mädchen.

Ich lasse ihre Hände los, und sofort überkommt mich der Verlust. Auch sie senkt die Arme – und den Blick. Unsere Verbindung ist erloschen.

Kapitel 11

Bea

Sune hat die Reparaturen an den Rohren noch immer nicht erledigt, da er so eingedeckt ist mit anderen Aufträgen. Er gab mir jedoch die Hand darauf, dass er binnen acht Tagen fertig ist. Das ist in etwa dann, wenn ich wieder joblos bin. Interessanterweise hat mich der Gedanke, bald wieder mein Haus bewohnen zu können, nicht glücklich gestimmt. Es fühlt sich seltsam an. Leer. Traurig. Allein. Das ärgert mich besonders. Ich bin ja *gern* allein, muss mir aber eingestehen, dass es sich seltsam anfühlt.

Nach dieser turbulenten Woche liege ich nun in meinem warmen, gemütlichen Bett im Van, starre an die Decke und wünsche mir, es wäre immer noch die unbequeme Isomatte im Zelt. Konnte ich nach dem Unfall nicht erwarten, diese verflixte Kanutour zu beenden, so schmerzt es mich beinahe körperlich, dass sie schon vorbei ist. Gerade jetzt, wo wir als Gruppe so harmonisch geworden sind. Gerade jetzt, wo ich mich dank Ed wieder ins Wasser traue und begann, die Tage auf dem Wasser ohne den nervösen Klumpen im Magen zu beginnen.

Gott, Ed.

Was ist da an unserem letzten Abend am Torrvarpen geschehen? Diese magischen Momente im See, als er meine Hände hielt, gehen mir nicht aus dem Kopf. Sie zaubern mir ein Lächeln ins Gesicht, sobald ich sie mir in Erinnerung rufe. Wenn ich an seine whiskeyfarbenen Augen denke, kribbelt es in meinem Bauch, als wohne darin ein Schwarm Hummeln. Oder gar Schmetterlinge? Aber nein! Den Gedanken verbanne ich sofort wieder. Doch das Vertrauen, das er mir eingeflößt hat, kann ich leider nicht verdrängen. Sicher und geborgen habe ich mich in seinen Händen gefühlt. Und als wir mit feuchten Beinen und Füßen durch den Sand zurück zum Camp schlenderten, ging er entspannt neben mir her, sodass sich ab und zu unsere Arme berührten. Es schien ganz natürlich, ohne Scheu, ohne Verlegenheit. Ich mag seine lässige, selbstsichere Art. Vor wenigen Wochen hätte ich ihn am liebsten noch auf den Mond geschossen, doch jetzt?

Was ist da bloß passiert?

Als wir uns vorhin im Hostel verabschiedet haben, sah er mir tief in die Augen und fragte mich leise, dass es die anderen nicht hören konnten, ob wir uns morgen Abend unten am See treffen wollen.

Stöhnend wälze ich mich im Bett und vergrabe das Gesicht im Kissen. Will ich das?

Ist das nicht ein wenig zu intim? Er ist mein *Boss*! Und in einer Woche bin ich ihn los. Will ich das?

Nein. Definitiv nicht.

Auch wenn ich es standhaft zu leugnen versuche: Ich sehe in ihm nicht mehr nur meinen chaotischen Boss. Nein, er ist ein sensibler Mann mit einem großen Herzen. Und das geht definitiv in eine völlig falsche Richtung.

Ich sollte professionell bleiben! Er *darf* mir nichts bedeuten. Der Plan war, mir in Schweden die Zeit zu geben, um meine

Wunden zu lecken. Es war *nicht* der Plan, gleich in die nächste Beziehung zu hüpfen, geschweige denn ins nächste Bett. Vor allem nicht in das meines Chefs!

Und ich bin mir zu schade, um auf Eds Liste der Arbeitskolleginnen zu landen, mit denen er was hatte. Bald wird er wieder in Stockholm sein, womöglich bei der nächsten Kollegin, während ich hierbleibe, in Sävenfors.

Aus uns kann nichts werden!

Es ist einer dieser lauen Sommerabende in Schweden, die nicht zu heiß und nicht zu kalt sind, nicht zu viel, nicht zu wenig, genau richtig: lagom. Und ich erahne, warum es dieses zauberhafte Wörtchen nur hier im Norden gibt. In Deutschland wäre mir keine passende Situation dafür eingefallen, denn dort polarisiert und kritisiert man lieber, um seinen Standpunkt deutlich zu machen. Wir kennen nur heiß oder kalt, schwarz oder weiß, richtig oder falsch. Ein »perfekt« gibt es irgendwie nie, oder?

Ich sauge die Landschaft förmlich in mich auf. Frösche quaken im Gebüsch, und der See gluckst sanft und einladend. Ich habe mir eine Stelle ausgesucht, an der das Wasser flach ist, damit es keine Überraschungen gibt.

Wie immer bin ich zu früh dran. Ich habe genügend Zeit, mich umzuziehen, mein grell-pinkes Badetuch auf dem Sandstrand auszubreiten, mich in aller Ruhe zu setzen und darauf zu warten, dass Ed auftaucht.

»Du bist schon da? Sorry, ich musste noch ein Telefonat

mit Stockholm führen.« Seine Stimme hinter mir klingt atemlos. Ich drehe mich um und beobachte amüsiert, wie ihm die Gesichtszüge entgleisen. Seine Augen wandern über meinen Körper, bevor er rasch den Blick hebt und mit konzentriert zusammengezogenen Augenbrauen über den See schaut. Ich unterdrücke ein Grinsen und gebe vor, das nicht bemerkt zu haben. Es schmeichelt mir. Trotz all seiner gefestigten pädagogischen Kenntnisse ist er immer noch ein Mann, und offensichtlich hat mein schwarzer Bikini ihn aus der Ruhe gebracht.

Was hat er eben gesagt? Ach ja, Stockholm.

»Worum ging es?«, frage ich, um Small Talk bemüht.

Er beißt sich auf die Lippen. »Oh, meine Vorgesetzte verlangt regelmäßig ein Update über die Kosten und die Erfolge. Das beruhigt sie. Sie hat Angst, ich könne es vermasseln.«

Die Vorgesetzte, aha! Sprich: seine Ex.

Ein kurzer Stich verrät mir, dass mein Herz diese Info lieber nicht bekommen hätte. Ed klingt nicht etwa betrübt, sondern eher frustriert, genervt und ein klein wenig abfällig.

»Warum?«, frage ich.

Verlegen fährt er sich durch die Haare und setzt sich neben mich in den Sand. »Es ist mein erstes Camp in dieser Art. Geplant haben wir es zusammen. Doch aus irgendeinem Grund hat sie kalte Füße bekommen. Ihr wäre es lieber gewesen, wir hätten es abgeblasen.«

»Aber du hast es zum Laufen gebracht. Und es ist ein tolles Konzept«, muntere ich ihn auf. Und es gelingt. Er lächelt.

»Ich will es weiter ausbauen. Am liebsten als Freelancer ohne Lisbeth, also meine Chefin. Am allerliebsten würde ich gleich hierbleiben und gar nicht mehr zurück nach Stockholm. Doch ich brauche sie und ihre Kontakte.«

Das kann ich verstehen. »Geht das denn? Also hierzubleiben?«

»Nein, leider noch nicht. Ich habe in Stockholm Kinder, die mir zugeteilt sind, und die ich nicht hängen lassen kann. Außerdem will Lisbeth natürlich sehen, wie erfolgreich ich bin. Sie muss das rechtfertigen und dokumentieren. Sie hat mir auch in Aussicht gestellt, dass sie für das nächste Camp Sponsoren an Land ziehen kann – sofern das hier erfolgreich ist. Es gibt eine Menge Spendentöpfe und Gelder für so etwas. Doch da kenne ich mich leider viel zu wenig aus.«

Ich nicke. Ziemlich verzwickt, wenn man von dem Good Will und den Connections der Ex abhängig ist. Was, wenn sie ihn erneut hängen lässt? Oder ihre Ankündigungen nur heiße Luft sind? Das wäre eine Katastrophe für das geniale Projekt! Ich höre seine Hintergedanken so laut, als spräche er sie aus. Nun verstehe ich seinen Frust.

»Die Idee ist toll! Ich bin mir sicher, dass sich das so durchziehen lässt. Du brauchst nur die richtigen Leute, die das prominent platzieren, Spendengalas und so weiter.«

Er betrachtet mich, und seine Mundwinkel heben sich unmerklich. Seine Whiskey-Augen glitzern in der Abendsonne. Gleichzeitig senken wir den Blick, als müssten wir so rasch wie möglich diese Verbindung zwischen uns kappen. Ed räuspert sich und fährt sich über den Bart.

»Ich glaube, du wärst ganz gut darin.«

»Ich? Im Organisieren von Galas?« Ich pruste und blase mir die Haare aus dem Gesicht.

»Warum nicht? Du kriegst doch *alles* organisiert! Oder gehst du demnächst wieder zurück nach Deutschland?«

Will er mich etwa in seinem Projekt? Ein undefinierbares

Gefühl breitet sich in meinem Bauch aus: etwas Warmes, Verheißendes. Schnell unterdrücke ich es, denn das würde ja bedeuten, weiterhin in seiner Nähe zu sein und mit ihm zu arbeiten. Die Gefahr wäre groß, ihm irgendwann nicht mehr widerstehen zu können. Nachdenklich betrachte ich meine Füße. Nein, ich will nicht wieder zurück nach Deutschland. Ich fühle mich wohl hier. Das Gehen oder Bleiben hängt letztlich davon ab, ob ich auf Dauer einen Job bekomme. Unverbindlich antworte ich: »Hm. Das weiß ich ehrlich gesagt noch nicht.«

Plötzlich springt er auf und reißt sich das T-Shirt vom Leib. Gebannt starre ich auf seine braun gebrannten Bauchmuskeln und die dunklen gekräuselten Haare, die seine Brust bedecken.

»Wir sind aber nicht zum Quatschen hergekommen, sondern zum Baden, richtig?« Erwartungsvoll grinst er.

»Baden? Nee, das eigentlich nicht …«

»Nicht?«

»Nein.«

»Weil du noch nicht so weit bist?«

»Japp, weil ich *definitiv* noch nicht so weit bin.« Ich seufze und vergrabe demonstrativ die Füße im Sand. Enthusiastisch beugt er sich zu mir herab und streckt seine Hand nach mir aus.

»Komm schon, lass uns den nächsten Schritt wagen!«

»Ähh …?« Die Fragezeichen in meinen Augen versteht er, denn er lacht auf und wird deutlich: »Gestern waren es die Schenkel, heute schaffen wir mindestens den Bauch. Vielleicht kannst du sogar schon die ersten Züge schwimmen.«

Meine Haut kribbelt, als würden Abermillionen Ameisen im Karacho darüber hinwegfegen. Schwimmen? Jetzt schon? Ich dachte, ich hätte mehr Zeit. Ich dachte, das könnte ich ohne ihn! Ohne, dass er mir dabei zusieht und mich sogar dazu drangt.

Als würde er meine Gedanken lesen, fügt er hinzu: »Wenn du das nämlich in deinem *eigenen* Tempo durchziehst, wird das nie was. Du musst dich überwinden. Jedes Mal ein bisschen mehr.«

»Und *du* hast da Ahnung von?«, rutscht es mir – leider ein wenig bissig – heraus.

»Oh ja! Es ist wie mit dem Rauchen aufzuhören. Da funktioniert es auch. Jeder Tag ohne ist ein Fortschritt.«

»Aha. Wieso rauchst du dann immer noch?«, schieße ich zurück.

Schwungvoll zieht er mich auf die Beine. Völlig überrumpelt, wie schnell und mühelos das ging, landet meine freie Hand auf seiner Brust, um die Bewegung abzufedern und um mich nicht mit voller Wucht an seinen Körper zu pressen. Sein lächelndes Gesicht schwebt nur wenige Zentimeter über mir und ich merke, wie mir die Röte in die Wangen steigt.

»Weil ich gar nicht aufhören will mit den Zigaretten. Das ist eine Sucht, die ich akzeptieren kann. Alles andere habe ich abgelegt.« Seine Stimme ist ruhig, doch leicht belegt. Die Lachfältchen um seine Augen sind verschwunden, die Iriden glitzern dunkel, obwohl ich goldene Sprenkel erkenne. Whiskey – unbedingt! Um mich nicht darin zu verlieren, drücke ich mich ab. Ich muss ein paar Zentimeter zwischen uns bringen, damit ich wieder klarer denken kann.

Wenn er Süchte abgelegt hat, dann lag ich mit meiner Vermutung richtig. Ich frage ihn aber nicht nach seiner Vergangenheit. Für seine Jugendsünden werde ich ihn nicht verurteilen, denn ich erkenne an, was er heute tut und wo er steht. Mir scheint, als hätte er daraus gelernt und wäre daran gewachsen. Das muss ich neidlos anerkennen.

Bin *ich* an meiner Vergangenheit gewachsen? Kaum. Stattdessen schleppe ich sie immer noch mit mir herum.

»Na komm! Bevor du den Mut verlierst ...« Rückwärts geht
er auf das Ufer zu und zieht mich mit. Wie beim letzten Mal
bewegen wir uns Handbreit für Handbreit vorwärts. Warm
schließen sich seine Hände um meine und das Wasser umspielt
samten meinen Körper. Und heute fühlt es sich zum ersten
Mal seit Langem nicht fremd an, nicht feindlich.

Vorgestern waren wir bis zum Bauch, gestern sogar bis zu den Schlüsselbeinen im Wasser. Und ihre vor Stolz und Glück sprühenden Augen waren unbeschreiblich!

»Genug«, wisperte sie, und ich kann nicht sagen, ob ich nicht sogar ein bisschen enttäuscht war, dass sie nicht weiterging. So, als müsse ich persönlich dafür Sorge tragen, dass sie ihre Angst verliert, so als wäre es *mein* Erfolg – oder eben *mein* Versagen. Das klingt schräg, ich weiß.

Und schon jetzt freue ich mich wie ein kleiner Junge auf heute Abend, bis ich sie wieder ein Stückchen weiter begleiten darf auf ihrer Reise raus aus der Angst.

Dieses Mal bin *ich* zu früh. Ich konnte nicht mehr länger warten und hätte nur eine weitere Kippe geraucht, auf die ich keinen Bock hatte. Seit ihrem Spruch über das Aufhören schmecken mir die Zigaretten seltsamerweise nicht mehr. Es ist fast so, als hätte sie die Tarnung meiner Erklärung auffliegen lassen. Denn in Wahrheit kann ich auch *diese* Sucht nicht akzeptieren. Sie war nur der letzte Strohhalm, der mir blieb. Ihn loszulassen wäre gleichbedeutend mit freiem Fall. Es wäre kein Trost mehr da, sollte ich je einen brauchen. Als sie aus dem Wald und auf den Strand tritt, streift sie sich die Locken aus dem Gesicht. Sie betrachtet meinen nackten Oberkörper und grinst.

»Du kannst es ja heute offensichtlich gar nicht erwarten!«, höhnt sie, hebt die Arme und zieht das Top aus. Die Shorts streift sie gleich mit ab. Darunter trägt sie einen blumigen Bikini, der ihre braune Haut kupfern strahlen lässt. Wieder einmal muss ich schlucken und wegsehen, damit sich nicht irgendeine der Emotionen auf meinem Gesicht spiegelt, die wie ein Sturm durch mich durchrasen. Ich habe keine Ahnung, wohin das mit Bea führt. Ich will mir auch nicht wirklich Gedanken darüber machen, denn in wenigen Tagen bin ich wieder zu Hause – ein Zuhause, in das ich nicht zurückkehren will – und muss all das zurücklassen, was mir ans Herz gewachsen ist. Auch diese eigensinnige Deutsche. Jäklar. Verdammt noch mal! Das verpasst mir einen Stich.

Mit hochgerecktem Kinn stolziert sie an mir vorbei und watet ins Wasser, bis es ihre Knie umspielt. »Na komm schon! Wo bleibst du? Bist du festgewachsen?«

Eilig erhebe ich mich und gehe ihr nach. Leider habe ich den Moment verpasst, ihre Hand zu ergreifen. Das wird mir schmerzlich bewusst, als sie mutig weitergeht und die Distanz zwischen uns vergrößert. Damit ich sie beobachten und notfalls eingreifen kann, hechte ich tollkühn ins Wasser, tauche ein paar Meter und schwimme um sie herum. Meine Zehen ertasten unter mir schlammigen Boden. Daher vergrabe ich meine Füße im Sand, richte mich auf, schüttle Haare und Bart aus und warte, bis sie näher kommt. Als das Wasser ihre Brüste berührt, stellt sie sich auf die Zehenspitzen und schürzt besorgt die Lippen.

»Alles in Ordnung?«, raune ich und packe die Gelegenheit beim Schopf, nach ihren Händen zu tasten. Doch das muss ich gar nicht, denn sie ergreift die meinen, und da ist es wieder:

das Gefühl, eins zu sein, zusammenzugehören. Mir stockt der Atem, und ich starre in ihre weit geöffneten blauen Augen. Ob sie merkt, was in mir vorgeht?

Nein, sie ist ganz fokussiert auf ihren nächsten Schritt. Ich kann mich nicht bewegen, so paralysiert bin ich. In diesem Moment tritt sie mir unsanft auf den Fuß, und wir sind uns plötzlich viel zu nahe. Ich weiche leise keuchend nach hinten aus, um ihr den nötigen Raum zu verschaffen, vermisse aber sofort die Wärme ihres Körpers.

»Sorry«, flüstert sie und beißt sich auf die Unterlippe.

»Nicht dafür! Noch einen Schritt, Bea! Versuchs«, hauche ich. Nun reicht ihr das Wasser wieder bis zu den Schlüsselbeinen. Sanft ziehe ich sie weiter. Es fehlt nicht mehr viel und sie kann den ersten Zug schwimmen. Gleichzeitig sehe und spüre ich, wie sich ihre Füße vom Grund abheben und ihr Körper im Wasser schwebt. Aus ihrem Gesicht strahlt unbändige Freude, als ihre Beine zu paddeln beginnen. Damit ich nicht den Boden unter den Füßen verliere, korrigiere ich unsere Richtung, sodass wir uns langsam wieder zurück zum Ufer bewegen. Mit kräftigen Stößen folgt sie mir, die Hände noch immer mit meinen verbunden, unsere Blicke verflochten. Ihre glänzenden Augen sind die eines kleinen Mädchens, das verzückt die Geschenke unter dem Weihnachtsbaum betrachtet, den Moment auskostend, ohne den Drang, das Geschenkpapier zu entfernen. Denn damit wäre der Zauber zerstört.

Mit einem aufmunternden Nicken nähere ich mich ihrer Seite, löse die rechte Hand und lege sie auf ihre Hüfte. Bea versteht sofort und löst sich von meiner linken Hand, sodass ich sie so halten kann wie ein Kind, das seine ersten Schwimmzüge macht. Sie lacht, prustet und keucht gleichzeitig, bewegt ihre Beine aber so schnell, dass ich Mühe habe, ihr zu folgen. Als mir das Wasser wieder um den Bauch schwappt, hält sie inne und stellt sich auf. Im nächsten Moment dreht sie sich zu mir um und fällt mir in die Arme.

»Ich hab's geschafft!« Sie jauchzt und hüpft auf und ab. Ihre Brüste reiben gegen meinen Oberkörper – erschrocken halte ich den Atem an. Fuck! Die Berührung fährt mir direkt in den Unterleib, und mein Schwanz wacht auf. Verlegen drücke ich sie weg von mir, um ihr in die Augen sehen zu können. Großer Fehler! Denn sie funkeln wie Diamanten und ihre vollen weichen Lippen sind nur wenige Zentimeter von meinen entfernt, leicht geöffnet, sodass ich ihren Atem auf dem Hals spüre. Sofort überzieht mich Gänsehaut und ich kann nicht anders: Zärtlich lege ich meine Arme um sie und ziehe sie wieder an mich.

Ihr Mund hebt sich, öffnet sich ein klein wenig mehr, und da ist es um mich geschehen: Ich beuge mich hinab und streife vorsichtig mit meinen Lippen über ihre. Meine Hände wandern nach oben, umfassen ihr Gesicht. Sanft stoße ich mit der Zunge an ihre, und sie erwidert die Berührungen, presst sich sogar an mich. Ihre Küsse sind federleicht, sanft und gleichzeitig fordernd, sodass mir beinahe der Verstand schwindet.

»Bea.« Ich seufze.

Da blinzelt sie und zuckt zurück, als erwache sie aus einem Traum. »Oh!« Sofort bringt sie Abstand zwischen uns. »Verzeih«, haucht sie und berührt mit den Fingerspitzen ihre Lippen.

»Nein, da gibt es nichts zu verzeihen.« Ich lege meine Hand auf ihre Wange. »Ich wollte diesen Kuss. Will es immer noch. Aber es soll deinen Erfolg und deine Freude nicht schmälern. Und ich will nicht, dass du denkst, ich nutze das aus. Verstehst du?«

Sie sieht mir in die Augen und schüttelt beinahe unmerklich Kopf. »Vielleicht … vielleicht sollte ich lieber gehen. Es ist schon spät, und wir müssen morgen beide raus zur Frühschicht.«

Wie hypnotisiert nicke ich. Die Stimmung, der Zauber zerrinnt uns wie Sand zwischen den Fingern. *Bea* entgleitet mir. Ihre Angst ist wieder da, doch es ist nicht die vor dem Wasser.

»Es ist nichts passiert, Bea. Nichts, was uns leidtun müsste. Wirklich!«, beteuere ich leise, aber eindringlich und greife nach ihren Händen. Sie entzieht sie mir und watet zurück zum Ufer. An ihren steifen Bewegungen erkenne ich, wie schockiert sie ist. Doch wie kann ich sie davon überzeugen, dass nichts Schlimmes passiert ist? Dass der Kuss im Grunde überfällig war, auch wenn wir beide das nicht geplant hatten. Seit dem Unfall mit dem Kanu fühle ich mich ihr so nahe, suche regelrecht ihre Nähe, ihre körperliche Präsenz, so als zöge sie mich mit unsichtbaren Fäden zu sich. Und ihre Körpersprache hat sich ebenfalls verändert. Sie und ich – wir sind immer vertrauter miteinander. Berührungen wirken nicht mehr deplatziert oder unbewusst. Sie kommen natürlich und ungezwungen. So, als fühlten sich unsere Körper wohl zusammen. Wäre es wirklich so fatal, wenn wir beide dieser mächtigen Anziehungskraft zwischen uns nachgeben würden?

Sie wirft sich ihr Top über und schlüpft in die Shorts, obwohl ihr Bikini tropfnass ist. Dann dreht sie sich um zu mir, lächelt verkrampft, ruft »Danke, Ed!« und läuft durch den Wald zurück zum Hostel.

Soll ich ihr hinterherlaufen?

Nein, das wäre falsch. Sie sucht ganz klar Abstand. Den darf ich ihr nicht verwehren. Ich kann aus vollem Herzen nachvollziehen, warum sie so verwirrt ist. Begreife ich doch selbst nicht recht, was gerade geschehen ist.

Wird dieser Kuss etwas zerbrechen und beenden, das gar nicht richtig begonnen hat?

Kapitel 12

Bea

Nein, so darf es nicht enden.

Das eben war magisch!

Oder nicht? Gott, ich bin so durcheinander!

War der Kuss nur der euphorischen Stimmung geschuldet? Meine Endorphine haben verrücktgespielt und mich in seine Arme getrieben. Verdammter Mist! Man sollte seinem Boss gegenüber keine romantischen Gefühle hegen! Vor allem nicht, wenn er ein Womanizer ist.

Aber ist Ed das tatsächlich? Auf mich wirkt er ganz und gar nicht so, als würde er sich vorschnell zu etwas hinreißen lassen. Dieser Kuss hat sich nicht einmal wie ein Flirt angebahnt. Und als Tüpfelchen auf dem i hat er mir gerade erklärt, dass er die Situation zwischen uns niemals ausnutzen würde.

Womöglich stimmt das Playboy-Gerücht über ihn also gar nicht und ich tue diesem gefühlvollen Mann unrecht. Oder rede ich ihn mir gerade schön? Ich weiß nicht mehr, was wahr und falsch ist, auf was ich mich verlassen kann und auf was nicht. Wenn ich ehrlich zu mir bin, habe ich seine Blicke regelrecht aufgesogen, als ich mich vor ihm ausgezogen habe. Seine Augen, die ganz glasig wurden, sein weicher Blick, so voller Verlangen, haben mein Herz höherschlagen lassen und mir unendlich gutgetan. Noch immer spüre ich seine großen Hände an meinen Wangen, fühle seine Zunge über meine Lippen wandern.

Ich seufze und vergrabe das Gesicht im Kopfkissen. Die Nacht ist klar und lauwarm. Ich habe die Seitenfenster des Vans weit geöffnet und mir die Decke vom Leib gestrampelt. Dennoch glühen meine Wangen beim Gedanken an Ed!

Womanizer hin, Playboy her – ich will nicht, dass es endet! Ich will, dass es weitergeht mit uns, will, dass er mich wieder in seinen Armen wiegt wie am Strand nach dem Kanu-Unfall. Ich will seine weichen und doch fordernden Lippen auf meinen spüren und seine Hände wieder auf meinen Hüften.

Argh, Bea! Du hast dich verliebt in diesen rauen schwedischen Holzklotz, in diesen verflixten Chaoten, in diesen warmherzigen Naturburschen, der sein goldenes Herz am rechten Fleck trägt. In einen Kerl, der Camps für Teenager aus schwierigen Verhältnissen abhält, der Holz für das Lagerfeuer hackt, Frauen in Seenot rettet und ihnen wieder das Schwimmen beibringt, wenn sie Angst vor Wasser haben.

Ich starre wieder einmal an die Decke meines Vans und kann ein breites Lächeln nicht verhindern. Ich bin bis über beide Ohren verknallt.

Fuck.

Das war nicht der Plan!

Ed

Fast eine ganze Stunde bin ich zu früh, denn ich habe kaum ein Auge zubekommen. Die ersten drei Zigaretten des Tages habe ich bereits geraucht, um die Nerven zu beruhigen – doch noch immer zittern meine Hände, die sich an die Tasse mit Kaffee klammern. Verdammt, ist mir schlecht!

Ich habe mir vorgenommen, Bea noch mal auf den Kuss anzusprechen. Nachdem wir beide darüber geschlafen haben, können wir vielleicht neu aufbauen auf dem, was da zwischen uns ist. Und da ist etwas, ich weiß es! Ich habe es in ihrer Leidenschaft, in ihrer Freude gespürt! Das danach, das Scheue und Unsichere, das ist nicht sie! Die wahre Bea ist direkt, spontan und klar in dem, was sie will.

Ich habe keine Ahnung, wie dieses Gespräch verlaufen wird, aber ich hoffe so sehr, dass sie versteht, dass ich diesen Kuss nicht rückgängig machen – nein, dass ich ihn liebend gern wiederholen möchte! Ich will ihre süßen, sanften Lippen wieder auf meinen spüren und ihren Körper, der sich an mich presst.

Da öffnet sich die Tür zur Küche und Bea erwischt mich, wie ich mit geröteten Wangen und glasigem Blick die Tür anstarre. Beide gefrieren wir zu Eis. Was macht sie hier? Sie ist viel zu früh! Ich dachte, ich hätte noch ein bisschen Zeit, mir zu überlegen, was ich genau sagen will. Als hätte ich das nicht sowieso die halbe Nacht lang gemacht …

»Du bist schon da?«, krächzt sie.

»Ja.« Ich zucke hilflos mit den Schultern und hebe meine Tasse Kaffee. »Ich konnte nicht schlafen. War verwirrt. Und welche Ausrede hast du?«

Bea schmeißt ihre Tasche auf den nächstbesten Küchenstuhl und greift sich eine Tasse, die sie an der Maschine füllt.

»Die gleiche.« Unsere Blicke finden und verhaken sich, so wie gestern. Mein Hals ist plötzlich ganz trocken – ich kann kaum schlucken. Ohne einen Schluck von ihrem Kaffee zu trinken, nimmt Bea mir die Tasse aus der Hand und stellt sie zusammen mit der ihren auf den Tisch. Das Geräusch klingt resolut, endgültig. Sie dreht sich zu mir um. Ihre Augen glänzen. Sachte legen sich ihre Hände um meine Wangen. Überrascht halte ich den Atem an, und kann nicht fassen, was Bea da tut. Da stellt sie sich auch schon auf die Zehenspitzen und haucht mir einen Kuss auf den Mund.

»Guten Morgen«, flüstert sie und lächelt. Mein Herz schmilzt, als wäre es vor einer Sekunde noch ein zentnerschwerer Eisberg gewesen. Ganz fest ziehe ich sie an mich und hauche ihr ins Ohr: »Guten Morgen. Schön, dass du da bist.«

Merken die Kids und das Team nicht, dass es zwischen Bea und mir gefunkt hat? Es brodelt wie Lava, wenn wir in der Nähe voneinander sind. Zunehmend fällt es mir schwer, meine Hände bei mir zu lassen. Am liebsten würde ich sie in eine Kammer ziehen und küssen, sie berühren und streicheln. Stattdessen müssen wir uns beherrschen und den Tagesablauf durchziehen, so tun, als wären wir noch immer ein professionelles Team und nicht ein Mann und eine Frau, die sich sehnsuchtsvolle Blicke zuwerfen.

Hauptsächlich, weil ich Rika eine Freude machen wollte, habe ich für heute einen Ausflug in den Elchpark geplant. Außer bei Rika, die ihre Begeisterung kaum zügeln konnte, löste der Vorschlag bei den Kids abfälliges Geläster aus. Sie seien keine Babys mehr, tönten sie. Aber Stadtkinder haben nur selten das Glück, in ihrem Leben einen Elch zu sehen. Im schlimmsten Fall werden sie die Grenzen Stockholms so schnell nicht mehr verlassen, wenn sie es nicht schaffen, sich aus ihrem Umfeld zu befreien. Ich war mir sicher, dass sie den Park lieben würden.

Und so kam es auch: Ihre Augen weiteten sich ungläubig, als einer der majestätischen Könige auf uns zu stakste und laut röhrte. Unbezahlbar! Auf dem Rückweg zum Bus tollten sie herum, als wären sie zehn Jahre alt, und das beweist mir, wie sehr sie diesen Trip gebraucht haben. Mein Herz quillt über vor Liebe zu ihren kindlichen Seelen, die noch nicht zu verkorkst sind, um zu staunen.

Bea tritt näher und flüstert mit funkelnden Augen: »Erstaunlich, was so eine Elchbegegnung mit einem macht. Das war eine grandiose Idee.«

»Ich wollte ihnen eine Freude machen.«

»Das hast du. Es ist toll, was du alles für sie auf die Beine gestellt hast. Sie werden den Tag nicht vergessen, da bin ich sicher. Ich mag dein großes Herz.«

Wieder wirft sie mir diesen Blick zu, und mir wird warm. Eine Frau, die mir Bewunderung entgegenbringt, ist neu für mich. Ich versuche, mein Grinsen zu unterdrücken, doch ich glaube, es funktioniert nicht. Sie streicht flüchtig mit ihren Fingern über meine Hand und haucht: »Können wir uns heute Abend wieder am See treffen?«

»Japp! Unbedingt!«

Damit hat sie *mir* einen Wunsch erfüllt, ohne dass ich ihn hätte aussprechen müssen.

Kapitel 13

Bea

Ed hat mir den Weg zu einer Hütte beschrieben, die ein wenig abseits vom Hostel am See liegt. Völlig bezaubert betrachte ich die Kulisse, die sich vor mir ausbreitet: Es kommt mir vor, als stünde ich auf einer verwunschenen Lichtung aus irgendeinem mir unbekannten Märchen. Auf den ersten Blick wirkt die Hütte wie ein verlassenes Bootshaus. Die Bucht mit silbernem Sand ist geschützt vom Wald, das Wasser schimmert türkisgrün. Als ich nähertrete, entdecke ich auf der Seeseite eine in fröhlichem Blau gestrichene Eingangstür. Ich höre jemanden in der Hütte rumoren, ein paar Töpfe schlagen, dann ein tiefes Brummen – nein, ein Singen!
Ich pruste überrascht. Singen ist offenbar nicht seine Stärke. Entschlossen klopfe ich an, um dem makaberen Schauspiel ein halbwegs ehrenhaftes Ende zu bereiten. Da reißt er auch schon die Tür auf. Er ist barfuß und trägt nichts als seine Badeshorts. Über seiner Schulter hängt ein Geschirrtuch, und seine Haare fallen ihm wirr in die Stirn.

»Hej! Du bist ja überpünktlich. Ich war gerade dabei, noch ein wenig sauber zu machen.«

Ich bemühe mich, mein Grinsen zu unterdrücken, damit er nicht denkt, ich mache mich über ihn lustig.

»Das musst du doch nicht. Ich bin nur zum Schwimmen gekommen.«

Echt, Bea? Bist du das? Meine Wangen färben sich rosa, und hastig senke ich den Kopf. Um abzulenken, drehe ich mich zum See. »Wie schön es hier ist! Ich wusste gar nicht, dass du eine Hütte hast, in der du wohnst.«

»Na ja, die meiste Zeit bin ich ja drüben im Hostel. Aber als die Chefin vom Hotel – wie heißt sie noch gleich?«

»Carina«, helfe ich geflissentlich aus.

»Ja, als Carina erwähnte, dass notfalls eine Person im alten Bootshaus unterkommen könne, hab ich mir gedacht, es ist keine schlechte Idee, wenn ich mal Abstand brauche.«

Seine Whiskey-Augen mustern mich ruhig, nachdenklich, vielsagend. Ich kann den Blick nicht abwenden. Die Anziehung zwischen uns knistert schier unerträglich. Wie sich das so schnell entwickeln konnte, ist mir ein Rätsel. Es zu leugnen wäre aber sinnlos.

Ich trete näher, zupfe ihm das Handtuch von der Schulter und werfe es nachlässig auf die hübsche Holzbank, die windschief vor der Hütte Wache hält. Sie ist im selben Blau gestrichen wie die Tür und perfekt positioniert, um einen Morgenkaffee mit Blick auf den See zu schlürfen. Kurz bin ich abgelenkt, stelle mir vor, mit ihm morgen früh hier zu sitzen … Im nächsten Moment hat er seine warmen, großen Hände auf meine Wangen gelegt und küsst mich sanft. Meine Knie werden weich wie Butter und ein ganzer Schwarm Schmetterlinge breitet sich wild mit den Flügeln schlagend in meinem Bauch aus. Ich halte mich an seinen Schultern fest, um das Gleichgewicht nicht zu verlieren, um *mich* nicht zu verlieren.

Seine Lippen kosten meinen Mund: hungrig, suchend, fordernd. Der Kuss schießt mir direkt in den Unterleib und löst ein sehnsuchtsvolles Stöhnen aus. Auch Ed schnappt nach Luft, als tauche er aus den Tiefen dieses grünen Sees auf, der uns still und heimlich beim Küssen beobachtet.

Er grinst schief, zieht mich weg von der Hütte und zum Ufer hinab.

Was hat er vor?

Unten angelangt watet er ins Wasser. Mit einer Handbewegung lädt er mich ein, ihm zu folgen, was ich nur zu gerne tue. Egal, welchem Gedanken er folgt – Ed und der See ziehen mich magisch an. Meinen Bikini habe ich drunter und muss nur Shorts und Shirt abstreifen. Ich sehne mich nach einer Abkühlung, die mich wieder zu Sinnen kommen lässt. Doch das vermag selbst das Wasser nicht. Das wird mir klar, als Ed mich an sich zieht und die Berührung eine Hitzewelle in mir auslöst. Sanft streichelt er meinen Nacken und spielt mit einer Locke, während seine Lippen zärtlich an meinen knabbern. Eng aneinandergepresst taumeln wir, tauchen ein in den in der Abendsonne glitzernden See, ohne zum Glück den Boden unter den Füßen zu verlieren – zumindest nicht in der realen Welt.

Das Wasser und Ed – das ist beinahe zu viel für mich: ein Overload an Emotionen! Die samtige Textur des Sees, Eds warme Haut und die leichte Brise, die durch die Tannen am Ufer raunt, rauben mir fast den Verstand. Ich will ihn berühren, ihn liebkosen. Gott, wie lange ist es her, dass ich mich so nach einem Mann gesehnt habe? Meine Hände streichen über seine Brust zu seinem Bauchnabel. Und einen Bruchteil später wage ich es und taste mich tiefer.

Er zuckt zusammen, als ich meinen Handrücken gegen die Beule in seiner Hose drücke. Doch auch er wird mutig und lässt seine Hände an meinem Rücken nach oben wandern. Sie streicheln über den Stoff des Bikinis, der sich unterhalb meiner Schulterblätter zu einer Schlaufe verbindet. Kurz frage ich mich, ob er sie öffnen wird, doch dann fahren seine Finger quälend langsam entlang des Stoffes nach vorn, liebkosen meine Brüste. Ich ziehe die Luft durch die Zähne und bekomme dennoch zu wenig Sauerstoff. Seine Daumen streifen meine Nippel und lösen einen kleinen Stromschlag in mir aus. Das Ziehen zwischen meinen Beinen löscht jeglichen Zweifel aus: Ich will diesen Mann so sehr! Am besten jetzt gleich! Ich fasse seine Hände und führe ihn zurück zum Ufer. Dort, wo das Wasser knöchelhoch ist, lasse ich mich nieder und ziehe ihn zu mir. Ed kniet sich zwischen meine Beine, und ich sinke auf den Sandstrand. Mit tausend Küssen übersäht er meine Schlüsselbeine, meinen Hals und meine Lippen, sodass ich kaum spüre, wie er nun doch die Schlaufe meines Bikinis löst. Nackte Haut trifft auf nackte Haut, und ich kann ein Stöhnen nicht unterdrücken, während er die sensible Stelle unter meinem Ohr küsst.

Als er innehält und nach Atem ringt, ertrage ich die Kälte nicht, die der Abstand zu seinem Körper verursacht. Mit meinen Beinen umschlinge ich ihn, ziehe ihn zu mir und schiebe vorsichtig seine Shorts nach unten.

»Willst du das wirklich?«, murmelt er an meinem Hals.

»Ja, unbedingt.« Ich seufze.

»Bea, warte. Ich habe kein Kondom dabei.« Er hält meine Hand auf. Seine Stimme ist heiser vor Verlangen, und er schaut mir bedauernd in die Augen.

»Ich nehme die Pille und bin gesund«, flüstere ich und verbanne den peinlichen Moment aus meinem Gehirn, als ich vor der Schwedenreise bei meiner Frauenärztin aufschlug und ihr von Thomas und Susi erzählen musste.

»Ich bin auch gesund. Ich habe mich vor wenigen Wochen testen lassen, als mit meiner Freundin Schluss war«, haucht er. Auch den Gedanken an seine Ex schiebe ich weit von mir und entledige ihn endgültig seinen Shorts.

Alles, was danach passiert, ist pure Lust, Explosion und Erlösung zugleich. Ich lasse mich so komplett fallen, dass ich jegliches Raum- und Zeitgefühl verliere und mir wünsche, diese Nacht würde nie zu Ende gehen. Wir verschmelzen zu einem, verlieren uns in Wellen der Verzückung und kosten den Körper des anderen aus, als wäre er das wertvollste Gut auf Erden. Eds Bewegungen in mir lösen eine Kaskade von Schauern aus, die mir den Verstand raubt. Über den See schwappen unsere Seufzer und ich bin überzeugt, dass die Elfen und Nissen uns heimlich aus dem Gebüsch zusehen und unsere Vereinigung feiern. Als ich komme, presst er seine Lippen gegen meine Stirn, und ich habe das Gefühl, zu zerbersten, wenn er nicht da wäre und wie jetzt beschützend meinen Nacken festhalten würde.

Als sich mein Atem wieder beruhigt hat, hebt er mich hoch, trägt mich in die Hütte und wir legen uns auf sein schmales Bett. Unsere vom Wasser ausgekühlten Körper wärmen sich gegenseitig, und binnen weniger Minuten schlafen wir eng umschlungen ein.

Im Morgengrauen weckt mich der Duft von Kaffee. Barfüßig tappe ich durch die kleine Hütte auf den nackten Mann zu, dessen muskulöser Rücken und knackiger Po mir ein Lächeln ins Gesicht zaubern. Ich umarme ihn und drücke mich fest an ihn.

»God morgon«, murmle ich.

Ed dreht sich mit zwei Tassen Kaffee in den Händen um und küsst sacht meine Stirn.

»God morgon, sötnos.«

Süße hat mich noch nie ein Mann genannt. Ich greife dankbar nach einer der Tassen und nippe an dem starken, aromatischen Getränk, das bei Ed einfach immer perfekt schmeckt. Ohne ein weiteres Wort greift er nach meiner freien Hand, um mich nach draußen zu führen. Die Sonne ist bereits aufgegangen und schickt wärmende Strahlen über den spiegelglatten See. Ed hat eine Decke auf der Bank vor der Hütte ausgebreitet und bedeutet mir, mich zu setzen. Völlig überrascht muss ich ein, zwei Tränchen zurückdrängen. Es berührt mich zutiefst, dass er dieselbe Idee mit der Bank hatte wie ich. Wir kuscheln uns ein und nippen in einvernehmlichem Schweigen an unserem Kaffee. Zufrieden betrachte ich den stillen See, über dem ein zartes Nebelband liegt. Eds Oberkörper hebt sich in einem tiefen Seufzer, dann küsst er zärtlich meine Schläfe. Mein Herz schlägt schneller und mein Hals wird eng, als ich in seine Augen blicke. Darin liegt so viel Liebe, so viel Zärtlichkeit, auf die mein Körper mit einer tiefen Sehnsucht reagiert. Ich nehme ihm die Tasse aus der Hand und stelle sie zusammen mit der meinen auf der Bank ab. Sie bleiben dort in stiller Zweisamkeit zurück, als Ed und ich uns in seiner Hütte ein zweites Mal lieben.

»Ich will dich nie wieder loslassen!«, haucht er in mein Ohr. Und ich empfinde dasselbe: Ich bin genau am richtigen Fleck, mit genau der richtigen Person.

Mein Körper zittert erschöpft. Ich bin mir nicht sicher, ob das an dem abendlichen Spaziergang oder an der Ekstase liegt, die ich gestern Abend und heute Morgen mit Ed erleben durfte. Allein bei dem Gedanken an ihn atme ich schneller, und Schmetterlinge wirbeln durch meinen Bauch. Noch nie hatte ich solch hemmungslosen Sex. So entspannten, natürlichen Sex ohne Hintergedanken, ohne überhaupt den Kopf einzuschalten, nur den Körper des anderen zu genießen, ja, ihm die Führung zu überlassen, gleichzeitig aber selbst zu führen, wenn ich das Bedürfnis danach verspürte.

Der Tag heute im Camp glich einem Spießrutenlauf!

Wir wollten dem Team und den Kids nicht auf die Nase binden, dass – und vor allem womit – wir die Nacht gemeinsam verbrachten. Im Laufe des Vormittags hat es zu regnen begonnen. Daher entschieden wir uns für Kartenspiele, Rätsel und Pantomime. Dass sich die Kinder zwischenzeitlich zu so einem Unsinn hinreißen lassen, ist Beweis dafür, dass wir alles richtig gemacht haben und dass sie sich entspannen und sie selbst sein können: ohne Machtgehabe, ohne Ich-bin-zu-alt-für-sowas oder zu cool.

Als ich meine Schritte auf den Kies in der Einfahrt lenke, erstarre ich.

Was zur Hölle!

Neben dem Van parkt ein schwarzer Audi.

Ein Audi mit deutschem Kennzeichen. Mit *Ulmer* Kennzeichen. Es ist Thomas' Auto.

»Da bist du ja! Wo warst du denn?«

Seine Stimme lässt mich zusammenzucken. Er sitzt auf den Stufen der Stuga, erhebt sich und kommt mir mit offenen Armen entgegen. Sein Gesicht sieht müde, aber dennoch erleichtert aus, beinahe glücklich.

»Thomas? Was machst du hier?«, frage ich, völlig überrumpelt von diesem Besuch.

Er reißt mich in eine ungelenke Umarmung. »Ich dachte schon, du hast dich verlaufen oder schlimmeres! Warst du wandern?«

Ich verstehe die Frage nicht. Zu Fuß sind es nur fünf Minuten durch den Wald. Da brauche ich kein Auto. Da ich direkt von der Arbeit komme, habe ich nur eine kleine Bauchtasche mit Schlüssel und Handy dabei. Er blickt an mir hinunter, scannt meine Shorts und die Wanderschuhe. Denkt er etwa, ich mache nach all diesen Wochen noch immer Urlaub?

»Ich war arbeiten«, erkläre ich. Interessant, dass er gar nicht auf die Idee kommt, dass es so ist.

»Arbeiten? Im Wald?«, fragt er ungläubig.

»Ja. Aber noch mal: Was machst du hier?« Noch dazu allein. Ich sehe mich um und wundere mich, ob gleich Susi aus irgendeinem Busch herausspringt, wie eins dieser gruselig grinsenden Steh-auf-Männchen. Doch nein – keine Fitnessqueen weit und breit.

»Wo ist sie?«

Verständnislos schaut er mich an. »Wer?«

»Na, deine Susi!«

»Oh. Äh. Lange Geschichte. Lass uns doch reingehen, dann erzähle ich dir alles bei einem Tässchen Tee oder Kaffee.«

Mir schwant nichts Gutes. Warum fährt Thomas tausendsechshundert Kilometer, um mit mir Kaffee zu trinken?

Da Sune vor zwei Tagen endlich die Rohre ausgetauscht und das Wasser wieder aufgedreht hat, wasche ich mir kurz die Hände und nutze die wenigen Minuten, um meine durcheinanderwirbelnden Gedanken zu sortieren. Hat sie Schluss gemacht? Hat *er* Schluss gemacht? Oder ist das gar nicht das Thema? Will Thomas etwa das Haus und den Van zurück? Sofort spüre ich eine geballte Ladung Widerwillen in mir aufsteigen. Er hat den weitaus besseren Deal gemacht: Ein Auto ist keine Wertanlage wie eine Wohnung, und das Ferienhaus hat mich bislang nur Geld und Nerven gekostet! Dennoch will ich weder das eine noch das andere hergeben.

Womöglich geht es auch darum, dass er mich so langsam ausbezahlen muss.

Mein Puls beschleunigt sich, und das ist genau die richtige Laune, um ihm gegenüberzutreten, für den Fall, dass er verhandeln will. Ich balle die Hände zu Fäusten und trete in die Küche.

Da steht er an unserem abgenutzten Herd und kocht Kaffee, so wie früher. Die Wehmut überschwemmt mich wie eine alte Bekannte und zerquetscht mein Herz. All die Erinnerungen an die Schwedensommer stürmen auf mich ein, so als hätte ich sie nur weggesperrt, um ihnen jetzt wieder die Tür zu öffnen. Die mit Gewalt zur Seite geschobenen Gefühle für den Mann vor mir wallen auf und erinnern mich anklagend daran, dass er meine erste große Liebe war und dass wir vor nicht allzu langer Zeit heiraten wollten.

Die kämpferische Haltung fällt von mir ab wie eine traurige Hülle. Ungewollt steigen Tränen in mir auf, die ich mühsam zurückdränge.

»Was willst du?«, frage ich erneut und setze mich mit zitternden Händen an den Tisch. Er platziert eine Tasse Kaffee mit Milch vor mir. Jahrelang haben wir unsere Kaffee-Milch-Mischung perfektioniert, und ich finde es rührend, dass er sich daran erinnert. Seitdem ich Eds Kaffee gekostet habe, benutze ich gar keine Milch mehr.

Betreten setzt er sich und spielt mit seiner Tasse.

»Kannst du es dir nicht denken, Bea?«

Seine Augen sind traurig und dunkle Ringe umschatten sie. Seine Wangen wirken schmaler, ja, eingefallen. Ich bekomme kein Wort heraus, spüre aber, wie mich eine Welle des Mitgefühls durchflutet. Egal was ihn plagt, es ist ernst.

Er seufzt. »Mir war klar, dass du es mir nicht leicht machen wirst, mein Schatz. Ich habe große Scheiße gebaut.«

Mein Schatz?

Mein albernes kleines Herz hüpft und erinnert mich daran, dass dieser Kosename, den zugegeben die ganze Welt benutzt, aus seinem Mund immer besonders klang. Nicht nur *Schatz*, sondern *mein* Schatz. Sein spezieller Schatz.

»Ja, das hast du«, murmele ich vor mich hin.

»Mir ist das ganze Ausmaß erst klargeworden, als Susi in unsere Wohnung einzog und alles ändern wollte, alles, was wir so liebevoll ausgesucht und eingerichtet hatten. Sie wollte nicht einmal das Sofa behalten, geschweige denn das Bett.«

Na ja, das hätte ich auch nicht behalten an ihrer Stelle. Als Neue geht man doch davon aus, dass es den Freund immer an den Sex mit der Ex erinnert.

»Und dann hast du bemerkt, wie teuer dich das zu stehen kommt?« Es ist ironisch gemeint, klingt aber erschöpft, ja, beinahe enttäuscht.

»Bea-Schatz, sei doch bitte nicht so sarkastisch. Es geht mir nicht ums Geld. Es war einfach ...« Er stockt und rührt in seinem Kaffee. »Ich habe dich ganz schrecklich vermisst, mein Schatz. Und Susi und ich haben uns einfach dauernd gestritten.«

Er ergreift meine Hand, und das altbekannte Wohlgefühl durchströmt mich. Thomas und Bea – für immer und ewig! Nun finden die Tränen doch noch den Weg nach draußen, diese hinterlistigen Verräter! Sie tropfen über meine Wangen, ohne dass ich was dagegen tun kann.

Er sieht es, kommt um den Tisch herum und kniet sich vor mich. Dann umschlingt er meine Hüfte mit den Armen und presst seinen Kopf an meinen Bauch wie ein kleiner Junge, der Trost sucht.

»Ich habe erst gemerkt, wie sehr ich dich liebe, als es zu spät war. Vielleicht habe ich einfach kalte Füße bekommen vor der Hochzeit, hatte Angst davor, dass es so endgültig ist. Aber ganz ehrlich: Ich habe für Susi einfach nicht dasselbe empfunden wie für dich! Schatz, ich liebe *dich*! Nur *dich*! Und das wird sich auch nicht ändern! Keine ist wie du!«

Er schaut zu mir auf und sein Dackelblick trifft mich unvorbereitet. Auch in seinen Augen schimmern Tränen. Ich habe Thomas noch nie weinen sehen. Er war immer der Starke. Mit zitternden Händen greift er nach den meinen und drückt einen Kuss darauf. »Kannst du mir bitte verzeihen?«

Sein Geständnis tut mir so unendlich gut, wäscht den Groll hinfort, den ich aufgebaut habe, und bepflastert die Wunde, die immer noch vor sich hin geschwärt hat. Unser Für-immer-und-ewig-und-durch-dick-und-dünn-Schwur kommt mir in den Sinn und erinnert mich daran, was wir hatten. Heißt *durch dick und dünn* nicht auch, verzeihen zu können? Ich drücke ihn fest an mich und atme seinen vertrauten Duft ein, schmiege die Wange an seine Haare. Thomas' Lippen arbeiten sich an meinem Arm nach oben. Als er die Armbeuge erreicht, durchströmt mich ein Kribbeln. Und ganz selbstverständlich findet sein Mund den meinen. Es fühlt sich so vertraut an, so normal, so ... gewohnt.

Seine Finger verflechten sich mit meinen. Dann schaut er mir tief in die Augen und zieht mich auf die Beine. Hand in Hand gehen wir hinüber zu unserem Schlafzimmer und erneut fluten mich Flashbacks: die erste Nacht im neuen Haus, wie wir herumalbernd die große Luftmatratze aufgepustet haben, drei Runden Sex, da wir unbedingt in jedem Zimmer ein Denkmal setzen wollten, und am Morgen danach die erste Tasse Kaffee im Bett. Mein Gesicht verzieht sich, und die Brust wird mir eng. Er bemerkt es und nimmt mich in den Arm.

»Können wir nicht all das Schlechte der letzten Wochen vergessen und uns einfach nur an das Gute erinnern?«, flüstert er, und seine Zunge liebkost meine Ohrmuschel. Mein Widerstand bröckelt. All das Schlechte vergessen? Nichts lieber als das! Sanft schiebt er mich Richtung Bett, ohne die Berührungen mit seiner Zunge zu stoppen.

»Ich liebe dich noch immer, Bea. Wir gehören doch zusammen. Für immer und ewig und durch dick und dünn, haben wir uns geschworen, weißt du noch?«

Diese magischen Worte lassen mich aufschluchzen und ihn umschlingen. »Natürlich weiß ich das noch.«

Mit so viel Feuer in den Augen, so viel Leidenschaft, drückt er mich auf das Bett, dass ich keine Sekunde mehr nachdenke, sondern seine Küsse erwidere – wie immer.

Und wie immer ist unser Sex: kurz und schmerzlos, ohne Happy End für mich. Thomas schläft direkt danach ein, und ich liege neben ihm, traurig und leer.

Die Grillen zirpen, doch ich höre sie nicht so laut wie sonst – denn das Fenster ist geschlossen. Thomas' Arm liegt über meinen nackten Brüsten, sein haariger Oberschenkel auf meiner Körpermitte. Er pustet warmen Atem in mein Gesicht, und mir wird übel.

Was habe ich bloß getan?

Vor weniger als zwölf Stunden habe ich Eds Körper gestreichelt, in seine whiskeyfarbenen Augen gesehen und war mir sicher, noch nie für einen Mann solche Leidenschaft empfunden zu haben, war ihm so nahe wie noch keinem. Zumindest nicht Thomas. Ich hätte wissen müssen, dass es genau so ablaufen wird: Während Thomas ziemlich schnell laut stöhnt und dann zum Höhepunkt kommt, hat mein Körper gar nicht die Zeit, auf ihn zu reagieren.

Unbefriedigt frage ich mich, wie ich all die Jahre bloß damit klarkam. Vierzehn Jahre sind lang. Die schweißen einen zusammen. Und in all den Jahren war unser Sex nicht annähernd so erfüllend wie diese Nacht, die ich mit Ed verbrachte.

Und jetzt liege ich hier bei meinem Ex.

Wie zum Henker konnte das passieren?

Wieso habe ich mich dazu hinreißen lassen?

Was bin ich nur für eine untreue Seele?

Ich bin eine Schlampe!

Gott, ich fühle mich so schlecht.

Allein der Gedanke an Eds liebevolle Augen, an seinen festen, braun gebrannten Körper, seine Hände, die mich erkunden und liebkosen, jagt einen Schauder über meine Haut. Ed und ich sind nicht zusammen – oder etwa doch?

Ab wann ist man bitteschön ein Paar?

Ab dem ersten Kuss? Dem ersten Mal?

Aber es könnte ja ein One-Night-Stand bleiben.

Unabhängig davon fühlt es sich so an, als hätte ich Ed betrogen. Ob ich ihm den Seitensprung mit meinem Ex beichten soll? Wenn ja, wie wird er das aufnehmen? Macht es Sinn, ihn zu verschweigen? Nein, das kann ich nicht. Ich bin nicht so eine, die das Lügen anfängt, wenn es unangenehm wird.

Und was ist mit Thomas? Er muss wissen, dass es einen anderen in meinem Leben gibt und dass diese Nacht ein Fehler war. Dass ich mich von den alten Gefühlen mitreißen habe lassen. Soll ich ihn wecken? Nein, das wäre sinnlos. Er ist sechzehn Stunden durchgefahren. Ganz sicher wird er nur ungehalten brummen, sich umdrehen und dann weiterschlafen.

Ich hingegen bekomme kein Auge zu.

Was habe ich nur angerichtet?

Kann es noch schlimmer kommen?

Das Klingeln meines Handys reißt mich aus dem Schlaf. Verwirrt taste ich umher. Es liegt nicht wie gewohnt neben mir auf der kleinen Ablage im Van. Überhaupt ist nichts wie gewohnt! Ich liege weder im Van noch bin ich allein! Thomas liegt neben mir! Nackt – in seiner ganzen Pracht.

Und da fällt mir das riesengroße Ausmaß der Suppe ein, die ich mir gestern eingebrockt habe. Erschrocken springe ich aus dem Bett – Thomas brummt und dreht sich auf die Seite. Meine Bauchtasche liegt zusammen mit sämtlichen Klamotten auf dem Boden verstreut. Endlich finde ich das bimmelnde Handy und erkenne zweierlei: zum einen, dass es Lieke ist, die anruft, und zum anderen, dass es bereits halb acht ist!

»Shit!«, fluche ich und nehme den Anruf entgegen.

»Wo bist du, Bea? Wir machen uns Sorgen! Deine Schicht hat vor einer halben Stunde begonnen!«

»Sorry, äh, ich weiß! Ich habe verschlafen! Bin gleich bei euch!« Hastig schlüpfe ich in dieselben Klamotten von gestern und renne zum Van. Heute wird gefahren, nicht gelaufen.

Mist, ich sollte Thomas eine Nachricht hinterlassen. Er wird mich suchen, wenn er aufwacht. Schon biege ich mit knirschenden Reifen auf den Parkplatz des Hostels ein, springe aus dem Van und tippe, während ich zum Haupteingang renne, eine Nachricht in mein Handy.

»Bin arbeiten.«

Das muss reichen.

In der Küche erwartet mich das gewohnte Chaos: Die Kids flachsen, schmatzen und essen, Lieke und Ed bewahren den Überblick und die Nerven.

»O Mann, es tut mir furchtbar leid!« Ich stöhne.

Ed, der netterweise für mich eingesprungen ist, schenkt mir einen liebevollen und gleichzeitig amüsierten Blick. Er scheint sich gar keine Gedanken darüber zu machen, warum ich zu spät bin. Er macht mir nicht einmal Vorwürfe. Ich habe ihn und Lieke im Stich gelassen, und das alles bloß wegen Thomas! Verdammt! Mein schlechtes Gewissen stinkt zum Himmel!

»Kann passieren. Nimm dir nen Kaffee«, fordert er mich auf und zwinkert mir zu. Seine Mundwinkel zucken, als er erkennt, dass ich dieselben Klamotten trage wie gestern. Lieke wiederum starrt ihn verwundet an. Vermutlich versteht sie die Welt nicht mehr. Warum verteilt Ed nicht wie üblich klare und deutliche Ansagen oder eine sarkastische Spitze? Da sie aber nicht zu denen gehört, die mit ihrer Meinung hinterm Berg halten, ist sie es, die mich schimpft: »Der Chef ist offensichtlich bester Laune, ich jedoch nicht. Warum kommst du zu spät? Ich habe mir wirklich Sorgen gemacht. Du kommst *nie* zu spät!«

Überrumpelt stottere ich: »Äh, ich … ja, ich habe meinen Wecker nicht gestellt, und außerdem ist mir gestern was dazwischengekommen, und ich bin viel zu spät ins Bett gegangen.«

Liekes Augenbrauen ziehen sich zusammen. Sie kennt mich mittlerweile gut genug, um zu wissen, dass hier etwas nicht stimmt.

Auch Ed riecht den Braten. Sein Blick schießt mir tausend Fragen zu, die ich alle lieber nicht beantworten möchte. Wieder einmal röten sich meine Wangen bedenklich, und wieder einmal kann ich es nicht verhindern.

Stöhnend setze ich mich auf den nächstbesten Stuhl und lasse es raus: »Mein Ex-Verlobter ist aufgetaucht.«

»Was?«, stoßen Lieke und Ed gleichzeitig aus. Hier sind sie sich ausnahmsweise einig.

»Ja, Thomas ist hier«, wispere ich.

Es wird ganz leise am Tisch. Sogar die Kinder starren mich an.

»Der, vor dem du weggelaufen bist?«, fragt Rika wenig hilfreich.

»Na ja, weggelaufen bin ich nicht. Ich bin ausgewandert.«

» … um vor ihm wegzulaufen«, präzisiert sie.

»Wie auch immer. Er ist gestern einfach vor meinem Haus gestanden.«

»Weil er dich zurückhaben will?«, quietscht Hild und klatscht in die Hände. »Wie romantisch!«

Ich werfe ihr einen strafenden Blick zu, nicke aber.

Es stimmt ja.

Ed schenkt sich Kaffee nach. Mit beiden Händen umfasst er die Tasse und sieht mich an. Fragend. Besorgt. Verletzlich. Shit, ich hätte den Mund halten sollen!

Was er in meinen Augen liest, scheint ihm nicht zu gefallen. Ob er den Betrug darin lesen kann? Mit kerzengeradem Rücken dreht er sich um und verlässt die Küche – und nimmt mein banges Herz mit sich.

Fuck! Ich bin so ein Trampel!

»Im Ernst?« Lieke tritt lächelnd zu mir und legt eine Hand auf meine Schulter. Denkt sie etwa, das sei eine gute Wendung? Natürlich muss sie das annehmen! Ich habe niemandem von Ed und mir erzählt. Sie kann also nicht wissen, wie blöd der Zeitpunkt von Thomas' Geständnis ist. Tränen drängen sich nach oben, und als ich Lieke ansehe, zittert mein Kinn. »Ja, im Ernst. Und das ist gar nicht gut.« Müde lehne ich mich an sie, und sie streichelt mir über den Rücken.

»Oh, okay. Verstehe.« Liebevoll küsst sie meinen Scheitel. Es ist toll, Lieke zu haben, doch plötzlich fehlt mir Juliane ganz fürchterlich. Sie würde mir jetzt den Kopf waschen, anstatt mich zu trösten. Und sie würde mich schnurstracks zu Ed schicken, um ihn aufzuklären. Ergeben seufze ich, denn mir ist klar, dass dieses Gespräch unumgänglich ist. Ich muss ihn davon überzeugen, dass mir mein Ex nichts mehr bedeutet, obwohl ich gestern Nacht mit ihm im Bett gelandet bin.

Nachdem ich mit Lieke und den Kindern den Tisch abgeräumt und abgewaschen habe, machen sich die anderen fertig für einen weiteren Trip. Heute steht die Besichtigung Örebros und des Schlosses an. Ich hatte mich sehr darauf gefreut, war ich doch selbst noch nie dort.

»Sagst du bitte Ed Bescheid, dass wir in zehn Minuten fertig sind?«, fragt Lieke und ahnt nicht, dass sie mir damit den fatalen Schubser in die richtige Richtung gibt.

Der Weg durch den Flur zum Büro fühlt sich an wie der Gang zum Henker. Mit mulmigem Gefühl klopfe ich an seine Bürotür und trete ein.

»Sonst hast du doch auch nicht angeklopft«, brummt er, als ich vorsichtig die Tür hinter mir schließe.

Edl

Mein Herz zieht sich schmerzvoll zusammen. In ihrer Mimik lese ich wie in einem offenen Buch: Heute sind es nicht Leidenschaft und Wärme, sondern das pure schlechte Gewissen, das ihr ins Gesicht geschrieben steht.

Was wird sie mir sagen? Dass sie bereut, was zwischen uns vorgefallen ist? Dass sie zu ihrem Ex gehört?

Nur daran zu denken fühlt sich an, als bohre ich mir selbst ein Messer ins Herz. Wenn ich meine Augen schließe, spüre ich noch ihre Hände auf der Haut, höre ihr Seufzen, als sie kommt, und sehe ihr seliges Lächeln, als sie sich danach an mich kuschelt.

Ich habe mit der Möglichkeit gerechnet, dass sie nichts Ernstes sucht, dass sie unter Umständen wieder zurück nach Deutschland geht. Dagegen hätte ich womöglich eine Chance gehabt. Doch gegen den ominösen Ex-Verlobten mit seinen vierzehn Beziehungsjahren auf dem Buckel kann ich mit nur einer Nacht nicht anstinken.

»Wir müssen reden, Edl«

»Skitsnack! Willst du es etwa schönreden, dass ich nur eine nette Abwechslung für eine ausgehungerte Touristin war, die nächste Woche mit ihrem Typen nach Deutschland zurückkehrt?«, fahre ich sie an. »Nein, ich will nicht reden, Bea.« Kurzum drehe ich ihr den Rücken zu, um nicht länger ihre feucht schimmernden Augen zu sehen.

»Aber so ist es doch gar nicht. Lass mich wenigstens erklären. Thomas hat mich … überrumpelt. Ich wusste nicht, dass er kommt. Und jetzt ist er eben da, und – ich konnte ihn nicht einfach wegschicken! Immerhin waren wir vierzehn Jahre zusammen. Und er kam den ganzen Weg, um mich zu sehen.«

Ich fahre herum und starre sie ungläubig an. Das ist doch keine Meisterleistung! Für sie würde ich mehrmals um die ganze Welt reisen, um einen Fehler wiedergutzumachen. Hat sie bereits vergessen, dass er sie betrogen hat? Dass er die Verlobung aufgelöst und sie achtlos ausgetauscht hat wie ein schmutziges Handtuch? Ist sie noch immer so verliebt und überwindet für diesen Mann in nur einer Nacht den Schmerz, den er ihr zufügte?

»Ach, der tolle Hecht schnippt also mit den Fingern und du springst? Ich habe mehr von dir erwartet!«, werfe ich ihr vor. Sofort bereue ich meinen schneidenden Tonfall, als ich sehe, dass er sie trifft. Aber ich bin eben verletzt. Ich fühle mich benutzt. Und vor allem fühle ich mich nicht gesehen. Unbedeutend und unwichtig neben dem tollen Hecht.

»So ist es doch nicht, verdammt!« Wütend stampft sie mit einem Fuß auf. »Er hat sich entschuldigt! Er hat mit Susi Schluss gemacht und eingesehen, dass er Scheiße gebaut hat.«

»Fein, okay. Dann ist ja alles wieder im Lot zwischen euch.« Ich kann nicht verhindern, dass meine Stimme vor Sarkasmus trieft.

Sie wandert durch mein Büro, rauft sich die Haare und fährt fort: »Natürlich ist nicht alles wieder in Ordnung. Aber es hat mir so unendlich gutgetan, dass er sich bei mir entschuldigt hat! Und dann ist es einfach passiert. Wir … Er …« Zerknirscht bleibt sie vor mir stehen und wirft die Hände in die Luft.

Was zum Teufel will sie mir damit sagen – es ist passiert? Nein, ich will gar nicht wissen, was gestern Nacht passiert ist! Denn vorgestern Nacht war die bislang schönste meines Lebens!

»Bea, bitte! Ich will das nicht hören!«, warne ich. Sie tritt näher und hebt die Hand, so als wolle sie mich berühren, tut es dann aber nicht. »Ich habe mit ihm geschlafen.«

Da ist sie also: die Ohrfeige, die ich kommen sah, vor der ich mich gefürchtet habe. Diese beschissene Information dringt wie ein Tropfen Gift tiefer und tiefer in mein Herz. Ich spüre, wie es in mir brodelt und langsam überläuft. Es fühlt sich an, als müsse ich daran ersticken. In einer Nacht hat sie mit *mir* das Bett geteilt, in der nächsten mit ihrem verfluchten *Ex*. Mehr Klischee geht nicht, för Helvete! Und wieder mal wurde ich abserviert. Wieder mal bin ich nicht gut genug. Ich dachte, dass es zwischen ihr und mir anderes ist. Mehr als Sex. Bedeutender. Größer. Es hat sich angefühlt, als gäbe es für uns eine Zukunft trotz der Möglichkeit, sie wieder an Deutschland zu verlieren.

Als hätte ich Wasser im Ohr, höre ich ihre Stimme zu mir durchdringen. »Doch es bedeutet nichts. Es hat mir nur klargemacht, dass ich nichts mehr für ihn empfinde.«

Zu gern würde ich ihr das glauben. Aber ist es nicht so, dass man Lügnern nicht mehr glauben kann? Wie verhält es sich mit Betrügern? Ihrem Thomas würde ich niemals abnehmen, dass er jetzt treu zu ihr steht. Wie ist es also mit ihr? Will ich ihr Spielball sein, der um ihre Treue bangen muss? Machen wir doch lieber Nägel mit Köpfen. Immerhin hat sie schon damit angefangen.

»Das nehme ich dir nicht ab. Geh einfach mit ihm nach Deutschland zurück in deine heile, kleine Welt!«

»Was redest du denn da? Hast du mir nicht zugehört?«, begehrt sie auf.

»Ich habe dir sehr gut zugehört, Bea! Aber ich bin mir nicht sicher, ob ich deinem Urteil trauen kann. In meiner Welt ist es für gewöhnlich so, dass man den Menschen, die einen einmal betrogen haben, nicht wieder Tür und Tor öffnet.«

Ihre Augen weiten sich, und ich kann in ihnen erkennen, dass sie die Tragweite versteht. Doch das ist mir nicht genug. Ich will ihr auch klarmachen, wie sehr ihr Verhalten meinen Stolz und meine Gefühle verletzt hat. »Jetzt lass mich in Frieden! Ich muss damit klarkommen, dass ich nur ein kleines Fick-Abenteuer für dich war.«

»Wie bitte? Das sagst ausgerechnet du, der sich durch die Betten seiner Angestellten und seiner Chefin vögelt? Ich frage mich, was schlimmer ist! Sex mit dem Ex oder eine neue Unschuldige auf der Liste?«

Ich hör wohl nicht richtig! »Was?« Drohend trete ich näher an sie heran, bis uns nur noch eine Handbreit trennt. Sie funkelt mich an – ich funkle zurück. Mein linkes Auge beginn zu zucken. Hat sie mir ernsthaft vorgeworfen, ich nutze meine Angestellten aus? »Wie kommst du nur auf so eine gequirlte Scheiße? Und überhaupt: Hier geht es nicht um *mich*! Hier geht es um *deinen* Fehler!«

»Ach, und warum wiegt mein Fehler mehr als deiner?«

»Ich *habe* keinen Fehler gemacht. Du hingegen hast verdammt noch mal zwei Kerle zur gleichen Zeit in dein Bett gelassen. Du spielst mit den Gefühlen anderer«, gifte ich sie an.

»Na schön. Wenn du nicht glaubst, dass es mir leidtut, dann, dann … scher dich zum Donnerdrummel!«

Keine Ahnung, was sie damit meint, aber ehrlich: Ich habe

nicht zwei Frauen innerhalb von zwei Tagen beglückt! Und ich habe sie auch nicht mit Lisbeth betrogen. Ihr Vorwurf ist völlig aus der Luft gegriffen, und ich habe keine Ahnung, wie sie auf diese Idee kommt.

»Okay«, presse ich mühsam hervor und ersticke beinahe daran. »Vergessen wir unsere Nacht einfach. Wir hatten Sex. Mehr war da nicht. Die anderen brauchen nicht zu wissen, dass wir was miteinander hatten. Alles ganz unkompliziert.« Diese Worte auszusprechen, kostet mich alle Energie, die ich aufzubringen vermag. Ausgerechnet in diesem Moment klopft es wild an die Tür und Lieke streckt den Kopf herein. »Alle Kinder sitzen, und wir sind abfahrbereit. Kommt ihr endlich?«

»Ja, wir sind hier fertig!«, knurre ich, greife nach meiner Jacke und drücke mich an ihr vorbei. Nur raus hier! Ich brauche frische Luft!

Kapitel 14

Bea

Natürlich steht Thomas' Audi noch immer im Hof. Verflucht! Der Streit mit Ed hat mich vergessen lassen, dass auch *das* zu klären ist. Kann der Tag noch schlimmer werden?

Genervt und überfordert stelle ich den Motor ab, bleibe aber sitzen. Ich brauche ein paar Minuten für mich, einen Moment der Ruhe und Besinnung. Die wilde Wut, die mich heute den ganzen Tag über begleitet hat, glimmt noch immer vor sich hin. Es hat mich nicht losgelassen, dass er mir vorgeworfen hat, ich würde mit den Gefühlen anderer spielen. Ausgerechnet ich, die sich immer so viel auf ihren Gerechtigkeitssinn und ihr Mitgefühl eingebildet hat.

Auch habe ich mich gefragt, ob ich ihm mit meinem Vorwurf Unrecht getan habe. Selbst wenn er etwas mit einer Angestellten und mit seiner Chefin hatte, so bedeutet es nicht, dass er ein Womanizer oder gar ein schlechter Mensch ist. Ich kenne weder Details, noch weiß ich, ob an dem Gerücht überhaupt was dran ist. Ich muss mir eingestehen, dass ich ganz eventuell zu viel in das Gespräch der Mädchen hineininterpretiert habe.

Zudem fällt es mir schwer zu verkraften, wie dieses Gespräch mit Ed gelaufen ist. Dass wir direkt in einem handfesten Streit landen, war nicht der Plan. Ja, ich muss zugeben, meine

»Ansprache« war grottenschlecht! Ich wollte ehrlich zu ihm sein, doch er ließ mich ja nicht einmal zu Wort kommen. Extra einstudiert hatte ich, was ich sagen wollte: Dass mir die Nacht mit Thomas *nichts*, die Nacht mit ihm stattdessen *alles* bedeutet.

Ich hatte gar keine Chance, von meinen Gefühlen zu sprechen. Eiskalt abserviert, auf seine ruppige Holzklotz-Art abgefertigt hat er mich! Nun entpuppt er sich doch als der Dickschädel, als den ich ihn kennengelernt habe: Futsch ist der sensible, sanftmütige Mann mit den Whiskey-Augen und dem großen Herzen. Hervor kam wieder der wütende Chaot, der alles im Alleingang meistert, auch wenn er damit sein Projekt gefährdet. Und in diesem Fall unsere Beziehung! Doch warte – wer hat nochmals diese Beziehung gefährdet?

Ich stöhne und sacke über dem Lenkrad zusammen.

Was für eine verfahrene Situation!

Ich habe wirklich Mist gebaut. Und das alles für einen schwachen Moment, in dem meine Vergangenheit lauter rief als die Gegenwart. Im Grunde für nichts.

Die Bea, die ich kenne, hätte niemals das Bett eines Mannes verlassen, um sofort in das nächste zu hüpfen.

Meine Gefühle und eine ausgehungerte, liebesbedürftige Libido haben mich ausgetrickst, haben meinen Verstand ausgesperrt und ein Fest gefeiert, als gäbe es kein Morgen.

Was ich jetzt brauche, sind ein handfester Ratschlag und ein gehöriger Tritt in den Allerwertesten. Entschlossen greife ich nach dem Handy und rufe Juliane an.

Als sie abhebt, tönt ein wildes Schnaufen an mein Ohr. »Du meine Güte, Julchen, ist alles in Ordnung?«, rufe ich.

»Aber ja! Bin nur auf einem Walk.«

Einem was? Juliane walkt? Das sind ja ganz neue Töne!

»Soll ich später wieder anrufen?«

»Nee, lass mal. Ich mach ne Pause.« Es raschelt, dann seufzt sie auf. »Sodele, habe mir gerade ein freies Bänkchen geschnappt. Wie geht es dir, Maus?«

»Gott, Juliane, ich weiß gar nicht, wo ich anfangen soll! So vieles ist passiert in den letzten Wochen!«, jammere ich.

»Ich habe Zeit. Ich gönn mir jetzt einen Schluck Tee und du erzählst mir, was los ist.«

Das Bedürfnis, den ganzen Mist loszuwerden, ist übermächtig! Alles quillt aus mir heraus: der jämmerliche Zustand des Hauses und meine Schulden, die mich zu diesem Job gezwungen haben, die schrecklichen ersten Wochen im Camp, die Ablehnung der Kinder und Team-Mitglieder – ich beschönige nichts, außer vielleicht den Unfall. Hier lasse ich meine Panikattacke weg und betone, dass Ed mich aus dem Wasser gefischt hat.

Juliane kommentiert es mit einem Glucksen und der Bemerkung: »Himmel, ist das kitschig schön! Aber obwohl ich nichts dagegen habe, dass du in den Armen dieses Wikingers gelandet bist, muss ich mit dir schimpfen! Wie kamst du nur auf die dumme Idee, auf diese Kanu-Tour mitzugehen? Du musst ja ganz verschossen in den Typen sein! Warum sonst vergisst du deine Phobie und wagst dich auf so einen Wahnsinnstrip?«

Darauf habe ich keine schlaue Antwort – kann mir ja selbst nicht mehr erklären, wie es dazu kam. »Weil ich das Geld brauchte?«

Nun kommt eine knackige Strafpredigt darüber, dass ich sie hätte um ein Darlehen bitten können. Mit einem Ohr höre ich weg, denn ich weiß, dass Julianes Bankkonto nicht besser aussieht als meines.

»Schimpf ruhig mit mir. Am Ende ist doch alles noch mal gutgegangen. Und du ahnst nicht, was das ausgelöst hat, Julchen!« Schmerzlich drängen die Erinnerungen an die Abende im See in mir hoch und klopfen an mein Herz, das plötzlich so schwer wiegt wie ein Laster mit Beton. Nachdem ich ihr im Flüsterton die Details der romantischen Nacht verraten habe, lacht meine Freundin laut und herzlich. »O mein Gott! Es ist passiert! Du hast dir einen Wikinger geangelt! Ich habe es geahnt!«

Ein wehmütiges Lächeln schleicht sich auf mein Gesicht. »Na ja, genau genommen hat er *mich* geangelt – quasi aus dem Wasser gefischt! Er hat mich wieder dazu gebracht, zu schwimmen.«

»Wie romantisch ist das denn bitte? Den musst du dir warmhalten, Bealein!«

»Genau das ist ja mein Problem!« Ich stöhne gequält. »Ich habe alles vermasselt! Rate mal, wer gestern vor meiner Tür stand?«

Nun kommt der unrühmliche Teil, der traurige Abgang, die tragische Schlussszene, in der nach einem handfesten Streit der Vorhang fällt.

Als ich endlich auflege, ist es halb neun. Julianes Rat war so simpel wie eindeutig: »Aufgewärmt schmeckt nur Gulasch, sagt Oma immer. Schick Thomas sofort nach Hause, der hat da nichts verloren. Und wie das mit Ed weitergeht, da kann ich dir nur den einen Rat geben: Willst du deinen Wikinger? Dann kämpfe um ihn. Wenn nicht – vergiss ihn.«

Danke, Juliane, dass du immer direkt und ehrlich bist. Beim ersten Teil bin ich ganz ihrer Meinung: Thomas muss weg. Ich will mein Haus wieder für mich allein. Ich will ihm weder Rechenschaft ablegen noch mich erneut für ihn verbiegen müssen.

Obwohl glasklar ist, was ich ihm sagen will, fühlt es sich ein bisschen so an, als wäre ich das Lamm, das zur Schlachtbank geführt wird. Ich bin so gar nicht bereit für einen weiteren Streit an diesem Tag.

Tatsächlich werde ich erneut von Thomas überrascht – und mein Plan muss vorerst warten. Er steht in der Küche, hat sich die geblümte Schürze umgebunden und rührt pfeifend in einer Pfanne, in der es nach etwas Undefinierbarem duftet.

»Hej! Du bist endlich zurück! Gerade rechtzeitig. Essen ist fertig!«

Während ich meine Schuhe ausziehe, zwinge ich mich zu einem Lächeln. In unseren vierzehn Jahren hat er maximal zehn Mal gekocht. Ich rechne ihm das hier hoch an.

»Was gibt es Leckeres?«

Wie ein kleiner Junge, der sich einen Namen für sein neues Haustier überlegt, zieht er die Nase kraus. »Es soll Pytt i Panna sein. Hoffe ich.«

Ich lache. Resteessen? Das kann selbst Thomas nicht versauen. Doch als ich die Pampe in der Pfanne sehe, muss ich mich selbst belehren: Man(n) kann.

»Eigentlich wollte ich uns Raggmunk zaubern, aber das war mir dann doch zu viel Arbeit mit den Kartoffeln für die Puffer.

Außerdem hattest du keinen Speck und keine Preiselbeeren da.«
Dass ich ihm seine Leibspeise jahrelang aufgetischt habe, ohne je zu murren, sagt alles. Damit hat er gerade die Punkte zunichtegemacht, die das Pytt i Panna gewonnen hat. Trotzdem setze ich mich zu ihm an den Küchentisch, rühre das Eigelb unter, während er sich ein Spiegelei dazu brät. Meine Art, die Pytt zu essen, ist traditionell, doch Thomas war rohes Ei schon immer zuwider. Wir kauen schweigend, jeder in Gedanken versunken. Am Ende schmeckt es besser, als die Konsistenz vermuten ließ. Nachdem ich den letzten Bissen verdrückt habe, fragt er: »Wo arbeitest du eigentlich? Und als was?«

Ich lege die Gabel beiseite und schiebe den Teller von mir. Die Ruhe vor dem Sturm ist vorbei. Wie kann ich ihm das ganze Ausmaß meines schwedischen Elends in knappen Sätzen vermitteln?

»Da ich von dir noch kein Geld bekommen habe, fällt es mir schwer, hier zu überleben und die Reparaturen am Haus zu bezahlen.« Ich verziehe das Gesicht, weil ich mich an das kaputte Klo und an die Putzaktion erinnere, die mir, meinen Freunden und Sune Mittsommer versaut haben. »Die Pumpe, das Dach, die Heizung: Alles ist sanierungsbedürftig. Jedenfalls habe ich einen Job angenommen bei einem Projekt für Stadtkids. In Fjärildalen gibt es ein Camp, in dem Kinder aus Stockholm die Sommerferien verbringen können. Mit diesem Job kann ich mir eine neue Pumpe leisten, da die alte mein Klo überschwemmt hat.«

Seine Augen weiten sich ungläubig. »Du und Kinder, Bea?« Er grinst, und ich bin mir nicht sicher, ob ich ihn zu seinem Humor beglückwünschen oder ihn dafür hassen soll. Er versteht offensichtlich nicht die Tragweite dessen, was ich ihm erzählt habe. Stattdessen greift er nach meiner Hand. »Schatz, hättest du nur etwas gesagt, dann …«

»Lass gut sein, Thomas.« Ich entziehe ihm meine Finger und verschränke demonstrativ die Arme vor der Brust. »Du hast wahrscheinlich in dem ganzen Trennungskummer vergessen, dass du mir noch eine Überweisung schuldest.«

»Nein, hab ich nicht. Aber vielleicht ist das jetzt ja gar nicht mehr nötig.« Ein liebevolles Lächeln huscht über sein Gesicht.

»Wie meinst du das?«, frage ich argwöhnisch.

»Na ja, du und ich … Wenn wir es nochmals miteinander versuchen, ist die ganze komplizierte finanzielle Lage doch wieder geradegerückt. Dann lösen wir einfach die Verträge auf.«

So einfach ist das für ihn?

Susi weg: neues Leben ade!

Bea da: altes Leben zurück!

Mir platzt der Kragen. Nach dem anstrengenden Tag in Örebro und Eds abweisender Reaktion kann ich nicht an mich halten: Ich springe auf und stoße dabei den Stuhl um. Die Hände auf den Tisch gestützt, fixiere ich ihn.

»So läuft das nicht, mein Lieber. Denkst du wirklich, dass einmal Sex alles wiedergutmachen kann, was du angerichtet hast? Du hast unsere Verlobung aufgelöst! Wenn du glaubst, du kannst meine Gefühle für dich so einfach ganz lieblos in der Mikrowelle wieder aufwärmen – dann hast du dich geschnitten! Ich habe Wochen gebraucht, um dich loszulassen und deinen Verrat zu überwinden!«

Ich habe mich in Rage geredet. Vermutlich sehe ich aus wie ein wilder Stier.

Leider wirkt Thomas nicht sonderlich beeindruckt. Stattdessen senkt er traurig den Blick. »Mir ist bewusst, dass ich dich mies verletzt habe. Und das tut mir wahnsinnig leid. Aber vierzehn Jahre, Bea! Die wirft man doch nicht einfach weg!«

Ach ja? Wer hat sie denn bitte weggeschmissen? Er deutet meine hochgezogenen Augenbrauen richtig und nickt.

»Ich weiß, ich weiß: Es ist meine Schuld. Aber ich habe dich vermisst.« Kurz hält er inne, um meine Hände zu fassen, doch ich weiche zurück. Mit einem wehmütigen Seufzen fährt er fort: »Hat nicht jeder eine zweite Chance verdient? Lass es mich besser machen, mein Liebling. Und ich verspreche dir, dass ich mir Mühe gebe. Dass ich es ernst meine. Bitte lass es uns noch mal versuchen.«

Vielleicht meint er es ernst, und es geht ihm wirklich um Gefühle. Ich kenne Thomas aber lange genug und weiß, dass er stets alles genau überlegt. Bei Susi hat er allerdings die Rechnung ohne sie gemacht: Madame tickt nicht so, wie er es gerne hätte. Auch mich hat er entsorgt, als ich nicht mehr so tickte wie erwünscht. Doch offenbar scheine ich das kleinere Übel zu sein. Das hinterlässt einen faden Nachgeschmack. Es wäre für ihn mehr als praktisch, wenn ich schwuppdiwupp zurück in die Beziehung hüpfen würde. Dann wären seine – und auch meine – Finanzen wieder im Trockenen.

Schluss mit diesem Trauerspiel! *Er* war es, der mich betrogen und sich von mir getrennt hat. *Er* hat sich ein neues Leben geschaffen, parallel zu unserem. Die gemeinsamen Pläne und Träume hat er genauso entsorgt wie mich.

»So läuft das aber nicht, Thomas. Du kannst nicht immer dein Ding durchziehen. Die Menschen tanzen nun mal nicht immer nach deiner Pfeife. Und du kannst die, die dir nahestehen, nicht nur ausnutzen und verletzen und dann erwarten, dass alles wieder beim Alten ist, wenn du dich entschuldigst.

Man muss die Dinge auch mal durchziehen, wenn es nicht so läuft, wie man will: langweilig oder unangenehm.«

Bei diesen Worten komme ich mir vor wie seine Mutter, die ihm die Leviten liest. Ich sehe ihm prompt an, was er davon hält: Was für ein alter, biederer Hut!

»Du kannst nicht hier auftauchen und erneut mein Leben durcheinanderbringen!«, schiebe ich hinterher.

Er seufzt tief und theatralisch. »Na schön, Bea-Schatz, das sehe ich ein. Aber ich bin ganz sicher nicht der Typ, der schnell aufgibt. So gut müsstest du mich eigentlich kennen. Es tut mir weh, dass du das von mir denkst. Vielleicht war es einfach zu früh, dich mit meinen Gefühlen zu konfrontieren. Wir haben alle Zeit der Welt, uns wieder aneinander zu gewöhnen. Ich habe ein paar Tage unbezahlten Urlaub. Wenn das für dich in Ordnung ist, bleibe ich noch ein Weilchen und wir reden nochmal in Ruhe über das Ganze.«

Wenn das für mich *in Ordnung* ist?

Ganz und gar nicht! Mein Plan war, ihn heute nach Hause zu schicken. Aber siedend heiß fällt mir ein, dass es da noch etwas Essentielles zu besprechen gibt, bevor er abreist: Was ist mit dem ausstehenden Geld? Das will ich geklärt haben. Aber nicht jetzt. »Ich bin müde, Thomas. Und ich muss wieder zeitig raus. Lass uns morgen Abend weiterreden. Vermutlich komme ich da früher nach Hause.«

Er nickt. »Also schön.«

Auf dem Weg ins Badezimmer drehe ich mich nochmals um. Er deckt den Tisch ab – auch das war eine Seltenheit in unserer Beziehung. Dass er so viele Dinge anders macht, hängt womöglich damit zusammen, dass er mich beeindrucken will, oder damit, dass Susi ihm das beigebracht hat. Das wiederum würde bedeuten, dass ich all die Jahre etwas versäumt habe.

»Ach, Thomas? Du schläfst heute auf der Couch.«

Auch *ich* kann die Dinge neu und anders machen.

Hoch erhobenen Hauptes gehe in mein Bett. Allein!

Ed

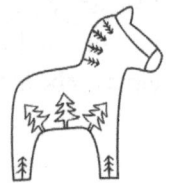

In zwei Tagen reisen die Kids ab. Zusätzlich hängt mir der Streit mit Bea in den Knochen und versaut mir die Laune. Lieber verkrieche ich mich in meinem verhassten Büro, um die Abschlussberichte für Lisbeth, den Vorstand und unsere Geldgeber zu schreiben, als dass ich Bea sehen muss. Wenn ich sie in meiner Nähe habe, setzt mein Gehirn aus. Mein Herz rast, und mein schwacher Körper fühlt sich wie ein Magnet von ihr angezogen. Dieser Verräter würde sie am liebsten in den Arm nehmen und ihr sagen: »Egal, was da zwischen dir und deinem Ex lief – nichts ist besser als das, was wir zusammen hatten. Ich will das behalten. Ich will *dich* behalten.«

Doch das Letzte, das ich jetzt gebrauchen kann, ist ein gebrochenes Herz. Denn nicht nur das steht dummerweise auf dem Spiel, sondern meine Zukunft. Zum Glück sorgt mein Verstand dafür, dass ich das nicht vergesse: Wenn ich das Projekt nicht erfolgreich abschließe, werde ich keine Nachfolgeprojekte bekommen. Und nach dem, was ich hier mit den Kids erlebt habe, kann und will ich nicht mehr als Streetworker in Stockholm arbeiten. Dieses Pilotprojekt ist ein wahrer Turnaround für mich, eine Offenbarung! Das hier hat so viel mehr Wert: Es bewirkt etwas! Es gab so vieles, das diese Kinder nie erlebt hatten: die Spiele und die Wanderungen, bei denen sie gemerkt haben, wie wichtig Freunde sind oder die Kanu-Tour, während der sie sich nahegekommen sind und Verantwortung füreinander übernommen haben. Beas Unfall hat den Zusammenhalt gestärkt und ihnen gezeigt, dass man als Gruppe heilen kann. Dass jeder Scheiße erlebt hat, diese einen aber nicht auf immer begleiten muss. Dass es auch für Erwachsene Hürden und Stolpersteine gibt, die sie zu meistern haben.

In diesen Wochen konnten wir ihre Herzen berühren und ihre Augen zum Funkeln bringen. Sie sind ein Beweis dafür, was machbar ist.

All das versuche ich, in den Abschlussbericht zu packen, merke aber, dass mir das Talent dazu fehlt, es zu formulieren. Ich gebe dennoch mein Bestes.

Der Tag vergeht zu schnell.

Nur noch einer ist übrig.

Wie soll ich den überstehen?

Wie kann ich die Zeit anhalten?

Kapitel 15

Bea

Wieder ein Tag rum. Die Zeit rast!

Andererseits ist das gut, denn dann muss ich nicht nachdenken: über Ed und mich. Meine Wut ist verraucht, doch was bleibt, ist ein schaler Geschmack. Wie damals als ich Mamas teure Vase zerbrochen habe und mich nicht getraut habe, es ihr zu beichten. Man weiß genau, dass man Mist gebaut hat und fühlt sich schlecht. Die Option, seinen Fehler einzugestehen und sich zu entschuldigen, fühlt sich aber mindestens genauso blöd an, weil man den anderen damit verletzt. Den ersten Schritt bin ich bereits gegangen. Noch einen Versuch, mit Ed zu sprechen, wage ich nicht. Ich rede mir ein, dass es dafür zu früh ist. Dass er deutlich genug gezeigt hat, dass er meine Entschuldigung nicht hören will. Gleichzeitig ist mir bewusst, dass es sehr bald zu spät dafür sein wird.

Als ich in meine Einfahrt einbiege, steht dort Sunes klappriger Lieferwagen. Mist! Den hatte ich ja komplett verdrängt. Der wollte heute mit den Rohren beginnen!

Zügig gehe ich auf die Haustür zu. In diesem Moment öffnet sie sich und der alte Klempner tritt winkend und grüßend heraus. Doch seine Höflichkeit gilt nicht etwa mir: Er spricht mit Thomas, der im Türrahmen steht und seinen Gast lachend verabschiedet.

»Danke für das Bier!«, ruft Sune auf Schwedisch. Und Thomas antwortet auf Deutsch: »Keine Ursache, gerne wieder!«

Sune geht lächelnd an mir vorbei und tippt an seine Cap. »Fröken«, grüßt er nett und artig.

Mir fällt wieder keine schlagfertige Entgegnung auf das »Fräulein« ein. Das mag daran liegen, dass ich so perplex bin. Kaum im Haus, bombardiere ich Thomas mit meinen Fragen: »Du hast ihm ein Bier angeboten? Wie lange war der denn da? Hat er überhaupt an den Rohren gearbeitet? Hast du dich ernsthaft auf Deutsch mit ihm unterhalten?«

Er schiebt mich in die Küche und setzt mir ein kühles Bier vor die Nase. In einem Tonfall, in dem er auch seine Oma beruhigen würde, sagt er: »Alles in Ordnung, mach dir keinen Kopf. Er hat alle kaputten Rohre ausgetauscht. Das ist wenigstens ein Vorteil dieser hässlichen Über-Putz-Arbeit: Man findet das Leck sehr schnell. Es ging alles problemlos. Wir haben uns bestens verstanden. Er kann ein paar Brocken Deutsch und ich ein paar schwedische. Er hat mir erklärt, dass er für die Pumpe ein Frühwarnsystem einbauen würde, damit so etwas nicht nochmal passiert. Das macht nur fünfhundert Euro. Ich finde, das ist ein guter Preis dafür, seine Ruhe zu haben. Ich habe ihn gleich damit beauftragt.«

»Wie bitte?« Der Schluck Bier, den ich gerade genommen habe, bleibt mir im Hals stecken und ich huste. »Du hast *was*? Thomas, das kannst du nicht machen!«

Zornesröte schießt mir in die Wangen. Es ist *mein* Geld, das er hier locker-flockig ausgibt!

»Beruhige dich, Bea. Er wird *mir* die Rechnung schicken. Ich habe das mit ihm geklärt.« Er tätschelt meine Hand, doch ich entziehe sie ihm.

»Bitte, was?« Okay, meine Fragen strotzen nicht gerade vor Eloquenz.

»*Ich* werde das übernehmen, Bea. Es ist auch meine Schuld, dass das Haus nicht so gewartet ist, wie es sollte.«

Das stößt mir noch bitterer auf. »Nicht zu fassen! Du mischst dich schon wieder ein! Das tust du immer! Wie bitte soll ich darauf reagieren? Dankbar nicken und dich dafür loben? Thomas, du bringst alles durcheinander. Ich will das nicht. Es ist *mein* Haus. *Meine* Rechnungen. *Meine* Regeln.«

Wütend lasse ich das Bier und Thomas stehen und verziehe mich in das Schlafzimmer, um Abstand zu bekommen. Dort schmeiße ich mich aufs Bett und heule ein wenig vor mich hin. Aus Wut, aus Trotz und auch, weil ich mir eingestehen muss, was ich all die Jahre verdrängt habe: Thomas tut zwar lieb und fürsorglich, doch im Grunde geht es nur um ihn: Er erwartet Lob und Anerkennung für sein Tun – aus freien Stücken oder aus Großherzigkeit tut er nichts. Er macht genau das, was er immer tut: Mich überfahren und alles ungefragt in die Hand nehmen. Ich will nicht mehr das abhängige Frauchen sein, das von Geldangelegenheiten keine Ahnung hat und schön brav den Gatten die Dinge erledigen lässt.

Als es sachte klopft, sind meine Tränen versiegt, und ich starre erschöpft zur Decke.

»Komm rein«, sage ich, obwohl ich gar nicht mit ihm reden will.

Vorsichtig setzt er sich neben mich auf die Bettkante.

»Es tut mir leid, Bea. Das hätte ich nicht tun sollen. Ich muss mich erst daran gewöhnen, dass nicht mehr alles so laufen wird wie früher. Wir haben uns beide ein bisschen verändert, und das ist auch gut so. Ich werde das in Zukunft bessermachen.

220

Trotzdem werde ich die fünfhundert Euro übernehmen, denn das habe ich dir ungefragt eingebrockt.«

Okay, Deal. Damit kann ich leben.

Seine Hand tastet sich auf meine und arbeitet sich zögerlich nach oben, um sich an meine Wange zu legen. »Glaub mir, ich will nicht, dass wir uns zanken«, flüstert er. »Ich will nicht, dass du dich unwohl fühlst. Ich will, dass es wieder funktioniert zwischen uns.«

Es sind genau die Worte, die ich vor vier Wochen hätte hören wollen. Doch heute bringen sie mein Herz nicht mehr zum Schwingen. Selbst mit allen Entschuldigungen und Beteuerungen der Welt würde er mich nicht mehr erreichen. Eines ist mir mit dieser Fünfhundert-Euro-Aktion klargeworden: Mein Leben wäre wieder in denselben festen Bahnen gefangen, wie es früher war – ohne Freude, Lust und Abenteuer. Ein klar strukturierter Alltagstrott ohne Spontaneität – da felsenfest und wasserdicht finanziert und geplant.

Hat mir das jemals etwas genutzt? Diese Sicherheit, die Thomas mir gab, war am Ende doch nur eingebildet und hat uns nicht vor dem Aus bewahrt. Ein Aus, das wohlgemerkt von einer hübschen Brünetten ausging, wie sie ihm jederzeit wieder über den Weg laufen könnte.

Nie wäre ich mir sicher, dass es nicht erneut passieren würde. Nie wäre ich mir seiner Liebe sicher!

Und ist *das* nicht das Geheimnis der Liebe?

Blindes Vertrauen: Das Fangnetz, um sich fallen lassen zu können. Zu wissen, dass es völlig egal ist, ob man auf Kanelbullar oder Zimtschnecken steht: Der Partner liebt einen trotzdem ohne Wenn und Aber.

Und seien wir mal ehrlich: Fallen lassen konnte ich mich

nie bei Thomas. Weder beim Sex noch bei der Selbstverwirklichung. Weil seine Erwartungen an mich einfach viel zu hoch waren. Und als ich sie nicht mehr erfüllen konnte, wurde ich aussortiert.

Nein, danke! Darauf kann ich verzichten! Mein – zugegeben etwas chaotisch und unsicher gewordenes – neues Leben gefällt mir tausendmal mehr! Irgendwie passt es besser zu mir! Ich bin mir selbst viel näher, als ich jemals war.

Die Vergangenheit kann ich nicht ändern, doch die Gegenwart schon. Ich kann nur beeinflussen, was im Moment läuft, und *das* läuft gewaltig schief: Thomas beugt sich zu mir herab und spitzt die Lippen zu einem Kuss. Sanft aber bestimmt stemme ich meine Hände auf seine Brust.

»Nein, Thomas. Nicht. Es hat keinen Zweck mehr mit uns.«

Er hält erstaunt inne, doch dann scheint er zu verstehen und weicht zurück. Sein Mund ist leicht verkniffen, wie als müsse er sich verbieten, darauf zu antworten. »Das sehe ich anders«, flüstert er endlich.

»Du und ich, Thomas, das ist einfach zu eingefahren. Vermutlich bist du deswegen ausgebrochen.«

»Aber ist *eingefahren* denn etwas Schlechtes? Ich finde zwischenzeitlich, dass genau *das* den Charme ausmacht. Gemeinsam alt werden. Wissen, auf was man sich eingelassen hat.«

»Das habe ich all die Jahre auch gedacht. Aber jetzt weiß ich, dass es nicht mein Weg ist. Zumindest nicht mit dir. Ich genieße es, mein eigener Herr zu sein, etwas Neues zu wagen, nicht in alten Strukturen gefangen zu sein ...«

Wieder nickt er. »Schade. Ich hatte gehofft ... Na ja, du und ich hier, in unserem Haus, das fühlt sich einfach so gut, so richtig an, weißt du? Als gehörten wir hierher.«

Innerlich stöhne ich auf. Was für ein Gesülze! Ihm lag nicht wirklich etwas an dem Haus. Sonst hätte er es garantiert behalten. Doch es steckt nicht nur voller gemeinsamer Erinnerungen, sondern leider auch voller Mängel. Ich setze mich auf und stoße ihn weg von mir, halte ihn auf Distanz. Das ist dem geschäftlichen Kontext besser angepasst, auch wenn wir noch immer auf der Bettkante sitzen.

»Nun ist es aber *mein* Haus. Und es gibt Verträge, die wir bedienen müssen. Wir sollten *darüber* sprechen, nicht über uns. Denn das ist passé, Thomas.« Jetzt ist es an der Zeit, Klartext zu reden. »Du hast gesehen, in welchem Zustand das Haus ist. Ganz klar, dass du den deutlich besseren Deal gemacht hast! Ich muss jetzt nicht nur die Darlehen für Bus und Stuga bedienen, sondern auch die Rechnungen für die Renovierungen. Die kann ich aber erst begleichen, wenn du mich auszahlst. Wann kommt das Geld endlich, Thomas?«

Nachdenklich betrachtet er mich. Geht ihm etwa auf, dass es doch nicht mehr so angenehm sein wird mit mir an seiner Seite? Oder fragt er sich ernsthaft, warum ich so ein Drama mache? Eigentlich müsste ihm meine finanzielle Situation klar sein. Jahrelang habe ich gleich viel investiert wie er, obwohl er im Verhältnis zu mir mehr verdiente.

Er reibt sich übers Gesicht, so als würde er aus einem Traum erwachen. »Dann reise ich morgen früh ab. Sobald ich nach Hause komme, überweise ich dir das Geld.«

Federleicht! Ich fühle mich federleicht!

Beschwingt laufe ich hinab zum See, setze mich und tauche die Füße ins Wasser. Die Fronten sind klar. Ich habe gesagt, was ich sagen musste, und bin beruhigt: Das Geld für die Wohnung fließt bald. Übermorgen kommt mein Gehalt, und ich kann zusammen mit dem Betrag, den ich mir von meinem deutschen Konto überwiesen habe, die Pumpe bezahlen. Vielleicht lässt Sune mit sich reden und er macht es mir möglich, die Rohre und das Dach später oder in Raten zu begleichen. Ich sehe Licht am Ende des Tunnels!

Genussvoll lasse ich mir das kühle Wasser über die Knöchel schwappen. Meine Gedanken schweifen zu den unbeschwerten Stunden mit Ed: der glitzernde See, Hände, die über meinen Rücken streicheln, heiße Küsse und leise, süße Seufzer. Alles in mir zieht sich vor Sehnsucht zusammen.

Aber ist es *Ed*, den ich will? Ist er der Richtige, um eine Zukunft zu planen? Ein Mann, von dem ich nicht viel weiß – wie alt ist er? Wo lebt er in Stockholm? Hat er ein Zimmer? Eine WG? Ein Haus etwa? Hat er Familie? Und was ist mit seiner Vergangenheit?

In weniger als zwei Tagen ist er zurück in Stockholm. Und vielleicht ist das gut so. Vielleicht ist es besser für mein Gemüt und mein Seelenheil, ihn einfach als One-Night-Stand abzuhaken. Das wäre die einfachste Lösung, um weiteren Streitgesprächen aus dem Weg zu gehen. Ich bin mir nicht sicher, ob ich mich nochmals auf ein solches einlassen möchte. Seine abweisende Attitüde steht noch immer zwischen uns. Ganz davon abgesehen, habe ich genug eigene Probleme.

Ich will mein Leben auf die Reihe kriegen, hier in Schweden Fuß fassen. Dazu brauche ich einen Job. Mal angenommen, es ergibt sich hier nichts für mich, dann muss ich mit dem Van weiterziehen, hoch in den Norden oder Richtung Göteborg. Die Stuga könnte ich vermieten, sodass sie nicht verwahrlost. Damit hätte ich sogar Geldeinnahmen, die mich unabhängiger von einem Job machen.

Sobald das Geld von Thomas da ist, könnte ich auch erst einmal auf Reisen gehen – einen Schweden-Norwegen-Roadtrip planen oder gar die Lofoten besuchen. Eine Gänsehaut zieht sich über meine Haut. Absolute Freiheit … Der Van und ich! Wie geil wäre das denn?

Und da laufen sie schon: die Tränen! Tränen der Freude, der Sehnsucht, der Erleichterung. Ja! Das ist es, was ich will! Ungebunden sein! Völlig frei in dem, was ich tue. Ohne Verpflichtung.

Will ich eine Beziehung?

Vielleicht. Aber nicht jetzt.

Mit Ed? Vielleicht. Aber nicht jetzt.

Ich will mein Leben selbst bestimmen, mich nicht von einem Kerl abhängig machen. Ich stehe auf und halte das Gesicht ins Abendrot. Aus einem Impuls heraus hüpfe ich auf dem Steg auf und ab und lache. Wie ein verrücktes Huhn hopse ich auf der Stelle, und dann überkommt es mich: Ich hole Anlauf und springe in den See! Zum ersten Mal! Ohne Angst, ohne Scheu, ohne mich zu fragen, wie tief er ist.

Er ist allemal tief genug, um sich beim Sprung nicht wehzutun. Ich bereue den leichtsinnigen Sprung nicht. Es war der Sprung in mein neues Leben. Endlich bin ich hier angekommen. Oder besser – bei mir?

Ich schlafe im Van, denn es fühlt sich falsch an, mit Thomas das Haus zu teilen, nachdem ich mich für Freiheit und Unabhängigkeit entschieden habe. Und es überrascht mich nicht, dass sein Audi schon weg ist, als ich am frühen Morgen hinaustrete.

Ausgeruht und mit einem Lächeln im Gesicht begebe ich mich wieder hinab zum Steg. Die Luft ist frisch und klar, und ich fühle mich so wohl in meiner Haut, dass ich mir zum ersten Mal einen echten »Morgondop« gönne. Ich schwimme nackt im See und bin unsagbar stolz auf mich.

Die Angst, die mir lange ein düsterer Begleiter war, ist kaum mehr wahrnehmbar. Stattdessen wagt sich wieder eine kindliche Lust am Wasser hervor. Ich kann gar nicht sagen, wie dankbar ich Ed bin, dass er darauf gepocht hat, mit mir schwimmen zu gehen. Ja, ich bin sogar dankbar für diesen vermaledeiten Unfall mit dem Kanu. Ohne ihn wäre der Stein nicht ins Rollen geraten. Ohne ihn und Ed hätte ich mich vielleicht nie wieder in tiefes Wasser getraut. Ich strahle über beide Ohren und genieße meine wiedergewonnene Lebensfreude. Was mir jetzt zu meinem Glück fehlt, ist eine schöne Tasse Kaffee und eine warme Zimtschnecke.

Im Camp schlafen noch alle, als ich das Frühstück vorbereite. In Ruhe und vollkommen im Reinen mit mir genieße ich meinen Kaffee. Morgen ist Abreisetag. Und ich weiß jetzt schon, dass ich sie alle vermissen werde. Sie sind mir ans Herz gewachsen, diese Racker! Ich will unbedingt mit Rika sprechen. Hoffentlich ergibt sich eine passende Gelegenheit dazu.

An diesem letzten richtigen Tag haben wir Spiele angesetzt, Gesprächsrunden und am Ende ein gemütliches Come-together mit Grillen am Lagerfeuer.

Lieke und ich teilen die Kids ein, doch wer wieder einmal mit Abwesenheit glänzt, ist unser Chef. Ich ahne, dass er schmollt, und finde das wirklich kindisch. Erst eine halbe Stunde später erscheint er mit der Entschuldigung, er hätte mit Stockholm telefoniert. Mit seiner Ex vermutlich. Nach meiner gestrigen Erkenntnis, dass es besser ist, momentan die Finger von den Männern zu lassen, sollte mir die Sache mit der Ex nichts ausmachen. Trotzdem versetzt es mir einen Stich. Hinüber ist die innere Harmonie, vorbei das entspannte Om-Gefühl!

Bei den Spielen vermag ich es, Ed zu ignorieren, doch als wir in die Gesprächsrunden einsteigen, fühle ich ständig seine Blicke auf mir ruhen. Blicke, die ich nicht deuten kann. Was geht in ihm vor? Wenn ich seinen Blick erwidere, sieht er weg, wirkt nachdenklich und in sich gekehrt.

Mir ist zwischenzeitlich durchaus klar, dass die Schweden konfliktscheu und in der Öffentlichkeit lieber zurückhaltend sind, aber Ed habe ich anders kennengelernt: ehrlich und direkt. Dass er mir jetzt nicht einfach sagt, was er denkt, beweist mir, dass ich ihn eben nicht gut kenne. Oder aber, dass ich ihm nicht wichtig bin.

Beides stimmt mich traurig. Ich brauche eine kurze Auszeit, um mich zu sammeln, und ziehe mich auf die Toilette zurück. Dort atme ich ein paar Mal tief durch. Ganz egal, was mein Verstand mir sagt: Beim Gedanken daran, dass Ed morgen komplett aus meinem Leben verschwindet, wird mir das Herz schwer und meine Augen brennen verräterisch. Um nicht sofort wieder in die unangenehme Gesprächsrunde zu müssen, mache ich einen kurzen Abstecher ins Büro. Vielleicht kann ich das eine oder andere wegsortieren und ablegen, bevor die Ordner morgen ebenfalls ausziehen werden.

Leise betrete ich den Raum, der mir in diesen aufwühlenden Wochen immer wieder ein Zufluchtsort war, und schließe die Tür hinter mir. Ein letztes Mal setze ich mich in seinen Bürostuhl. Sein Schreibtisch ist aufgeräumt und bis auf wenige Bögen Papier leer. Was ist denn hier passiert? Hatte er gestern einen Anflug von Arbeitswut? Ich ziehe die Blätter zu mir und stelle fest, dass es sein Abschlussbericht ist. Unsere wundersam heilsamen Wochen zusammengepresst auf vier Bögen Papier?!

Unfassbar! Wie widersinnig! Wie unmöglich!

Ed

Durch die Hintertür betrete ich das Camp. Einer schnellen Zigarette, bevor dieser letzte Tag beginnt, konnte ich nicht widerstehen, um meine Nerven zu beruhigen.

Die Aussicht, Beas Nähe ertragen zu müssen, macht mich verrückt. Doch was bleibt mir übrig? Mit ihr reden? Das habe ich mir heute Nacht zum tausendsten Mal aus dem Kopf geschlagen. Ich will mir nicht wieder das übliche Gelaber nach einem One-Night-Stand reinziehen: »Danke für die schöne Nacht, Ed! Es war toll! Aber eine Beziehung kann ich mir mit dir nicht vorstellen.« Da kommt mir die Galle hoch!

Würde unsere *Nacht* ihr etwas bedeuten, hätte sie nicht mit ihrem Ex geschlafen. Wie viel mehr gibt es dazu bitteschön zu sagen? Auch wenn man in Deutschland auf Direktheit steht – in Schweden werden Konflikte nicht offen ausgetragen. Ich hoffe, dass sie diese simplen Benimmregeln beherrscht und nicht noch mal ein Streitgespräch provoziert. Sonst kann ich mich heute nicht zurückhalten. Und ich will auf keinen Fall vor den anderen mein Gesicht verlieren. Ihre Entschuldigung oder die Erklärung dafür, warum sie ihren Ex wieder in ihr Leben gelassen hat, kann sie sich sparen. Fest nehme ich mir vor, diesen Tag zu überstehen – irgendwie.

Kapitel 16

Bea

Gemeinsam Chili über dem Lagerfeuer kochen – das war der Plan. Wie dieser letzte Abend tatsächlich enden wird, hätte ich mir selbst im Traum nicht ausmalen können, erst recht nicht zu dem Zeitpunkt, als ich die Küche betrete, um ein paar Zutaten zu holen. Die Kids kümmern sich um das Stockbrot und ich suche nach der Zweieinhalb-Kilogramm-Dose mit Bohnen, die hier irgendwo stehen müsste. Ausgerechnet ganz hinten auf dem Kühlschrank finde ich sie, und ich muss mich auf die Zehenspitzen stellen, um sie zu erreichen.

Plötzlich höre ich, wie hinter mir die Tür aufgeht, und ich drehe mich reflexartig um. Ed tritt herein, sieht mich und bleibt wie angewurzelt stehen. Sein Blick sagt: »Dir wollte ich hier drin gewiss nicht begegnen!«

In diesem Moment trifft mich ein harter Schlag auf den Kopf. Ich habe keine Zeit zu schreien, sondern sacke in die Knie und stoße mir den Hinterkopf am Kühlschrank. Sternchen fluten mein Sichtfeld, und ich schmecke Blut auf der Zunge. Dann wird plötzlich alles dunkel.

»Bea? Bea!« Jemand tätschelt mir die Wange, was mich ärgert, weil mein Schädel dröhnt.

»Was?«, fauche ich und öffne die Augen. Ein Stechen in den Augenwinkeln fährt direkt hoch zu meinen Schläfen und setzt sich dort fest. Unwillkürlich stöhne ich und taste nach der schmerzenden Stelle am Kopf.

»Finger weg«, befiehlt Ed. »Du blutest!« Seine Miene ist besorgt.

»Was ist passiert?«, krächze ich, als ich realisiere, wie unnatürlich die Situation ist. Ich sitze auf dem Küchenboden, an die Kühlschranktür gelehnt, und er kniet vor mir – eine Hand auf meinem Scheitel. Auf meine Frage hin nimmt er sie weg und zeigt mir einen blutgetränkten Lappen. Möglicherweise werde ich bei dem Anblick ein wenig blass.

»Zum Glück bist du wieder wach.«

»War ich denn weg?«

»Ja, du warst kurz bewusstlos. Wie viele Finger siehst du, Bea?«, fragt er und hält mir drei erhobene Finger vor das Gesicht.

»Drei.«

»Ist dir schlecht?«

Ich horche in mich hinein. Bis auf den stechenden Schmerz geht es mir gut. »Nein.«

»Kannst du dich erinnern, was passiert ist?«

Ich überlege: Chili. Stockbrot. Lagerfeuer. Vor meinen ausgestreckten Beinen liegt eine große Dose Bohnen.

»Ist mir etwa die Dose auf den Kopf geknallt?«

»Ja«, bestätigt er. »Es ist gut, dass du dich erinnerst. Aber wir müssen dennoch ins Krankenhaus. Da ist eine fette Platzwunde auf deinem Kopf. Womöglich muss man das nähen.«

Verdammt! Kann das Desaster denn noch schlimmer werden?

Wenig später sitzen wir in der Aufnahme der Hälleforser Vårdcentralen, dem Ärztehaus. Mir schwirrt der Kopf, nicht nur von dem Schlag, sondern auch vom Ausfüllen der Formulare, damit irgendeine Versicherung für mich aufkommt. Und sicher auch ein wenig davon, dass Ed neben mir sitzt und wir uns bislang gekonnt angeschwiegen haben, was mir extrem unangenehm ist.

»Beatrix Steinmann? Bitte komm rein«, ruft da eine Schwester aus einem Behandlungszimmer.

»Soll ich dich begleiten?«, fragt Ed nun, als würde er aus tiefem Schlaf erwachen, und hilft mir auf die Beine. Den Lappen drücke ich mir zwischenzeitlich selbst auf den Kopf. »Nee, lass mal. Das schaffe ich schon.«

Doch als mir auf dem langen Flur die Knie weich werden, ist er direkt zur Stelle und stützt mich. Durchaus erleichtert nehme ich seine Hilfe an, ohne es mir natürlich anmerken zu lassen, wie froh ich über den starken Arm bin.

Die Schwester begutachtet uns kritisch, als wir eintreten. »Setz dich bitte.«

Sie nimmt mir den Lappen ab und desinfiziert den Schnitt, der sich zwischen Scheitel und Haaransatz befindet.

»Wie ist das passiert?«, will sie wissen.

»Mir ist eine Dose Bohnen auf den Kopf gefallen.«

»Aha. Eine haushaltsübliche?«

Verwundert sehe ich sie an. Wie meint sie das?

»Eine große. Zweieinhalb Kilo.«

Ihre Augenbrauen ziehen sich zusammen. Verbissen tupft sie weiter und rasiert mir ein paar Härchen ab. »Damit wir besser an den Schnitt herankommen. Doktor Mansur wird dich gleich untersuchen und entscheiden, ob wir nähen müssen.«

Damit lässt sie uns allein. Ed und ich schweigen weiter. Was hätten wir uns auch sagen sollen? Die Situation ist mehr als surreal.

Als die Krankenschwester schließlich mit einem Arzt zurückkommt, beäugen uns zwei Augenpaare, wie ich finde, recht argwöhnisch. Was geht hier vor? Mein Kopf brummt und leistet nicht die Arbeit, die ich von ihm gewohnt bin.

»Ich bin Doktor Mansur.«

»Hej, ich bin Bea Steinmann«, stelle ich mich vor.

»Und du bist?«, wendet er sich an Ed.

»Ed Lundin«, brummt dieser.

»Kannst du mir sagen, wie das passiert ist, Bea?«

»Oh, das habe ich der Schwester schon gesagt. Mir ist eine Dose Bohnen auf den Kopf gefallen.«

»Aha. Eine haushaltsübliche?«

Okay, jetzt wird es komisch. Doktor Mansurs Miene ist durchaus unfreundlich zu nennen. Irritiert sehe ich zu Ed hinüber. Dieser seufzt, und sein Mund wirkt verkniffen.

Ed

Der Arzt betrachtet mich. Sein abschätziger Blick bewirkt, dass ich mich direkt unwohl fühle. Diese Blicke kenne ich zur Genüge, habe sie aber schon lange nicht mehr auf mir gespürt.

»Darf ich fragen, wie ihr beide zusammengehört? Seid ihr ein Paar?«, fragt er.

»Nein, das sind wir nicht. Er ist mein Chef«, wirft Bea schnell ein. Ihr Blick flackert unsicher.

»Wir arbeiten gemeinsam im Camp draußen bei Fjärildalen«, bestätige ich.

Er mustert meine Tattoos, und die leichte Falte zwischen seinen Augenbrauen verrät mir, was er denkt. »Ed, darf ich dich bitten, kurz den Raum zu verlassen? Ich muss Bea alleine sprechen und im Anschluss auch untersuchen.«

Bea fixiert verzweifelt erst mich und dann den Arzt. »Ist das notwendig? Ich hätte gern, dass er bleibt, weil ich die Sprache noch nicht so gut beherrsche.«

»Du musst nicht viel sprechen, Bea. Wir kommen schon klar. Notfalls wechseln wir ins Englische, okay?«

Zögerlich nickt Bea. Ich seufze ergeben, erhebe mich und verlasse den Raum. Nicht ohne von der Schwester und dem unfreundlichen Arzt noch mit einem strafenden Blick bedacht zu werden. War klar.

Und was ich, trotz geschlossener Tür hören kann, sind die

besorgten Worte Doktor Mansurs: »Bea, du kannst jetzt offen reden. Hat Ed dir wehgetan?«

Ich schließe die Augen, lehne mich an die kotzgrün gestrichene Wand des Wartesaales und lasse deren Kälte in mich eindringen. Sie flutet mich wie ein alter Freund. Dieselbe Szene habe ich erlebt, als Lena nach einem Sturz im Stockholmer Krankenhaus untersucht wurde. Sie denken immer zuerst, der Mann trage die Schuld. Es ist natürlich richtig und wichtig, Frauen zu schützen, denen so etwas passiert. Aber wenn du der Nette bist, der sie einliefert, dann musst du dir ein dickes Fell zulegen. Sie verurteilen dich. Immer. Sie sehen gepiercte Ohrläppchen und Tattoos und denken sich ihren traurigen Schubladen-Teil.

Müde fahre ich mir durchs Gesicht. Im Inneren des Behandlungszimmers höre ich, wie Beas erschrockene Stimme mich verteidigt: »Was? Was für eine absurde Idee! Ed hat mich hergebracht. Wäre er nicht gewesen, wäre ich vielleicht verblutet!«

»Nein, keine Sorge! So schlimm ist die Wunde nicht. Schau bitte kurz hierher ins Licht. So ist es gut.«

Nach etwa fünfzehn Minuten öffnet sich die Tür und Bea tritt heraus: blass aber lächelnd. Fröhlich dankt sie der Schwester und dem Arzt und wirft ihnen in ihrem lustigen Akzent ein paar nette Worte hinterher. Ich stehe auf und bin froh, dass sie weniger wie ein Zombie und mehr wie sie selbst aussieht. Doktor Mansur bittet mich höflich und distanziert, kurz mit in sein Büro zu kommen. Natürlich. Ich habe nichts anderes erwartet.

Auf der Heimfahrt spukt mir das Gespräch mit dem Arzt unaufhörlich im Kopf herum. Es nagt an meinem Unterbewusstsein, ja, ärgert mich. Es ist immer wieder dasselbe! Immer werde ich falsch eingeschätzt.

Sehe ich aus wie ein Mann, der seine Partnerin verletzt? Auf der anderen Seite: Würde man das einem Mann ansehen? Es ist die Pflicht der Ärzte, solche Sachverhalte zu überprüfen. Ich sollte ihm dankbar sein.

»Alles okay, Ed? Du wirkst nachdenklich«, fragt Bea.

»Hmpf«, brumme ich.

Sie schweigt kurz, doch sie kann es nicht lassen und bohrt weiter: »Lag es an dem Ton, den der Doktor und seine Assistentin angeschlagen haben? Oder an dem Gespräch?«

Das quittiere ich wieder mit einem undefinierbaren Laut.

»Sie waren ganz anders, als du draußen warst. Sie haben mich gefragt, ob du mir das angetan hast. Ist das in Schweden normal? In Deutschland wäre im Leben niemand darauf gekommen, näher nachzufragen.«

Überrascht schaue ich sie an.

»Nicht? Nun – hier in Schweden ist es üblich.«

Versonnen betrachtet sie den Wald, der an uns vorbeirauscht. »Wie oft passiert es wohl, dass sie recht behalten? Noch nie habe ich mir viele Gedanken darüber gemacht, aber häusliche Gewalt wird eben viel zu oft totgeschwiegen – nicht zuletzt von den Frauen.«

Da gebe ich ihr recht – keine Frage. In den Familien, die

mir zugeordnet sind, sehe ich viel zu häufig, dass Ehefrauen aus falschem Verständnis heraus zu ihrem aggressiven Mann halten.

»Das ist eine Seite Schwedens, die so alt ist wie die Wikinger selbst. Frauen und Männer haben denselben Stellenwert. Was wir aber einfach nicht in den Griff bekommen, ist der Alkoholmissbrauch und die Übergriffe, die im alkoholisierten Zustand passieren.«

Sie grübelt und fragt dann: »Ob das an der Dunkelheit liegt? Ich meine, die langen Wintermonate gehen nicht spurlos an den Menschen vorbei, oder?«

Ich will das Thema lieber nicht vertiefen und ärgere mich, dass ich überhaupt davon angefangen habe. Zu sehr erinnert es mich an meinen eigenen Vater. Stumm nicke ich, und sie fährt nachdenklich fort: »Ich habe gelesen, dass die Selbstmordrate hier in Schweden in den Wintermonaten sehr hoch ist. Stimmt das?«

»Ja.« Mehr ist dazu nicht zu sagen.

Ich spüre ihren Blick auf mir ruhen und merke, dass sich mein Kiefer anspannt. Sie wendet sich ab und schaut zum Fenster hinaus. »So hat jedes Land seine eigenen Probleme.«

Ja, jedes Land, jede Region, jede Stadt, jede Familie.

Damit versuche ich, das Thema im Kopf abzuhaken.

Immerhin hat es uns dazu gebracht, wieder miteinander zu reden. Es ist verrückt, dass mir diese Frau, die so viel Chaos in den letzten Wochen verursacht hat, so ans Herz gewachsen ist, dass ich ihr gerade beinahe das mit meinen Eltern anvertraut hätte. Doch will ich es mir antun, die Wunden erneut aufzureißen? Und will ich mir mit Bea noch mehr Chaos in mein Leben einladen? För sjutton, nein!

»Wie geht es dir?«, frage ich, um mich von meinen Gedanken abzulenken.

»Bin wieder fit, würde ich sagen.«

Die tiefen Schatten unter ihren Augen sprechen eine andere Sprache. Sacht betastet sie die Wunde, die nicht genäht, sondern nur mit einigen Strips getapt wurde.

»Ich soll die Wund-Strips vier bis sieben Tage drauflassen. Die lösen sich danach von ganz allein ab.«

»Hm.« Ich betrachte sie prüfend.

»Mach dir keine Gedanken. Ich habe einen dicken Schädel.«

Da muss ich sie schief angrinsen. »Hätte ich jetzt nicht gedacht«, brumme ich und sie lächelt zaghaft.

Nach einigem Protest schaffe ich es, Bea zu Hause abzuliefern. Sie muss sich jetzt dringend ausruhen und die Füße hochlegen. Ich lasse es auf gar keinen Fall zu, dass sie heute noch arbeitet, Chili hin oder her. Sie mosert und meckert, weil es doch unser letzter Abend mit den Kindern ist, aber ich setze mich durch.

»Du kannst morgen zur Verabschiedung kommen«, schlage ich vor, und wieder wird mir schmerzhaft bewusst, dass es das jetzt war. Unsere Zeit ist um.

Betrübt nickt sie und steigt aus, nicht ohne mir ein »Danke für deine Hilfe« zuzurufen.

»Melde dich, wenn du was brauchst oder wenn was ist«, rufe ich zurück. Sie lächelt mir nochmals zu und hebt den Daumen.

Außer ihrem Van sehe ich kein deutsches Auto auf dem Parkplatz.

Ich warte, bis sie die blaue Holztür hinter sich geschlossen hat. Die hübsche kleine Stuga ist ein Kleinod, direkt am See gelegen. Allerdings bräuchte sie dringend einen neuen Falu-röd-Anstrich. Die Fenster gieren vermutlich schon seit zwei Jahren nach Farbe. Auf dem Dach fehlen ein paar Ziegel, und ich kann mir vorstellen, dass es hier und da hineinregnet.

Seufzend starte ich den Motor und hoffe, dass Bea es in ihrem Zuhause warm und mollig hat.

Es sieht nach Regen aus.

Erst zu spät fällt mir ein, dass sie meine Nummer gar nicht hat. Sollte also wirklich irgendetwas sein, kann sie mich gar nicht erreichen. För fan! Aber umdrehen kann ich jetzt nicht mehr. Wie sähe das denn aus? Ach, sötnos, hier hast du übrigens meine Nummer … Nej, das geht nicht.

Kaum habe ich das Camp erreicht, öffnen sich die Himmelsschleusen, und der Regen gibt alles, um uns den Abschied nicht noch schwerer zu machen.

Die Kinder und das Team sitzen im Aufenthaltsraum. Ich setze mich dazu und berichte von unserem Besuch in der Vårdcentralen und Beas Wunde. Sie finden es schade, dass sie den Abend nicht mit uns genießen kann, verstehen aber, dass sie sich jetzt besser schonen soll. Irgendjemand ist auf die Idee gekommen, eine Tüte Lösgodis zu besorgen: der perfekte Abschluss des letzten Tages.

Es herrscht eine bedrückte Stimmung. Uns allen ist spürbar bewusst, dass sich morgen unsere Wege trennen. Ich sehe so einige Tränen rollen. Die Mädchen umarmen sich immer wieder, halten Händchen. Die Jungs starren in ihre Getränke und sind schweigsam. Da fällt es kaum auf, dass auch ich heute nicht den Alleinunterhalter geben will.

Mir ist nach einer Zigarette, einem Whiskey und meinem Bett. Und leider auch nach einer kleinen Blondine, die sich an mich kuschelt, und deren Locken mir in der Nase kitzeln. Ja, wir reden von der Frau, die sich bei meinem Anblick mit einer Dose Bohnen erschlagen wollte!

Kapitel 17

Bea

Noch immer brummt mein Kopf. Aber nur ein klein wenig. Und hauptsächlich bei schnellen Bewegungen. Ed hatte recht: Gestern mit ins Camp zu fahren, wäre keine gute Idee gewesen. Zu Hause habe ich mich auf dem Sofa in eine Decke eingewickelt und bin sofort eingeschlafen. Heute fühle ich mich ausgeruht und fit genug und lasse es mir nicht nehmen, die Kids zu verabschieden. Vor allem Rika will ich in die Arme schließen und, wenn möglich, kurz mit ihr reden.

Christer und Lena haben schon das Frühstück fertig, als ich im Camp ankomme. Kaum habe ich die Küche betreten, rennen mir Rika, Hild und Alma entgegen, um mich zu umarmen. Gott, ist das rührend!

»Hej, ihr Lieben!«, begrüße ich sie mit zitternder Stimme, während sie durcheinanderreden und wissen wollen, wie es mir geht.

»Alles gut, alles noch dran«, erwidere ich. Ed betritt den Raum und betrachtet mich prüfend, so als sei er sich nicht sicher, ob meine Beteuerungen der Wahrheit entsprechen. Doch ich beruhige sie alle: »Na, ihr wisst doch, dass ich einen Dickschädel habe! Ich lege mich jeden Tag mit weitaus Schlimmerem an als mit gekochten Bohnen!«

Sie lachen herzlich.

Eine ganze Weile sitzen wir entspannt am Frühstückstisch und plappern. Bereitwillig erzähle ich immer wieder, wie das Drama überhaupt passieren konnte.

»Du bist schon so ein Schussel«, kommentiert Rika und klopft mir lachend auf die Schulter.

»Zuerst das kenternde Kanu, dann die Rückkehr des Ex und am Ende landest du im Krankenhaus«, ergänzt Hild unnötigerweise. Meine Wangen röten sich wie üblich und hilflos breite ich die Arme aus.

»Ich hatte ja befürchtet, dass wir mindestens einmal ins Krankenhaus fahren müssen, doch dass *du* diejenige bist ...« Lieke lacht so heftig, dass sie sich den Bauch halten muss. Die anderen stimmen erleichtert ein.

Na danke schön! Gespielt beleidigt verziehe ich den Mund, doch im Grunde hat sie recht: Ich habe schon eine Prise Unruhe reingebracht.

Nach dem Frühstück schickt Ed die Kinder zum Packen und zum Beladen der Busse, und ich ergreife die Chance, mir Rika zu schnappen und mit ihr runter zum See zu schlendern. Wir setzen uns in den Sand, mit dem Rika direkt zu spielen beginnt. Sie wird mir fehlen, dieses spröde Mädchen, das so anders ist als ich und mir dennoch so ähnlich. Wohl zum hundertsten Mal schießt es mir durch den Kopf: Wie schnell bitte können vier Wochen vergehen? Und wie sehr kann einem in dieser Zeit ein Mensch ans Herz wachsen?

»Wie wird es dir ergehen, wenn du nach Hause kommst? Freust du dich ein wenig?«, beginne ich das Gespräch. Eigentlich will ich mich nur vergewissern, dass sie es zu Hause gut hat. Dass sie okay sein wird.

»Ich will nicht zurück«, antwortet sie leise.

Das dachte ich mir schon. »Warum nicht?«, frage ich dennoch.

»Weil sie sich nie ändern wird. Sie wird immer jammern und schimpfen über ihn, und danach weinen, weil sie ihn vermisst. Und dann trinkt sie wieder, um ihn zu vergessen. Trotz des Entzuges.«

»Sie liebt ihn noch immer. Das kenne ich von meiner Mama.«

»Aber er hat uns verlassen! Wie kann sie ihn noch immer lieben?« Rika hat einen dünnen Zweig entdeckt, der keine Chance gegen sie hat und zwischen ihren Fingern zerbröselt wird.

»Nicht jeder reagiert gleich auf einen Verlust. Meine Mutter wurde zum Beispiel depressiv. Du kannst nicht beeinflussen, wie sich jemand fühlt. Deiner Mama kannst du also leider nicht helfen.«

Sie schweigt nachdenklich – der Zweig ist verschwunden, wurde vollständig in winzige Einzelteile zerlegt. Stattdessen reibt sie sich über die Arme. Kalt ist es nicht – es ist also eine unbewusste Reaktion. Ihre Augen suchen einen Fixpunkt und bleiben an ihren Schuhspitzen hängen.

»*Darum* bist du damals ins Wasser gesprungen, oder? Um deiner Mutter zu helfen.«

Ich seufze. Nun reibe auch ich mir über die Arme und erkenne dabei, dass es aus dem Impuls heraus geschieht, mich zu trösten. »Ja. Und damit habe ich nichts erreicht, außer meiner Mama den Schock des Lebens zu verpassen und mir selbst eine Aquaphobie einzuhandeln.«

Hinter ihrer Stirn arbeitet es. Erkennt sie die Parallele, dass sie ihrer Mutter mit dem Ritzen Angst macht und dennoch nur sich selber schadet? Tränen lösen sich aus ihren Augen, die sie wütend wegwischt. Ich wage es, ihr eine Hand auf den Arm zu legen. Ihre schmalen Schultern zittern und plötzlich lehnt sie sich an mich. Fest umarme ich das weinende Mädchen und muss dabei selbst ein paar Tränen wegblinzeln.

»Warum, zum Teufel, ist er abgehauen?«, schluchzt sie in meine Armbeuge.

»Das kann ich dir auch nicht beantworten, Kleines«, flüstere ich. »Aber es ist nicht wegen dir. Deine Eltern haben sich vielleicht einfach nicht mehr liebgehabt oder sich nur noch gestritten. Wer weiß? Und jeder Mensch hat doch ein Recht darauf, glücklich zu sein. Vielleicht ist er jetzt glücklicher.«

Dabei denke ich an meinen eigenen Vater und seine neue Familie. Ist er glücklicher bei ihnen? Ich hoffe es für ihn.

»Aber *wir* sind es nicht. Er ist einfach nur feige gewesen!«

»Das glaube ich nicht, Rika. Es ist nie einfach, Schluss zu machen.«

Was rede ich da? Ist es Thomas etwa schwergefallen, sich von mir zu trennen?

»Vermisst du ihn?«, fragt sie da und hebt den Kopf, um mich anzusehen.

»Wen?«, hauche ich überrascht. Sie kann doch nicht Thomas meinen!

»Deinen Vater!« Ach so.

Ich atme tief durch, sammle mich.

»Nein.« Es tut nicht mehr so weh. »Ja. Manchmal.«

Manchmal wünschte ich mir, er wäre für mich da gewesen in Momenten, wenn Mama nicht weiterwusste. Oder ich sie verschonen wollte mit meinen Problemen. Ob er sich überhaupt an mich erinnert?

Rika schnaubt. »Also wird es nie besser. Man vermisst ihn, und im selben Moment wünscht man ihn zum Teufel.«

»Ja, genau so ist es.« Es ist traurig, dass ich ihr nicht mehr mit auf den Weg geben kann außer meine Ehrlichkeit. Doch vielleicht genügt das. Vielleicht ist es auch das, was Rika braucht.

Darum gebe ich mir einen Ruck und gestehe: »Ich wünschte, ich könnte manchmal mit ihm reden, mir einen Rat holen oder auch eine Rüge, um zu wissen, dass ich etwas falsch gemacht habe. Ich würde mich weniger verlassen, weniger einsam fühlen.«

Meine Stimme bricht und mein Herz zieht sich qualvoll zusammen wie eine getrocknete Rosine. Diese schlichte Wahrheit auszusprechen und sie mir einzugestehen, kostet mich unendlich viel Kraft und Überwindung. War sie doch all die Jahre gut verpackt in mir eingesperrt. Rika klammert sich fest an mich, und ich drücke meine Wange in ihr warmes Haar.

»Genau das ist es«, flüstert sie rau. »Ich fühle mich so hilflos! Ich kann nicht stark sein für Mama. Muss es aber doch, weil sie es nicht ist. Immer wieder verschwindet sie für ein paar Wochen auf Entzug, doch danach geht die gleiche Scheiße wieder von vorne los. Nichts kriegt sie auf die Reihe! Immer muss ich alles allein machen!«

Das kommt mir so bekannt vor! Unfassbar, wie viele Parallelen uns verbinden! Ich nicke in ihr Haar und antworte leise: »So ging das mein ganzes Leben lang. Bis Mama endlich einen neuen Mann fand, der sie rettete. Jetzt lebt sie glücklich und zufrieden auf Mallorca. Manchmal habe ich das Gefühl, als wäre es ihr immer nur darum gegangen, nicht allein zu sein, darum, dass jemand da ist für sie und ihr die Verantwortung abnimmt.«

»Aber macht sie sich da nix vor? Der Neue kann doch im nächsten Moment auch wieder weg sein!«

»Ganz recht. Im Prinzip können wir uns dem Partner an unserer Seite doch nie sicher sein.«

»Dann lass ich das mit der Liebe besser bleiben«, brummt sie und ich lache.

»Ja, das ist eine Möglichkeit. Aber es ist auch traurig! Weil die Liebe das Schönste ist im Leben. Vermutlich ist sie auch der Sinn des Lebens.«

»Mein Gott, bist du sentimental!« Das klingt schon eher nach der alten Rika, die ich kenne. Sie knufft mich in die Seite, schnieft und trocknet sich die Tränen. »Ich habe ja nicht wirklich Erfahrung in Sachen Liebe. Aber in Sachen Loyalität habe ich Erfahrung. Und ich finde, dass sich Väter einfach um ihre Kinder kümmern sollten – egal, ob sie mit der Mutter noch vögeln oder nicht.«

Meine Mutter hätte ihr für diesen Satz einen Klaps auf den Hinterkopf verpasst. Aber ich bin nicht sie. Ich lache und verschlucke mich dabei beinahe. »O Rika!«

»Ist doch wahr!« Sie zieht die Augenbrauen zusammen und grummelt: »Wir sollten ihnen das sagen!«

»Was? Nach all den Jahren?« Ich soll meinem Vater sagen, dass er sich hätte um mich kümmern müssen, auch wenn er Mama nicht mehr vögelt? Der Zug ist doch schon längst abgefahren.

»Warum nicht?«

»Finde ich nicht.« Außerdem möchte ich ungern alte Wunden aufreißen und lieber das Mäuerchen behalten, das ich mühsam um mein Herz herum gebaut habe, damit mich niemand mehr verletzt. Vorzugsweise mein Vater.

Rika sieht das anders: »Warum soll ich ihm meine Wut nicht ins Gesicht schreien? Er muss sich doch damit auseinandergesetzt haben, was er anrichtet. Dann kann er mir sagen, ob er wegen mir oder ihr gegangen ist.«

»Rika, er ist garantiert nicht wegen dir gegangen! Das tun Väter nie.«

»Kannst du dir da so sicher sein?«

Nein. Absolut nicht. Das hat mir nur meine Therapeutin gesagt. Damals nach der missglückten In-die-Schweiz-Schwimmen-Aktion habe ich nie wieder versucht, mit Papa Kontakt aufzunehmen. Schlicht, weil ich gesehen habe, wie weh ich meiner Mutter damit tue. Beide haben wir uns bemüht, mit unserem Schmerz klarzukommen – jede auf ihre Weise. Und womöglich hat Papa das auch. Vielleicht hätte er mich gern gesehen, hatte aber Angst vor Mamas und meiner Reaktion. Oder gar Angst vor der Reaktion seiner neuen Frau. Feige. Wir alle.

Rika hingegen ist nicht feige.

Und so langsam finde ich ihre Idee gar nicht mal so blöde.

»An was hast du gedacht? Willst du einfach bei ihm klingeln? Weißt du denn, wo er wohnt?«

»Ja. Meine Mutter hat die Scheidungspapiere bekommen. Da steht seine neue Adresse drauf.«

Sie sieht mich erwartungsvoll an. »Und du? Weißt du, wo dein Vater wohnt?«

»Nein. Ich habe meine Mutter nie gefragt.«

»Dann finde es heraus!«

Will ich das wirklich? Ein Teil von mir, vermutlich die zehnjährige Bea, schreit laut und unüberhörbar »Ja!«.

»Also schön. Machen wir einen Plan. Ich bin wirklich ganz schön sentimental. Vielleicht liegt es daran, dass sich hier und heute unsere Wege trennen. Ich werde dich vermissen.«

Sie grinst mich an und knufft mich wieder.

Als wir uns kurze Zeit später den Sand vom Allerwertesten klopfen und uns zum Camp aufmachen, hakt sie sich freudestrahlend bei mir unter. Wir haben einen Pakt geschlossen, und ich bin hin- und hergerissen, ob das so eine gute Idee war.

Als wir uns den Bussen nähern, murmelt Rika kaum hörbar: »Ich werde dich auch vermissen.«

Doch ich bin mir sicher, dass sie es gesagt hat.

Edl

Noch nie war mir mehr nach einer Zigarette!

Dem Drang zu widerstehen, kostet mich übermenschliche Kraft. Ich bin traurig, gestresst und vollkommen überfordert. Hier noch etwas organisiert, da ein nettes Wort angebracht, dort mit angepackt – ich bin überall gleichzeitig. Als endlich alles verstaut ist, stehen wir betreten vor den Bussen.

Bea hat einen Arm um Rikas Schulter geschlungen und Tränen in den Augen. Ich schlucke hart an dem Kloß in meinem Hals. Mir geht es wie ihr – es fällt mir schwer, die Kinder gehen zu lassen. Sie sind mir alle ans Herz gewachsen. Nun obliegt es mir aber, sie in ihre Heimat zu entlassen und ein paar Worte zu finden, um ihnen zu sagen, wie wertvoll diese Zeit war. Für uns alle.

Ich räuspere mich, und schlagartig wird es mucksmäuschenstill. »Vor vier Wochen kamt ihr hier an und wart ganz andere Menschen.« Betreten sehen sich die Kinder an. Hild greift nach Rikas Hand. »Jeder von euch hat seine eigene Geschichte zu Hause gelassen. Ihr habt euch hier ein eigenes Zuhause geschaffen – mit Freunden. Ihr habt euch mutig ins kalte Wasser gestürzt ...« Diese kleine Spitze geht an Bea, denn die Steilvorlage war zu gut. Sie lächelt schief, und die Kinder schmunzeln. Jedes Mädchen hatte sein eigenes »kaltes Wasser«, jeder Junge seine eigene Herausforderung. »Das will ich euch mitgeben, und es ist eines der Dinge, die ihr im Leben noch häufig erfahren werdet: Ihr müsst euch nicht über eure Familie oder eure Vergangenheit definieren. Ihr könnt euch selbst aussuchen, wer ihr sein wollt und mit wem ihr euch umgeben wollt. Ihr könnt es euch aussuchen, glücklich zu sein. Denn Glück ist eine Entscheidung – kein Zufall! Deswegen wünsche ich euch, dass ihr Fjärildalen in euren Herzen behaltet. Vergesst das hier nie. Vergesst eure Freunde nicht. Und wer weiß, vielleicht sehen wir uns in Stockholm wieder.«

Meine Stimme zittert leicht, doch das ist egal. Ich habe alles gesagt, was ich loswerden wollte. Zu viele Emotionen strömen durch mich hindurch. Der Verlust schnürt mir fast die Luft ab: Ich will diese Kids – und Bea – nicht gehen lassen. Und erst recht will ich nicht zurück nach Stockholm. Gerade eben habe ich laut verkündet, dass man sich nur fürs Glücklichsein entscheiden muss.

Wenn ich das hier und jetzt könnte, würde ich in Fjärildalen bleiben. Ich würde noch mal mit Bea reden. Doch die Gefahr, mir die Finger an ihr zu verbrennen, ist groß. Die Chance hingegen, dass sie all die Sicherheit aufgibt für ein neues Leben mit einem Mann an ihrer Seite, den sie kaum kennt, ist gering.

Stattdessen stehe ich hier wie angewurzelt und sehne mich nach einer Zigarette. Meine Hände flattern ebenso wie mein verräterisches Herz. Meine Finger tasten nach der Schachtel Kippen in der Hosentasche.

Von dem Tumult in mir bekommt zum Glück niemand etwas mit. Die Kids jubeln und applaudieren, dann liegen sie sich in den Armen und verabschieden sich überschwänglich. Bea, Rika und Hild bilden ein Dreieck und stecken die Köpfe zusammen. Es dauert lange, bis sie sich voneinander lösen.

Rika drückt Bea einen Schmatzer auf die Wange. »Wir sehen uns wieder, Bea, ganz bestimmt. Du musst mich auf dem Laufenden halten, ob er sich gemeldet hat, okay?« Bea nickt und drückt Rikas Hände. »Das mache ich. Und du schreib mir bitte, wie es bei eurem Treffen gelaufen ist.«

Rika nickt, dann hüpft sie in den Bus. Das Mädchen ist wie ausgewechselt, bemerke ich einmal mehr. Dennoch begreife ich den Wortwechsel zwischen ihnen nicht.

Als die Busse abfahren, hupen sie wild. Auf dem Hof stehen nur noch Lieke, Bea und ich. Wie ein Spuk verschwinden die Fahrzeuge in einer Staubwolke auf der Zufahrtsstraße. Sehnsuchtsvoll starrt Bea den Kindern und ihren Kolleginnen und Kollegen hinterher und winkt noch, nachdem die Busse längst außer Sicht sind. Von Lena, Gunilla, Micke und Christer habe ich mich vorhin schon verabschiedet. Ich sehe sie eh nächste Woche in Stockholm wieder, sodass die Verabschiedung nicht allzu überschwänglich ausfiel.

Der Abschied von Bea und Lieke naht. Bringen wir es souverän und professionell hinter uns.

Kapitel 18

Bea

Als ich die Augen aufschlage, bin ich kurz verwirrt: Ich liege in meinem Bett im Van. Was mache ich hier? Die Scheiben sind beschlagen und es ist frisch.

Mein Schädel brummt. Und es wird nicht besser, als ich mich aufsetze. Was zum Geier …? Meine Fingerkuppen ertasten die Stripes, die die rasierte Wunde verdecken. Doch diese ist es nicht, die hinter meinen Augen ein gleißendes Licht pulsieren lässt. Sie fühlt sich eher wie ein blauer Fleck an. Blinzelnd sehe ich mich im Van um. Ich bin voll bekleidet und eine leichte Decke liegt auf meinen Beinen. Auf der Spüle entdecke ich eine leere Flasche Wein. Und so langsam purzeln die Erinnerungen zurück in mein Bewusstsein. Das Camp, der Abschied von den Kindern, Eds nette Worte, mit denen er Lieke und mir dafür dankte, ihm den Arsch gerettet zu haben. Dabei blieb er distanziert und kühl. Er verzog keine Miene und ließ nicht etwa durchblitzen, dass ich ihm mehr bedeutet habe als die anderen Betreuerinnen. Obwohl ich mir ja eingeredet hatte, ihn nicht in meinem Leben zu brauchen, fühlte sich dieser Abschied schlimmer an als der Abschied von Rika. Denn er scheint endgültig. Ohne Chance auf ein Wiedersehen.

Und beim Gedanken an Rika fällt mir auch ein, was mich

in den Van trieb und zum Wein greifen ließ: Es war das Versprechen, das wir uns gaben. Ich wollte es unbedingt hinter mich bringen, doch ohne Betäubung war mir das kaum möglich. Und vielleicht hatte ich ein klitzekleines bisschen das Bedürfnis, mich trösten zu müssen. Der Van vermittelt mir stets das Gefühl von Geborgenheit, von Alles-wird-gut und Morgen-sieht-die-Welt-nicht-mehr-so-trostlos-aus.

Danach muss ich im Van eingenickt sein.

Unschuldig liegen die drei vollgekritzelten Blätter, die ich gestern Abend hastig aus einem karierten Block gerissen habe, auf dem kleinen Tischchen, neben dem – natürlich ebenfalls leeren – Glas Wein. Diese Flasche ist mein Reserve-Alkohol für romantische Sonnenuntergangsmomente im Van. Dafür, rührselige Briefe zu schreiben, war sie nicht gedacht, hmpf.

Wie spät mag es sein? Mein Tagesrhythmus ist weg.

So wie die Kids. Und Ed.

Wehmütig zieht sich mein Herz zusammen, so unverhofft und schmerzvoll, dass ich gar nicht erst bedauern kann, wie schnell die Betäubung durch den Wein nachlässt. Die vier Wochen, die mir zu Beginn des Camps unendlich lang vorkamen, sind vorbei! Was mache ich nun?

Wie war noch mal der Plan?

Das Mantra mit dem Geld kommt mir wieder in den Sinn. Im Laufe der Wochen ist es zur Bedeutungslosigkeit verblasst.

Spontan lade ich Lieke und Ben zur Fika ein. Ich freue mich, dass die beiden meiner Einladung folgen, und obendrein holländisches Gebäck und einen leckeren Smultron-Likör mitbringen, den Ben selbstgemacht hat. Ihre Jungs, Jan und Niklas, sind zu Hause und zocken. Nichts Ungewöhnliches, wenn man das Alter bedenkt. Lieke und ich lachen, weil wir uns vorstellen, wie die beiden im Sommercamp aufgeblüht wären.

»Ich vermisse den Trubel. Geht es dir auch so?«, frage ich Lieke betreten, als wir die Köstlichkeiten nach draußen auf die Veranda tragen. Wir setzen uns, schenken Kaffee ein und knabbern an den hübsch dekorierten Gebäckstückchen.

»Ich liebe es, mit Kindern zu arbeiten. Das ist mein Job – das habe ich gelernt. Aber dass *du* sie vermisst, hätte ich nicht gedacht. Sind es wirklich nur die Kids oder etwa eher Mister Unnahbar?«

Beinahe verschlucke ich mich an meinem Kaffee und huste übertrieben lange, um mir eine passende, unverfängliche Antwort einfallen zu lassen.

»Es braucht dir nicht peinlich zu sein, Bea. Ich habe gesehen, dass in diesen Wochen bei dir so einiges passiert ist. Was ist aus deinem Thomas geworden?«

Okay, diese Frage lässt sich einfacher beantworten.

»Ich habe ihn wieder nach Hause geschickt. Wir zwei, das ist endgültig vorbei. Und ich habe ihn daran erinnert, dass er mir noch Geld schuldet. Die Ansage kam an. Wenn er hält, was er versprochen hat, müsste es in den nächsten Tagen eintrudeln.«

Lieke nickt zufrieden.

Ben entkorkt den Likör, schenkt drei Gläschen voll und hebt seines. »Lasst uns anstoßen auf alles Gute im Leben!«

»Skål!«, erwidert Lieke.

»Auf Schweden!«, antworte ich. Neben dem Alkohol, der

auf der Zunge brennt, betört der Geschmack der kleinen süßen Erdbeeren meine Sinne.

Eine Weile genießen wir den Ausblick auf den See. Meine
Gedanken driften ab zu cosy Vanlife im schwedischen Sommer
und dem Roadtrip, den ich bereits ausarbeite. Als könnte sie es
ahnen, fragt Lieke: »Wie geht es nun bei dir weiter, Bea? Bleibst
du hier?«

Danke, meine Liebe, du entwickelst dich langsam aber sicher zu einer zweiten Juliane, denke ich mir und grinse sie gequält an.

»Du verstehst es, noch Salz in die Wunde zu streuen, Lieke!«

»O ja, das kann sie«, mischt sich Ben ein. Dafür kassiert
er einen Stoß von Liekes spitzem Ellbogen, lächelt seine Frau
aber liebevoll an.

»Ich werde von meinem Lohn und dem Geld aus dem Ver-
kauf der Wohnung die Reparaturen bezahlen und mir einen
kleinen Urlaub leisten können. Aber wie es dann weitergeht?«
Ich seufze und nippe an dem leckeren Likör. »Natürlich suche
ich mir wieder einen Job. Auch habe ich daran gedacht, mein
Haus zu vermieten. Die Zeit könnte ich nutzen, um selbst zu
reisen. Das ist einer der Gründe, warum ich nach Schweden gekommen bin. Ich will etwas von Skandinavien sehen. Immerhin habe ich zusätzlich zu meiner Bruchbude auch ein Zuhause
auf vier Rädern«, gluckse ich.

Der Likör ist leer und ich schnappe mir ein rosarotes Törtchen von Liekes Etagere.

»Wenn du vorhast, zu vermieten, musst du aber noch einiges tun, Bea«, brummt Ben und betrachtet mein Häuschen
kritisch von der Seite.

Das hatte ich nicht vor. Es hat doch Charme, so wie es ist.

»Was genau meinst du?«

»Nun ja, der Wasserschaden ist behoben und die Toilette repariert. Das Dach muss noch gemacht werden. Aber wenn du Sommergäste anziehen willst, brauchst du unbedingt auch einen neuen Anstrich. Auch eine Wärmepumpe wäre nicht schlecht. Du kannst die Gäste nicht mit dem Ofen heizen lassen, das ist nicht zeitgemäß. Und ist dir aufgefallen, dass die Terrasse nicht mehr ganz save ist?« Er steht auf und trampelt demonstrativ über die Beplankung. Und ja: Die Bretter quietschen gequält und geben bedenklich nach. Allerdings empfand ich das nie als besorgniserregend, bevor er es ansprach.

»Sommergäste sind manchmal unkompliziert, aber meistens kritisch. Und wenn du gute Bewertungen sammeln willst, solltest du vorsorgen. Fernsehen, WLAN und Mikrowelle sind mittlerweile Standard. Und wenn du mit dem See werben willst, könntest du dir ein Kanu zulegen. Funktioniert die Sauna unten noch?«

»Hm, ich denke schon. Letztes Jahr haben wir sie noch benutzt.«

»Prima. Das zieht immer.«

Nachdenklich stelle ich mir vor, wie Fremde mein Schwedenhäuschen betrachten würden. Insgeheim muss ich Ben recht geben: Wäre ich Gast hier, fände ich die Stuga zwar mysig, aber nicht ganz auf dem Stand der Zeit.

»Wenn du einen guten Preis verlangen möchtest, rentiert es sich, noch ein bisschen aufzupeppen, glaub mir«, fügt Ben hinzu.

»Hast ja recht. Deutsche sind da eh anspruchsvoller. Ich überlege es mir.«

»Aber nur von den Einnahmen der Vermietung kannst du

doch nicht leben, oder?«, fragt Lieke besorgt. Meine persönliche Lage ist ihr offenbar wichtiger als das Haus. Einmal mehr bin ich gerührt, dass ich so liebe Freunde hier gefunden habe, die sich um mich sorgen.

»Irgendwas finde ich schon«, hauche ich leiser als gewollt. Ich hoffe es. Nein, ich würde es mir wünschen. Aber nach den bisherigen Erfahrungen habe ich Bedenken, ob es hier wirklich einen Job für mich gibt. Um die Stimmung nicht zu zerstören, lenke ich voller Elan ab: »Aber wisst ihr, was ich zuerst mache? Ich nutze die nächsten drei Wochen und fahre hoch in den Norden. In der Zeit kann Sune in Ruhe das Dach machen.«

Und womöglich sieht der Arbeitsmarkt bis dahin besser aus. Dieser Plan gefällt mir.

Lieke und Ben stimmen zu, und wir plaudern ein wenig über unbedingt sehenswerte Locations. Danach gehe ich kurz ins Haus, um Kaffee-Nachschub und die Kanelbullar aus dem Ofen zu holen. Ein zimtiges und buttriges Aroma erfüllt die Küche und zaubert mir ein zufriedenes Lächeln ins Gesicht. Kaffee und Kanelbullar – mehr braucht man kaum, um glücklich zu sein! Den Gedanken an einen bärtigen Wikinger, der sich leise in mein Herz schleicht, verbanne ich auf der Stelle.

Als ich zurückkomme, fragt Lieke: »Was macht eigentlich dein Kopf? Hast du noch Schmerzen?«

Sachte betaste ich die getapte Stelle und verziehe ein wenig das Gesicht. »Geht schon. Ein bisschen Brummschädel habe ich noch. Aber ich halte viel aus.«

»Das habe ich gemerkt«, gluckst sie und schnappt sich eines der warmen Gebäckstücke, während Ben angewidert die Nase hochzieht. Zimt und Marzipan – ich erinnere mich gut!

Lieke kaut andächtig und verdreht genussvoll die Augen.

»Die schmecken herrlich, Liebes! Aber lass uns noch mal auf das Job-Thema zurückkommen. Könntest du dir nicht vorstellen, für Ed und das Jugendamt zu arbeiten? Ich meine, du hast ihm doch ganz schön viel Papierkram abgenommen.«

Herre gud, da habe ich gerade erfolgreich den Gedanken an ihn verscheucht, da kommt Lieke um die Ecke …

Die Idee mit dem Job an Eds Seite kommt mir vage bekannt vor. Hatte Ed die nicht auch? »Aber das würde doch bedeuten, in Stockholm arbeiten zu müssen«, tue ich das Ganze ab.

»Nicht unbedingt. Heute kann man doch auch remote arbeiten. Ganz unabhängig davon hält dich ja auch nichts hier. Dann wärst du in Eds Nähe!«

»Hallo? Wer sagt denn, dass ich das will? Ich will ja gar nicht weg von hier!«

Lieke zögert kurz, nickt versonnen und betrachtet mich von der Seite. »Ich will nicht indiskret sein, aber da lief doch was zwischen euch!« Sie betont den Satz so, dass ich mir unsicher bin, ob ein Fragezeichen oder ein Ausrufezeichen dahinterstehen soll. Dass meine Wangen sich wieder schneller röten, als ich mir eine Ausrede ausdenken kann, lässt sie schmunzeln. »Das dachte ich mir.«

Außer Juliane habe ich niemandem von Ed und mir erzählt. Darum ging ich fest davon aus, dass es keiner bemerkt hat.

»Es war ja offensichtlich, dass ihr euch sexy findet«, zieht Lieke mich jetzt auf und belehrt mich eines Besseren. Sie lacht auf und klopft mir auf den Schenkel. »Ihr konntet es kaum verbergen! Ob die Kids es mitbekommen haben, weiß ich nicht, aber wir Erwachsenen schon.«

»Ehrlich?« Ich schäme mich ein klein wenig dafür, und stelle fest, dass über ihn zu sprechen mindestens so schmerzhaft ist wie an ihn zu denken. Zögernd fasse ich zusammen: »Womöglich war der Schlag auf den Kopf aber ein Zeichen, dass ich ihn mir aus dem Kopf schlagen soll! Ich habe lange darüber nachgedacht. Und es ist nie eine gute Idee, mit dem Chef anzubandeln.«

»Was bitte spricht dagegen? Er ist doch einfach zum Anbeißen!« Ben räuspert sich und zieht eine Braue in die Höhe, sodass Lieke ihm ins Ohr säuselt: »Selbstverständlich ist er nicht so heiß wie *du*, Poepie, aber dennoch ein schwedischer Hingucker.«

»Ja, und das finden anscheinend noch viele andere Frauen«, kommentiere ich düster.

»Was willst du damit sagen?«

»Nun ja, ich habe erfahren, dass er seinen weiblichen Angestellten und Kolleginnen gegenüber nicht abgeneigt ist. Zumindest Lena und seine Chefin waren unter denen, die schon was mit ihm hatten. Anbrennen lässt er wohl nichts.«

Lieke gluckst und verzieht spöttisch ihre kirschroten Lippen. »Ich habe da aber was ganz anderes gehört.«

»Ach. Von wem denn bitte?«

»Von Lena selbst. Und von wem hast du deine Info?«

Nun bleibt mir die Spucke weg. Dass die beiden sich gut verstanden, war mir ja aufgefallen. Dass sie sich über ihr Liebesleben austauschen, hätte ich dennoch nach der kurzen Zeit nicht erwartet. Ich selbst hatte leider anderes im Kopf, als mich mit meinen Kolleginnen anzufreunden: den heißen schwedischen Hingucker, zum Beispiel. Oder Rika mit ihren Problemen.

»Von Rika«, presse ich hervor und weiß im selben Moment, wer wohl die sicherere Quelle ist.

»Na, darauf würde ich nicht viel geben. Die Kids reimen

sich bestimmt bloß das eine oder andere zusammen.«

»Was genau hat Lena dir denn verraten?«

»Aha! Ed und seine angebliche Liste sind dir also nicht ganz egal, sehe ich das richtig?«

Wieder grinst mich Lieke wissend an. Es hat keinen Sinn, um den heißen Brei herum zu reden.

»Wenn du es genau wissen willst – nein, es ist mir nicht egal … Ich mag ihn.«

Zufrieden seufzt sie. »Ich finde, er ist ein guter Kerl. Ihr beiden passt auch irgendwie zusammen: so ein bisschen Grumpy meets Sunshine.«

Ben und ich prusten aus vollem Hals, bis wir uns die Bäuche halten müssen. Schließlich kennen wir alle das Objekt des Scherzes.

Ed ein Grumpy? Unbedingt!

»Fragt sich nur, wer Grumpy und wer Sunshine ist!«, johlt Ben und setzt damit eins obendrauf. Wieder kichern wir albern und Ben wischt sich sogar Tränen aus den Augen. Um Luft ringend, bewerfe ich ihn mit einer der Blaubeeren, die ich als Deko auf die Teller gelegt habe. »Oh, pass bloß auf, wen du hier als Grumpy bezeichnest, Mister Sunshine!«

Locker fängt er die Beere auf, stopft sie sich in den Mund und meint kauend: »Man sagt ja, dass sich die Schwaben und die Schweden recht ähnlich sind.«

»Ach nee! Worin denn? Im Sparen?«

Lieke bekommt vom Lachen einen Schluckauf und spuckt ihren Kaffee zurück in die Tasse.

»Im Sparen und in ihrer Wortkargheit.«

»Pff, wir und wortkarg?«

»Jaaa! Und ob!«, japst Lieke, und ich schnaube.

Ein altes schwäbisches Sprichwort lautet: Nicht geschimpft, ist gelobt genug. Ist da was Wahres dran an dem, was Lieke und Ben mir sagen wollen? Vielleicht passen Ed und ich ja doch … Schnell verscheuche ich den Gedanken. »Du hast mir immer noch nicht verraten, was Lena dir erzählt hat.«

Lieke beruhigt sich wieder. »Also Lena hatte garantiert nichts mit Ed. Die beiden sind nur gut befreundet, kennen sich wohl von früher. Lena steht auf Frauen.«

»Ach, und woher weißt du das, bitte?«, fragt Ben plötzlich argwöhnisch. »Hat sie dir Avancen gemacht?«

»Nun hör aber auf. Seit wann bist du denn eifersüchtig? Nein, sie hat mir anvertraut, dass sie ein Auge auf Gunilla geworfen hat.«

Das lasse ich unkommentiert, denn ich finde, Lena und Gunilla passen so gar nicht zusammen. Aber wer bin ich, dass ich urteilen könnte.

Ungerührt fährt Lieke fort: »Nicht nur das hat sie mir verraten, sondern auch, dass Ed eine üble Kindheit hinter sich hat. Er wurde von einer Pflegefamilie in die andere geschoben. Daher sein Herz für Kids aus schwierigen Verhältnissen. Er kommt aus einer Brennpunkt-Siedlung, und ist ohne Mutter bei seinem alkoholkranken Vater aufgewachsen. Eine längere Beziehung hat er wohl nie aufbauen können. Auch nicht mit seiner Chefin, in die er unglücklich verliebt war. Die hat wohl ziemlich rasch und rüde mit ihm Schluss gemacht. Das ist noch gar nicht lange her und hat das ganze Projekt gefährdet. Er hat befürchtet, dass sie ihm deswegen Knüppel zwischen die Beine wirft und ihn nicht genügend unterstützt.«

Ich begreife so langsam, was sie mir da gerade anvertraut. Das Womanizer-Bild von Ed, das ich mir gemacht habe, bröckelt. Habe ich voreilige Schlüsse gezogen und ihn in eine Schublade gesteckt? Interessanterweise passt das Bild, das Lieke und Lena von ihm zeichnen, besser zu dem Ed, den ich kennenlernen durfte: der liebevolle, fürsorgliche und verletzliche Ed, der nachts nicht gut schlafen kann. Ein wenig Mitleid mit ihm beschleicht mich. Unter diesen Umständen verstehe ich zu gut, warum das Projekt kurz vor dem Aus stand, als Lieke und ich bei ihm auftauchten. Da wäre mein Kopf auch nicht bei der Sache gewesen. Armer Ed! Umso stolzer kann er sein, dass er sein Herzensprojekt wider alle Umstände und schlechte Voraussetzungen geschaukelt hat.

»Das wusste ich nicht«, gestehe ich leise.

»Warum habt ihr euch am Ende eigentlich kaum noch angesehen?«, fragte Lieke.

»Hmpf ... da war einmal diese blöde Kolleginnen-Liste ... und dann ... Thomas.«

»Thomas? Ach ja, dein Ex. Stimmt. Ab dem Moment ist die Stimmung gekippt. Was genau ist passiert?«

»Ach, das ist eine längere Geschichte.« Ich stöhne.

Ben schnappt sich eine weitere Beere. »Wir haben Zeit. Unsere Jungs sind garantiert noch eine Weile beschäftigt und froh, dass die Alten aus dem Haus sind.«

Na gut, warum nicht?

Angenehm ist etwas anderes – dennoch schildere ich den beiden, wie die Sache mit Thomas lief und dass ich Ed die Nacht mit meinem Ex gestanden habe, er aber so eingeschnappt war, dass er mich danach gemieden hat.

»Liebes, *hast* du oder hast du ihm *nicht* gesagt, dass dir diese Nacht mit Thomas nichts bedeutet?«, hakt Lieke mit gerunzelter Stirn nach.

Ich grüble. »Doch, habe ich. Aber er wollte es nicht hören. Er war echt richtig sauer und hat mich kaum zu Wort kommen lassen. Und ich habe ihm dann vorgeworfen, dass das ungerecht ist, wo er doch so viele Frauen hatte.«

Es war dämlich, ihm das vorzuhalten, obwohl es *mein* Betrug war, um den es ging. Feuer mit Feuer zu bekämpfen ist nie eine gute Idee. Dass ich jetzt weiß, dass das Ganze eh nur ein blödes Gerücht war, macht es umso schlimmer.

Lieke drückt es deutlich aus: »Da lagst du offensichtlich falsch. Eine Entschuldigung wäre angebracht.«

Da mag sie recht haben. Doch ob Ed mir deswegen eine zweite Chance geben würde? Huch! dieser Gedanke war schneller da, als meine Antwort an Lieke. Ertappt beiße ich mir auf die Lippen. »Ich bin noch nicht bereit, ihm gegenüberzutreten. Außerdem will ich momentan keine Beziehung und genieße mein freies Leben.«

»Weiß Ed überhaupt, dass du Thomas nach Hause geschickt hast und dass du hierbleiben wirst? Vermutlich denkt er ja, du bist eingeknickt und mit Thomas zurück nach Deutschland«, wirft Ben ein.

»Keine Ahnung. Im Moment ist mir das auch gar nicht so wichtig. Er hat das Ganze bestimmt eh schon vergessen.«

Lieke zuckt ratlos die Schultern, während Ben sich ein weiteres Törtchen schnappt und mutmaßt: »Garantiert hat er seine eigenen Schlüsse gezogen. Wenn man mir mein Herz gebrochen hätte, wäre ich auch vorsichtig damit, es gleich wieder zu verschenken. Vor allem wenn die Chancen hochstehen, dass meine Angebetete zurück zu ihrem Verlobten geht, der ihr um die halbe Welt nachgereist ist.«

Die Worte dringen sachte in meinen Verstand. Interessanterweise habe *ich* ja nichts anderes getan: Ich habe Ed ebenso fallen gelassen wie er mich. Die Schublade Er-ist-ein-Playboy war die passende Ausrede dafür, mein Herz nicht gleich wieder zu verschenken. Verletzte Seelen sind seltsam: Sehnen sich nach Liebe und können selbst keine geben. Ein gequältes Herz ist eben nicht leicht zu reparieren.

»Ich finde, ihr solltet das Missverständnis so schnell wie möglich aus dem Weg räumen«, schlägt Lieke pragmatisch vor. »Ihr seid ein zuckersüßes und hübsches Pärchen, Ed und du.«

Auch das dringt sachte in mich ein – direkt in mein Herz, das laut »Unbedingt!« schreit. Denn womöglich passt der chaotische Wikinger mit dem angeknacksten, aber dennoch großen, leidenschaftlichen Herzen und der wenig rosigen Vergangenheit besser zu mir als Thomas es je tat. Und womöglich will mir der Schlag auf den Kopf zeigen, dass Ed für mich da war, als ich ihn brauchte. Darüber muss ich erst ein wenig nachdenken. Zeit dafür werde ich definitiv genug haben. Der Van und meine Playlists werden beim Roadtrip meine einzigen Gefährten sein und sich geduldig anhören müssen, was in meinem Kopf so abgeht.

Ed

»Das hast du doch nicht selbst geschrieben, oder etwa doch?«

Mit ihren eisblauen Augen starrt Lisbeth mich lauernd an. Genervt klopfen ihre Finger auf ihren Oberschenkel, der lässig über den anderen geschlagen ist. Mein Blick bleibt an ihren heißen High-Heels hängen und ich muss mich kurz besinnen, was die Frage war. Vad fan, war der Bericht so schlecht?

»Was ist los mit dir? Du siehst echt scheiße aus!«, bohrt sie unerbittlich mit ihrem Röntgenblick nach. Hätte ich sie nicht schon nackt auf der Toilette gesehen, bekäme ich jetzt Angst vor ihr.

Plötzlich schmeißt sie den Bericht auf ihren Schreibtisch, erhebt sich, kommt zu mir, legt die Hände auf meine Schultern und fixiert mich.

»Ed. Ich weiß, wie sehr dir dieses Projekt am Herzen liegt. Du darfst jetzt nicht schlappmachen, jetzt, wo du so weit gekommen bist. Dein Team hat dich toll bewertet, die Kinder haben einen wirklichen Entwicklungsschub gemacht, und diese zehn Seiten hier haben dem Vorstand die Tränen in die Augen getrieben. Was zur Hölle ist dort in Fjärildalen mit euch passiert?« Sie lacht laut auf. »Die Sponsoren sind wirklich zufrieden und stellen sogar neue Mittel in Aussicht.« Mein Kopf ruckt nach oben.

Lisbeth muss halluzinieren. Oder ich bin es. Der Bericht

umfasste nur *vier* Seiten, keine zehn! Hier stimmt doch was nicht! Ich löse mich von ihr, bewege mich unauffällig zu ihrem Schreibtisch und gebe vor, die Aussicht durch das große Glasfenster zu genießen. Dabei schweift mein Blick über die ominösen zehn Seiten. Schon auf der ersten Seite erkenne ich, dass die Absätze deutlich länger sind, ausführlicher und – ordentlich im Blocksatz getippt mit Seitenzahlen. Das darf doch nicht wahr sein!

Ich grinse.

Verdammte deutsche Ordentlichkeit!

Kapitel 19

Bea

Es ist ein seltsames Gefühl, wieder über das Camp-Gelände zu gehen. Erst drei Wochen sind vergangen, doch fühlt es sich bereits nach Lichtjahren an.

Ich bin zu Fuß unterwegs, da ich die Reflektion in der Natur schätzen gelernt habe. Zwanzig ruhige Tage liegen hinter mir, in denen ich runterkommen konnte, in denen ich viel nachgedacht habe über mich, meine Eltern, Thomas, und ja, auch Ed. Ich habe die Behaglichkeit des Vans und die Nähe zur Natur genossen, war jeden Tag baden und wandern. Nachdem meine Mutter mir die Adresse von Papa verraten hat, habe ich sogar den Brief an ihn abgeschickt und drei weitere verfasst: an Mama, Juliane und Rika. Einen für Ed habe ich ebenfalls begonnen, doch mehr als vier, fünf sinnvolle Sätze habe ich nicht zusammengebracht. Und sie klangen allesamt hohl. Deswegen habe ich die Seite zerknüllt und keinen Versuch mehr gestartet.

Jetzt vor dem Hostel zu stehen, löst eine nostalgische Traurigkeit und Sehnsucht in mir aus. So gerne würde ich Ed endlich erklären, wie unglücklich Thomas seinen Besuch gewählt hat und wie wichtig er dennoch für mich war.

Wäre all das nicht passiert, wer weiß, ob ich so klar mit Thomas und mir abgeschlossen hätte. Oder ob ich mich so eindeutig dafür hätte entscheiden können, mein Ding durchzuziehen, endlich wieder ich zu sein. Ich bin gewachsen. Das will ich ihm sagen.

Doch nicht nur an Ed denke ich hier, wo all die Erinnerungen feststecken, so als hätte das Camp seit unserem Besuch nicht mehr weitergeatmet. Auch Rika ist präsent, dieses poltrige Mädchen, das so direkt und unverschämt war, aber auch mutig und verletzlich genug, sich mir zu öffnen.

Wie es ihr wohl geht? Ob sie schon Kontakt zu ihrem Vater aufgenommen hat? So wie ich sie kenne, hat sie damit keine Zeit verloren. Vielleicht beantwortet sie mir ja all die Fragen, die ich ihr im Brief gestellt habe.

Nach meinen schwedischen Kollegen, dem Trubel und den Scherzen der Kinder sehne ich mich ebenfalls.

Eins ist klar: Ich brauche definitiv einen Job, um nicht zu versauern! Und lustigerweise soll mich dieser *in Fjärildalen* erwarten – ausgerechnet!

Erwartungsvoll und ein klein wenig nervös lasse ich das Camp-Gelände hinter mir und durchquere das Wäldchen auf dem Schotterweg, der zum Hotel führt. Von hier aus sind es nur fünf Minuten zu Fuß. Von mir zu Hause aus wären es fünfzehn. Perfekt! Wobei ich mir – falls Carina mich einstellen wird – vermutlich Schneeschuhe anschaffen müsste. Nee, da nehme ich lieber den Van. Noch habe ich keinen Winter hier verbracht und kann nicht einschätzen, wie kalt und schneereich es werden wird.

Mein erster Winter, hach! Wie ich mich auf Schnee freue! Endlich lerne ich auch diese Seite Schwedens kennen! Dieses kontrastreiche Land und sein freundliches, hilfsbereites, zusammenhaltendes und gleichzeitig so eigenwilliges Völkchen hat es mir einfach angetan! Ich will nicht mehr zurück!

Das habe ich Juliane und meiner Mutter geschrieben und ihnen versucht zu erklären, warum dieses Land mich verzaubert und mein Herz erobert hat.

Apropos Herz … Schon wieder lande ich gedanklich bei Mister Herzensbrecher Edvard Lundin – der ja in Wahrheit gar kein Herzensbrecher ist – zumindest nicht mit einer Liste seiner Arbeitskolleginnen. Doch irgendetwas hat er mit meinem Herzen gemacht, denn es fleht mich geradezu an, endlich die längst fällige Entschuldigung anzubringen. Und wer weiß? Vielleicht ist Ed ja nach drei Wochen Distanz in der Lage, mir zu verzeihen.

Mein Hirn jedoch hält fleißig dagegen. Ja, ich habe einen unverzeihlichen Fehler gemacht! Ein Seitensprung ist Betrug, verletzend und somit verabscheuungswürdig. Habe ich Thomas' Betrug verziehen? Nein! Trotz seiner Entschuldigung tut es immer noch verflucht weh. Hat Mama meinem Vater etwa vergeben? Bis heute nicht!

Wie kann ich also Ed für seine Reaktion verurteilen? Inzwischen kann ich ihn sogar absolut verstehen und schäme mich für meinen anfänglichen Trotz. Es wäre einfacher, wenn ich im Urlaub erkannt hätte, dass mir dieser Mann überhaupt nicht fehlt. Dass er ein nettes Abenteuer war, um mir zu bestätigen, dass meine Libido funktioniert und ich für Männer immer noch attraktiv und anziehend bin. Doch so ist es nicht. Ich denke viel zu oft an ihn und an sein Lachen, bei dem sich Fältchen in seinen Augenwinkeln bilden und diese speziellen Whiskey-Augen blitzen wie die eines kleinen Jungen. Ich vermisse seine Nähe, seinen Duft, seine verschwörerischen Blicke, wenn er mir zugezwinkert hat. Und ja, allzu gern erinnere ich mich an seine Berührungen, seine großen warmen Hände, die mich gestreichelt und gehalten haben. Mir ist schon klar, dass sich unsere sexuelle Verbindung nur über wenige Stunden verteilt. Das ist zu wenig, um eine tiefe Bindung zu schaffen, sagt mein Verstand. Aber immerhin haben wir vier Wochen fast aufeinander geklebt, und aus der anfänglichen Borstigkeit hat sich etwas anderes entwickelt. Ja, und diese krass intime Nähe und der wahnsinnig heiße Sex mit Ed – die haben was mit mir gemacht. Sie haben in mir etwas berührt, von dem ich nie wusste, dass es da ist, und das schreit nun: Das Alleinsein ist schön Bea, aber das Zusammensein mit ihm ist schöner! Mit ihm könnte es anders sein als mit Thomas: nicht mehr allein sein, obwohl man zu zweit ist. Ed könnte derjenige sein, der nicht nur ein Partner in Crime ist, sondern ein Partner in Love! Das ist es, was mein Herz mir zuflüstert.

Schneller als gedacht bin ich beim Hotel angelangt. Nie zuvor war ich hier und bleibe überrascht stehen, als das altertümliche Herrenhaus in Sicht kommt. Es ist ein gut erhaltener schwedischer Herrgård mit gelber Holzfassade und weißen Fensterrahmen. Mittig zur Straße hin befindet sich eine große Veranda, die mit wenigen Stufen zum Haupteingang führt. Die gläsernen Flügeltüren stehen weit offen, und eine verwitterte Holztafel heißt die Gäste willkommen und verkündet die Öffnungszeiten »Välkommen till Fika! Må-fre 6-15, Lö 8-15.«

Drinnen höre ich Schritte und ein glockenhelles Lachen. Die Stimme scherzt mit jemandem und kommt dann näher. Vor mir steht eine kleine, drahtige Frau mit raspelkurzen schwarzen Haaren und übermütig blitzenden Augen. Sie auf ein Alter zu schätzen, ist schwierig. Vermutlich ist sie zwischen fünfunddreißig und vierzig.

»Hej! Du musst Beatrix sein! Ich bin Carina. Schön, dass du da bist. Aber was stehst du denn da draußen? Komm rein!«

Sie winkt mich in den dämmrigen Vorraum des imposanten Gebäudes, reicht mir aber nicht die Hand. Das, so habe ich gelernt, ist durchaus üblich.

»Hej, danke, dass ich mich vorstellen darf.«

Sie lächelt mich offen an und führt mich in ihr Büro im ersten Stock. Dort steht ein Perkolator, aus dem sie uns zwei Tassen Kaffee einschenkt.

»Vielen Dank«, sage ich artig.

»Varsågod. Du kommst aus Deutschland?«, fängt sie das Gespräch an, und es ist lustig, sie in echt und in Farbe vor mir zu haben, nachdem wir während der Zeit im Camp öfter mal miteinander telefoniert haben.

»Ja, aus Ulm. Aber jetzt wohne ich in Sävenfors.«

Sie lacht herzlich. »Schlimmer hättest du nicht wählen können. Sävenfors hat wie viele Häuser? Zehn? Maximal!«

»Ich mag es hier!«, antworte ich lächelnd.

Sie nippt an ihrem Kaffee. »Ich nicht. Einzig dieser alte Hotelklotz, den ich nie haben wollte, hält mich hier. Aber schön, dass es Menschen wie dich gibt, die hier arbeiten wollen. Bist du vom Fach?«

Um Zeit zu gewinnen, nehme auch ich einen Schluck aus meiner Tasse. Gelinde gesagt war ich selbst überrascht, dass das Mädel vom Arbeitsamt auf mich zukam, als die Stelle im Hotel frei wurde. Vermutlich dachte es, da es so nah an meinem Haus liegt, wäre es mir egal, dass die Anforderungen nicht zu meinen Qualifikationen passen. Das Hotel sucht ein Mädchen für alles: Reinemachen, Abspülen, Frühstück servieren. Exakt die Dinge, die ich nie machen wollte. Genau das hat Lieke mir auch an den Kopf geworfen. Aber wer einen Job in the Middle of Nowhere sucht, darf wohl nicht wählerisch sein.

Ich habe die wirtschaftliche Lage Bergslagens deutlich überschätzt.

»Vom Fach? Nein. Aber ich lerne schnell.« Ich zwinkere ihr zuversichtlich zu. »Wir kennen uns übrigens. Ich habe Anfang Juli das Essen für das Camp in deinem Hostel bestellt.«

»Ach, *du* warst das! Du warst mir gleich sympathisch! Na dann, nimm deinen Kaffee, ich zeige dir das Haus.«

Carina ist eine gut gelaunte Chefin, die ihr Personal freundschaftlich leitet. Sie ist perfekt organisiert, hat die Arbeitspläne im Griff und arbeitet schnell und effizient. Es macht Spaß, für sie zu arbeiten, wenn auch der Job hart und nicht wirklich meins ist. Wir hatten uns zügig darauf geeinigt, dass wir es einfach mal miteinander versuchen. Ihr geht es wie Ed vor wenigen Wochen: Es gibt nicht viele, die hier in der Gegend Arbeit suchen. Dafür ist die Region zu dünn besiedelt. Die jungen Menschen ziehen nach Örebro, Karlskoga und Lindesberg. Carina selbst kann es ihnen am wenigsten verdenken. Und für den Fall, dass ich feststellen sollte, dass mich der Job komplett unterfordert, hat sie sich eine vierwöchige Kündigungsfrist erbeten und ihre lebenslange Dankbarkeit angekündigt, weil ich ihr in diesen schweren Zeiten den Allerwertesten rette. Überhaupt redet sie mit mir wie mit einer alten Freundin und erzählt ohne Skrupel, wie hart es ist, hier im Hinterland als Selbständige zu überleben, vor allem, wenn man vom Tourismus abhängig ist. Es gibt genügend Deutsche, die mit ihren Zelten und Wohnmobilen zum Wandern und Paddeln hierherkommen. Schon seit Jahren kämpft Carina darum, die Region bekannter zu machen und zusätzliche Anreize zu schaffen, auch solche Touristen anzulocken, die im Hotel oder Hostel übernachten. Schnell sind wir uns so sympathisch, dass ich ihr von dem Plan erzähle, das Ferienhaus zu vermieten. Dass sie diese Themen auf Augenhöhe mit mir bespricht, lässt mich einmal mehr schätzen, in Schweden zu sein. Das habe ich begriffen: Jeder ist hier gleich viel wert – egal ob man Chef oder Tellerwäscher ist, Mann oder Frau.

Bis auf den Fakt, dass mich der Job intellektuell nicht herausfordert, kann ich nicht meckern. Er stresst mich keineswegs. Die Leistungsgesellschaft Deutschlands wird hier allseits nur belächelt. Sich im Job fertigzumachen und aufzuopfern wie die Deutschen würde den Schweden nie einfallen. Man muss ja auch noch Zeit für Fika haben!

Was mir zugutekommt, ist der Kontakt zur Kundschaft und zu den Kolleginnen und Kollegen während der Frühstücksschicht. Um diese Jahreszeit sind eher die schwedischen Städter im Hotel. So kann ich weiterhin meine Sprachkenntnisse aufpolieren.

Nach der ersten Woche treffe ich Carina eines Abends grübelnd an ihrem Schreibtisch an, ein Anblick, den ich nicht kenne. »Bin fertig in der Küche. Ich gehe jetzt nach Hause und wollte kurz Tschüss sagen. Alles okay bei dir?«

Etwas verwirrt schaut sie auf. »Ja, danke, Bea.«

Ich bin schon halb zur Tür draußen, als sie mich zurück-ruft. »Sag mal, ab wann wolltest du noch mal dein Ferienhaus vermieten?«

Verwundert trete ich zurück ins Zimmer. »Warum? Geht dir der Platz aus?«

»Ja. Nächste Woche haben wir die Abschlussklassen der Lindgren-Schule bei uns. Hostel und Hotel sind ausgebucht. Setz dich kurz, ist das okay?«

»Natürlich!« Ich bin neugierig, worüber sie sich Sorgen macht, denn es gibt bestimmt nichts, das Carina nicht organisiert bekommt.

»Ich wollte dich eh fragen, ob du nächste Woche die komplette Frühschicht übernehmen könntest. Fürs Putzen und die Küche kommt stattdessen Lovisa.«

»Ja, klar!« Es freut mich, dass sie mich im Service haben will, zeigt es mir doch, dass sie zufrieden mit meiner Arbeit ist. Und *das* mache ich garantiert lieber als Putzen!

»Prima. Danke.«

»Und wo liegt nun dein Problem?«

»Mein Problem sind meine Eltern.«

Ich lache auf. »Meine auch!«

Carina schenkt mir ein schiefes Grinsen. »Ja, Eltern – was soll man sagen?«

»Willst du sie nicht hierhaben?«

»Na ja, sonst sind sie *immer* hier, wenn sie in der Gegend sind. Du musst wissen, Malin und Gustaf gehörte das Hotel noch bis vor wenigen Jahren.«

Sie nennt ihre Eltern beim Vornamen? Das ist aufschluss-reich. Haben sie etwa kein inniges Verhältnis zueinander? Oder ist das in Schweden normal?

Sie steht auf, geht hinüber zur Wand und nimmt ein gerahmtes Foto ab, das sie vor mir platziert. Ich erkenne das Hotel und davor ein adrett gekleidetes Ehepaar mit zwei kleinen Mädchen.

»Sie leben in Wales, lassen es sich aber nicht nehmen, regelmäßig nach dem Rechten zu sehen. Wenn aber eine Horde Kinder herumrennt, will ich sie nicht hierhaben. Sie sind … nun ja, ein bisschen altmodisch. Um nicht zu sagen streng. Anstrengend.« Ihr Gesicht verzieht sich. Jetzt verstehe ich ihr Problem.

»Und du willst deine Eltern ausquartieren, damit sie dir nicht im Weg herumgehen. Außerdem hast du eh kein adäquates Zimmer für sie, richtig?«

»Exakt!« Tief atmet sie durch und rauft sich die kurzen Haare.

»Kein Problem. Ich kenne da ein ruhiges, nettes Häuschen in Sävenfors. Liegt direkt am See.«

Ed

Lisbeth stürmt in mein Büro, den sonst immer strammen Pferdeschwanz leicht aufgelöst und mit geröteten Wangen. Es ist diese leidenschaftliche, temperamentvolle Lisbeth, in die ich mich damals verliebt habe, diese Frau, die ich gern aus ihr herausgekitzelt hätte. Doch ich bremse mich. Zwischenzeitlich weiß ich, wie eiskalt sie sein kann – und das hat mir nicht gutgetan.

»Was ist los?«, frage ich, denn sie hat sich mir gegenüber an den Schreibtisch gesetzt und strahlt mich an, ohne etwas zu sagen.

»Du wirst es nicht glauben!«

»Was, Lisbeth?« Ich kann die Ungeduld in meiner Stimme kaum unterdrücken. Die Belastung, hier die Bürobank zu drücken, ärgert mich täglich. Die Besuche bei den Kids sind meine einzige Fluchtmöglichkeit, aus dieser Tretmühle hinaus ins Leben zu kommen. Doch ohne Doku keine Kinderbesuche. So ist es eben.

»Ich hab den Antrag durch! Wir kriegen die Gelder für drei weitere Camps im nächsten Jahr!« Ihre Worte treffen mich wie ein Adrenalinblitz.

»Was sagst du da?«, flüstere ich und überrasche mich selbst mit dem Impuls, aufzuspringen und sie zu umarmen. Lachend fallen wir uns in die Arme.

»Du hast es geschafft, Lisbeth.«

»Nein, *du* hast es geschafft! Es war allein *dein* Erfolg. Die Kids und das Betreuer-Team haben das Camp mit den besten Bewertungen überhäuft. Das hat den Ausschlag gegeben – das und dein Bericht. Der Vorstand ist der Meinung, dass wir einen guten Riecher hatten und die Kinder einen riesigen Sprung gemacht haben.«

Ich lasse mich in meinen Bürostuhl fallen und grinse wie ein Idiot. Kein Joint, kein Whiskey der Welt hat mir je so ein Glücksgefühl durch die Adern gejagt. Ich habe es geschafft! Ich darf weiter Camps leiten!

»Herzlichen Glückwunsch, Ed! Du solltest dir jetzt so schnell wie möglich Locations für das nächste Jahr aussuchen. Nicht, dass es wieder so knapp wird wie dieses Jahr.«

Ich werfe ihr einen schiefen Blick zu. Das hatte nichts mit der Location zu tun, sondern damit, dass sie mir die Betreuer abgezogen hat. Aber geschenkt! Ich will mich nicht mit ihr streiten. Der Moment ist zu kostbar. Und sofort weiß ich, dass ich diese Carina vom Hotel in Sävenfors kontaktieren muss. Ich will zurück nach Fjärildalen.

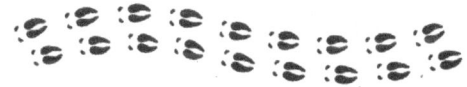

Als Rika die Tür öffnet, sehe ich ihr an, dass was nicht stimmt: Etwas ist anders. Sie lächelt, und ihre Augen strahlen. »Hej. Hur är läget?«, frage ich vorsichtig.

»Danke, gut. Ich muss dir was erzählen. Komm rein. Aber pst! Mama schläft.«

Ich drücke mich an ihr vorbei, und leise schließt sie die Tür hinter mir.

In ihrem Zimmer setzen wir uns: sie sich auf ihr Bett, ich mich auf ihren Schreibtischstuhl. So sitzen wir uns immer gegenüber, wenn ich zu meinen wöchentlichen Follow-up-Besuchen komme.

»Papa hat geantwortet.« Sofort durchrieselt mich eine Mischung aus Aufregung und Besorgnis.

»Nicht dein Ernst! Das ist wundervoll! Was hat er gesagt?«

»Er will mich sehen!« Ihre Stimme überschlägt sich, ihre Freude ist elektrisierend. »Er freut sich, dass ich Kontakt aufgenommen habe. Er hatte all die Zeit gedacht, dass Mama das nicht wollte.«

»Na ja, das war ja auch so. Aber schön, dass die beiden über ihre Schatten gesprungen sind.« Zuversichtlich lächle ich sie an und hoffe, dass ihre Eltern keinen Rückzieher machen, sondern sich ein Mal im Leben ihrer Tochter zuliebe zurücknehmen. »Wann wollt ihr euch treffen?«

»Nächstes Wochenende. Er holt mich ab und dann gehen wir in den Skansen zum Tiere beobachten.« Sie gluckst. »Das Ticket kostet *sechzehn* Euro, habe ich gegoogelt. Er will wohl ein bisschen flexen.«

Ich unterdrücke eine bissige Antwort in die Richtung, dass er sich ja die letzten Jahre nicht um seine Tochter kümmern musste und sechzehn Euro nicht zu viel verlangt sind, doch ich will ihr die Freude nicht nehmen.

»Das ist cool. Es wird dir gefallen.«

»Ich bin jetzt schon nervös.« Rika kichert. Rika kichert? Wie lange habe ich darauf gewartet! Mein Herz schmilzt.

Am liebsten hätte ich sie jetzt umarmt, doch ich weiß, dass sie das nicht mag.

»Das habe ich alles Bea zu verdanken. Und dir.« Bei dem »und dir« schaut sie mir schüchtern in die Augen. Eine Antwort bringe ich nicht heraus, denn meine Stimme würde jetzt nicht halten. Ich habe einen Kloß im Hals.

»Hast du eigentlich noch Kontakt zu Bea?«, fragt sie unvermittelt.

Wie kommt sie denn jetzt darauf? Ich schüttle den Kopf.

»Warum sollte ich? Sie ist bestimmt schon in Deutschland. Und sie war ja nur … eine Angestellte.« Sofort fühle ich mich mies. Sie war niemals nur eine Angestellte für mich. Und es fühlt sich wie ein Verrat an, so etwas über sie zu sagen.

Ungläubig reißt Rika die Augen auf. »Pff … Da war doch mehr zwischen euch.« Okay, Kleines – gefährliches Terrain! »Schon gut, ich weiß, das geht mich nichts an. Aber sie fand dich heiß. Das hat sie mir gesagt.«

Mir schießt eine unangenehme Röte ins Gesicht. *Das* hat Bea Rika anvertraut?! Das ist mir peinlich. Und gleichzeitig pumpt mein männliches Ego jubilierend Adrenalin durch die Adern. Doch vor Rika will ich nicht die Fassung verlieren. Deswegen schlucke ich alle Gefühle hinunter. Kein Wort kann sich an meinen zusammengebissenen Zähnen vorbeischieben. Rika fragt munter: »Wieso denkst du, dass sie in Deutschland ist? Sie hat doch ein Haus im Wald.« Endlich lockern sich meine Kiefer, denn hierauf habe ich die passende Antwort.

»Na, wegen des Ex. Der wollte doch, dass sie zu ihm zurückkommt«, murmele ich betont gelangweilt.

»Den hat sie doch in den Wind geschossen. Hast du das nicht mitbekommen?«

Nein. Hat sie? Hat sie *wirklich*? Meine Finger prickeln, so als wären mir die Arme eingeschlafen. »Sie hat ihn weggeschickt?«, hake ich sicherheitshalber nach.

»Natürlich. Sie ist gerade auf Jobsuche, hat sie mir geschrieben. Weil ihr Haus ihr die Haare vom Kopf frisst. Sie muss wohl so einiges renovieren.«

Sie ist in Sävenfors geblieben.

Bea ist in Schweden. Und ihr Ex in Deutschland. Langsam erhebe ich mich und gehe zum Fenster. Das trübe Stockholm läutet den Herbst ein. Ich denke an den Morgennebel auf dem See hinter meiner Hütte in Fjärildalen. Und wie so oft in den letzten Wochen sehe ich Beas lange, schlanke Beine, die sich unter der zerwühlten Bettdecke um mich schlingen.

Wie konnte ich annehmen, sie geht zurück nach Deutschland? Warum habe ich das nicht aufgeklärt? Warum war ich zu feige, sie danach zu fragen?

Nein, ich war nicht zu feige! Ich war verletzt, eingeschnappt und trotzig wie ein kleines Kind.

Weil ich Angst hatte. Angst, dass sie mir mein kaputtes Herz völlig zertrampelt. Dass ich es nicht mehr retten kann.

Müde fahre ich mir über das Gesicht. Eine fünfzigprozentige Chance, dass das mit dem Ex eine einmalige Sache war, ein Ausrutscher, den sie bereut, war immer da. Ich wollte sie nur nicht sehen. Aus Selbstschutz lieber daran glauben, dass es sie nie gab, obwohl Bea versucht hat, es mir zu erklären.

Feige zu sein, ist manchmal einfacher als mutig. Doch der einfache Weg ist nicht unbedingt der schmerzfreie.

Wie gern würde ich Bea erzählen, was alles in den letzten Wochen geschehen ist. Ihr gestehen, dass ich immer wieder an sie denken muss, an die Zeit, die wir mit den Kids hatten. Es war ein perfekter Sommer. Hier in Stockholm ist es leer und kalt im Vergleich zu den Wäldern Fjärildalens.

Und vielleicht ist es auch ihre Wärme, die mir nicht hierher gefolgt ist. Wer weiß das schon?

Und vielleicht sollte ich über meinen Schatten springen – kaputtes Herz hin oder her – und ihr genau *das* sagen. Allein beim Gedanken daran, sie wiederzusehen, hüpft dieses Herz so schnell in meiner Brust, als sei es nie kaputt gewesen.

Mieser Verräter!

Kapitel 20

Bea

Malin und Gustaf fühlen sich wohl in meiner Stuga. Sie zahlen gut und benutzen nicht einmal die Küche, da sie es sich nicht nehmen lassen, im Hotel zu speisen. Die Idee ihrer Tochter, sie auszuquartieren, fanden sie zu Beginn nicht prickelnd, doch sie hatten keine andere Wahl. Und mittlerweile haben sie sich eingelebt. So sind alle happy und Carina kann sich aufs Business konzentrieren.

Ich bin dankbar, dass Carinas Eltern mir für ihren Aufenthalt die übliche Miete für ein Ferienhaus bezahlen. Im Vertrauen hat Carina ausgeplaudert, dass sie bei ihr im Hotel deutlich mehr Geld auf den Tisch legen müssten als in meiner Stuga. Deswegen schiebe ich das schlechte Gewissen beiseite, das sich meldet, wenn ich an die nicht renovierte Veranda und all die Dinge denke, die Ben an meinem Haus verändert hätte.

Bald sollte ich mit Carina mal über nächsten Sommer sprechen. Vielleicht kann sie mir weitere »übrige« Gäste aus dem Hotel vermitteln. Auch das Reisebüro und die Touristeninformation in Hällefors möchte ich endlich kontaktieren. Flyer, Visitenkarten und eine Homepage wären dafür nicht schlecht.

Es stört mich nicht, dass ich jetzt permanent im Van lebe. Eigentlich ist es sogar geschmeidig, mit meinem Van direkt hinter dem Hotel zu parken. Somit muss ich morgens und nachmittags nur umfallen und bin zu Hause.

Am dritten Tag setzen sich Malin und Gustaf wie gewohnt an den Tisch nahe der Terrassentür und bestellen Frühstück. Etwas schüchtern zupft Carinas Mama an meinem Ärmel.

»Ja?«, frage ich überrascht.

»Es ist Post für dich gekommen. Ich habe sie dir mitgebracht. Ich hoffe, das ist in Ordnung. Mir ist es ja etwas unangenehm, dass wir dir dein Heim genommen haben.« Sie drückt mir einen Stapel Briefe in die Hand.

»Aber nein, Malin! Das muss es nicht. Ich möchte die Stuga sowieso im Sommer vermieten, wenn ich auf Reisen bin. Es ist also überhaupt kein Problem«, beruhige ich die adrett geschminkte und gekleidete Frau. »Und vielen Dank dafür. Das ist sehr nett!« Ich wedle mit den Briefen und verschwinde in der Küche.

Als ich nach dieser Schicht zum Van hinüberlaufe, erinnere ich mich wieder an die Post, die ich nachlässig in meinen Rucksack gestopft habe, und werfe mich aufs Bett.

Eine Postkarte mit einer drolligen Comic-Katze, die herzzerreißend weint, springt mir sofort ins Auge. Sie ist von Juliane, wie mir die Rückseite verrät, und besteht nur aus drei Sätzen.

Du fehlst mir unglaublich, Süße!
Und du hast es geschafft! Ich komme dich besuchen.

Der Flug ist gebucht und wehe, du holst mich nicht persönlich ab!
Das ist typisch Julianes Humor. Gerührt und belustigt zugleich greife ich nach meinem Handy und fotografiere die Karte so, dass auch mein Kussmund und ich mit drauf sind. Hastig tippe ich die Worte: »Wann und wo? Ich komme!«

Dann widme ich mich den restlichen Briefen. Es ist ein Umschlag von Mama dabei, einer von Rika und einer mit einer mir unbekannten Handschrift. Voller Vorfreude reiße ich den von Rika zuerst auf. In Zeiten von Smartphones finde ich es umso ergreifender, dass sie mir einen echten Brief geschrieben hat. In ihrer rundlichen Teenager-Schrift hat sie sogar ein ganzes Blatt inklusive Rückseite vollgekritzelt, die ich – so schnell wie möglich – überfliege, um daraufhin erleichtert aufzuatmen: Es geht ihr gut, ihre Mutter verhält sich anständig, und Rika hat mit ihrem Vater telefoniert, der zwar überrascht war, von ihr zu hören, einem Treffen aber nicht abgeneigt war. Meine Güte, das sind mal Neuigkeiten. Wie aufregend! Ich freue mich für sie und würde mir so sehr wünschen, dass das Verhältnis zu ihrem Papa besser wird.

Mit einem grummelnden Gefühl im Bauch beäuge ich den Brief mit der fremden Handschrift. Von wem mag er sein? Womöglich von meinem eigenen Papa? O Gott, das wäre …

Ich unterdrücke sämtliche Gefühle und greife zunächst zu Mutters Umschlag. Sie schreibt mir, dass sie erkältet sei, ich mir aber keine Sorgen machen, sondern den Urlaub in Schweden genießen solle. Wie meint sie das bitte? Skeptisch hebe ich die Augenbrauen. Wie so oft steigt mein Puls, sobald sie eine ihrer unbedachten Äußerungen von sich gibt. Nie weiß ich genau, was sie denkt! Das ist mal wieder typisch Mama: Zuerst geht es nur um sie und im Anschluss tut sie so, als interessiere sie sich für mich, äußert nette Worte, die aber – genau betrachtet – nur Höflichkeitsfloskeln sind. Hat sie denn den Brief nicht richtig gelesen? Darin stand, dass ich nur für drei Wochen unterwegs bin, danach aber auf Jobsuche gehe, um mir mein Leben hier in Schweden finanzieren zu können.

Sofort überlege ich, ob ich mich nicht klar genug ausgedrückt und ihr Anlass gegeben habe zu vermuten, ich käme nach Deutschland zurück. Nein, sicher nicht! Ich habe sogar den finanziellen Engpass erwähnt, den mir Thomas bescherte, der sich aber zum Glück auflöste, als das Geld zügig nach seiner Abreise auf meinem Konto gelandet ist. Oder geht sie deswegen davon aus, dass ich mich auf die faule Haut lege?

Aber, hallo? Ich kann doch hier nicht *nichts* tun! Ein Teil des Verkaufserlöses aus der Ulmer Wohnung ist in Sunes Geldbeutel und den seines Neffen, dem Dachdecker, geflossen. Allzu lange würde mich der Rest nicht über Wasser halten. Seufzend beende ich den langatmigen Brief, in dem nichts steht, was sie mir nicht in fünf Minuten am Telefon hätte erzählen können. Ich beschließe, nicht zu viel in ihre Zeilen hineinzuinterpretieren, und lege den Brief beiseite. Seit Mutter mit ihrem neuen Freund auf Malle lebt, höre ich nicht viel Persönliches über sie. Fühlt sie sich in diesem Land wirklich wohl? Ist ihr Partner nett zu ihr? Liebt sie ihn überhaupt? Oder geht es ihr nur darum, versorgt zu sein? Solche Details würde ich gern wissen. Denn sind sie nicht das, was im Leben wichtig ist? Wie hätte Mutter reagiert, wenn sie wüsste, dass Thomas mich besucht und gebeten hat, ihm zu verzeihen?

Lange muss ich nicht darüber nachdenken: Ich wette, sie hätte mich dazu überredet, zu ihm zurückzukehren. Immer wahrt sie den Schein, der ihr ach-so-wichtig ist. Darum ist es auch eine Schande, die betrogene Ehefrau zu sein. Was denken da nur die anderen? Manchmal frage ich mich, ob sie deswegen so lange in dieser Rolle verharrte. Als Kind war ich mir sicher, dass sie ihn vermisst. Aus heutiger Sicht könnte ich ihr auch unterstellen, dass sie gern immer wieder Mitleid für den Betrug meines Vaters kassierte. Tief in mir stellt sich allmählich die gemeine Frage, ob Papa mit diesem Wesenszug klarkam, oder ob es einer der Gründe war, warum er ging.

Zögernd greife ich zu dem Umschlag mit der unbekannten Schrift und widerstehe im letzten Moment dem Impuls, daran zu riechen. Wie albern! Als ob man an einem Brief, der womöglich Tausende Kilometer zurückgelegt hat, anhand des Geruchs erkennen könnte, wer ihn verfasst hat!

Steckt darin die Antwort, auf die ich so viele Jahre lang gewartet habe? Eine Erklärung, eine Entschuldigung womöglich? Vorsichtig reiße ich den Umschlag auf, um den Inhalt nicht zu beschädigen.

Es handelt sich gar nicht um einen Brief, sondern um eine Postkarte. Mit gerunzelter Stirn befreie ich die Karte, auf der in gelben Großbuchstaben auf blauem Hintergrund ein Text geschrieben steht:

»DETTA ÄR INTE ETT KORT.

DET ÄR EN KRAM

MED EN VIKING PÅ MITTEN!«

Laut lache ich auf. Okay, das ist ja mal originell! Es bedeutet: *Das ist keine Karte. Es ist eine Umarmung mit einem Wikinger in der Mitte!*

Diese Karte kann nur aus Schweden stammen. Erst jetzt fällt mir die Briefmarke auf, die ganz und gar nicht Deutsch oder gar schweizerisch anmutet. Sofort macht sich Enttäuschung in mir breit, die sauer schmeckt – nach vergorenem Essig. Von wem kommt die Karte dann, wenn nicht von meinem Vater? Wer weiß denn schon, dass ich hier wohne?

Ich drehe die Postkarte um. Etwas schwer zu entziffern ist der Text auf der Rückseite, doch klar und deutlich hingegen die Unterschrift: ED

Plötzlich fühlt sich meine Kehle wie ausgedorrt an. Die Karte beginnt zu zittern. Nein, es ist nicht die Karte, sondern es sind meine Hände. Verdammt! Hat dieser Kerl sogar die Macht, mich zu berühren, ohne mich zu berühren?

»Was willst du, Ed?«, flüstere ich in die Stille des Abends. Dann sammle ich allen Mut, den ich habe, und konzentriere mich, die lässig dahingekritzelten Buchstaben zu entziffern. Kurz muss ich schmunzeln, denn so chaotisch ich ihn kennengelernt habe, so zeichnet sich auch sein Schriftbild ab.

Kära Bea!

Wie geht es dir und deinem Kopf? Ich hoffe gut.

Hier in Stockholm ticken die Uhren anders. Schneller. Rücksichtsloser. Und immer wieder denke ich an die Zeit in Fjärildalen.

Stell dir vor! Lisbeth, meiner Chefin, hat dein Abschlussbericht so gut gefallen, dass sie ihn dem Vorstand vorgelegt und Gelder für drei weitere Projekte nächsten Sommer locker gemacht hat.

Ich bin dir unendlich dankbar! Denn es warst ganz klar DU, die den Bericht »manipuliert« hat, meine kleine Perfektionistin.

ED

Für ein P.S. war kaum Platz auf der Karte, und ich brauche mehrere Anläufe, bis ich entziffern kann, was da winzig klein steht.

P.S.: Kannst du dir vorstellen, im nächsten Jahr wieder dabei zu sein?

Unwillkürlich und wie von Zauberhand dirigiert, ziehen sich meine Mundwinkel nach oben. Noch einmal lese ich konzentriert seine Nachricht, die ja wirklich spartanisch ist. Und kryptisch.

Selbst wenn ich nicht mehr hineininterpretiere als darin steht, so lese ich dennoch heraus, dass er in Stockholm nicht glücklich ist.

Drei neue Projekte? Wie wunderbar ist das denn?

Lisbeth hat Ed also trotz der Tatsache, dass sie seine Ex ist – oder vielleicht gerade deshalb? – seinem Traum nähergebracht. Ob es wirklich *mein* Bericht war, der den Ausschlag gab? Jedenfalls edel von ihm, dass er sich dafür bedankt. Dass ich das Dokument überarbeitet habe, hatte ich bereits verdrängt.

Aber das Interessanteste an dieser Karte sind die Worte »Meine kleine Perfektionistin« und die Frage, ob ich mir vorstellen könne, wieder mit dabei zu sein.

Der »vergorene Essig«, der sich in meinem Bauch ausgebreitet hatte, verwandelt sich schlagartig in süße Sahne! Diese liebevolle Bezeichnung legt sich wie Zuckerwatte um mich, um mein Herz und meine Seele. Lächelnd lehne ich mich zurück und kuschle mich mit Rikas und Eds Zeilen in meine Decke. Glücklich und zufrieden schließe ich die Augen und schlafe ein. Mit den beiden Menschen bei mir, die mir in den letzten Wochen so nahekamen wie niemand zuvor. Und mit der imaginären Umarmung des Wikingers.

Geschmeidig wie ein Kätzchen schnurrt der Van über die E18 nach Stockholm. Meine neue Schweden-Playlist dudelt leise im Hintergrund und beruhigt mich ein wenig. Das ist auch dringend nötig, denn je näher ich der Stadt komme, umso nervöser werde ich. Versonnen betrachte ich die Landschaft, die an mir vorbeizieht und sich sichtbar verändert. Die Wälder und Seen verschwinden im selben Tempo wie mein Gefühl von Sicherheit und Geborgenheit. Ich habe diesen Trip nicht geplant. Carina hat mir nach der stressigen Woche mit den Schülern vier Tage freigegeben.

Entgegen meiner sonstigen Gewohnheit habe ich nicht lange überlegt, sondern mich einfach in den Van gesetzt und bin losgefahren. Keine Ahnung, was mich in Stockholm erwartet! Um mir nicht tausende Szenarien auszumalen, ob und wie ich Ed wiedersehen werde, werfe ich ab und zu einen stolzen und zufriedenen Blick auf die Flyer auf dem Beifahrersitz. Sie drücken genau das Flair aus, das ich vermitteln will: Kommt und lasst euch auf den Zauber von unendlichen Wäldern, tiefblauen Seen und roten Holzhäuschen ein! Nicht nur habe ich welche auf Deutsch, sondern auch auf Schwedisch erstellt, sodass ich viele Menschen da draußen erreichen kann, die Fjärildalen und mein Häuschen kennenlernen wollen. Nicht zuletzt dank Carina bin ich mit meiner Idee so weit gekommen. Sie ist ein Geschenk des Himmels! Ihre Power, Durchsetzungskraft und ihr geballtes Wissen haben mir den nötigen Anschub gegeben, mein Vermietungsprojekt durchzuziehen.

Sie hat eine Sitzung des Fördervereins Fjärildalen einberufen und ihre Idee vorgestellt, die Region bekannter zu machen und mehr Touristen anzuziehen. Speziell Schulklassen aus Stockholm und Göteborg würde sie gern in das Hostel locken, erklärte sie mit fester Stimme, sodass Gelder aus den Großstädten ins Hinterland fließen.

Die Reaktionen blieben verhalten. Die Gesichter der älteren Herrschaften verzogen keine Miene. Eine furchteinflößende Matrone widersprach sogar mit dem Argument, dass sie hier nicht noch mehr Fremde haben wolle! Dass die Einwohner Fjärildalens und Sävenfors' schon genügend damit zu tun hätten, im Sommer vor Großstädtern und Touristen zu flüchten.

Doch Carina war überzeugender: Durch den Wegzug vieler junger Menschen müsse man die Region wieder attraktiver machen, sonst würde sie am Ende »versauern«. Das war überdeutlich! Die sauertöpfische Matrone blickte missmutig in die Runde, doch viele der Anwesenden verstanden, was Carina damit sagen wollte. Die Tage der Stahlindustrie waren gezählt. Ovakos Tore öffneten sich heute sogar holländischen Gastarbeitern, was früher undenkbar gewesen wäre.

Carina schaffte es, ein Komitee zum Zwecke des Fortschritts zu gründen – mit regelmäßigen Treffen, um anstehende Aktionen zu besprechen. Dabei ließ sie geschickt einfließen, dass unter Umständen die Stadt Stockholm wieder drei Sommercamps für Teenager hier veranstalten würde. Auch startete sie einen Aufruf, um herauszufinden, wer in der Region über den Sommer willens sei, sein Häuschen zu vermieten. Sobald mehrere Immobilien zur Verfügung stünden, würde sie zusammen mit mir die Organisation übernehmen, eine Homepage erstellen und die Verknüpfung zu deutschen und holländischen Portalen vorantreiben.

Diese Idee fand am Ende sogar mehr Anklang als die Information über die Teenager-Camps.

Was wird Ed dazu sagen, dass ihm Carina das Hostel zu einem Spottpreis vermieten wird, wenn er die Stadt Stockholm davon überzeugt, nicht nur drei, sondern fünf Camps über den Sommer hier zu führen? Ich grinse breit und kann es nicht erwarten, sein Gesicht zu sehen. Mit diesem Preis wäre seine Marge mehr als lukrativ. Womöglich könnte er sich mit Carinas Ideen für das Vermarktungskonzept sogar komplett selbständig machen und wäre nicht mehr von seinem Job und der Abteilung seiner Ex abhängig. Carina hat Kontakte zu europäischen Projekten, die bestens finanziell aufgestellt sind und nur darauf warten, in die Region Bergslagen zu investieren.

Ich bin unfassbar glücklich, was wir alles in diesen wenigen Tagen erreicht haben! Unbedingt will ich Ed die schönen Flyer und den Entwurf der Homepage zeigen. Warum? Ich kann es nicht sagen.

Ich will ihn damit nicht beeindrucken.

Aber vielleicht will ich ihm zeigen, dass ich wirklich hierbleiben werde. Dass ich nicht mehr aus Sävenfors weggehen werde: Eine Schwäbin in Schweden, die genauso starrköpfig wie die Schweden sein kann!

Seitdem mich Eds Zeilen erreicht haben, frage ich mich, wie ich sinnvollerweise darauf reagieren soll. Eine Karte schreiben? Zu wenig Platz! Einen Brief? Den hatte ich schon begonnen und konnte ihn nicht zu Ende bringen.

Nichts davon wird mir seine Reaktion zeigen. Und die muss ich sehen, damit ich entscheiden kann, ob ich ihm mehr über meine Gefühle verraten darf. Ich werde nochmals einen Anlauf starten und ihm dabei in die Augen schauen, wenn ich ihm sage, dass ich endgültig abgeschlossen habe mit meinem Ex. Dass es mir leidtut, dass er in diese Entwicklung hineingezogen wurde. Dass ich unseren Streit bereue, nicht aber, dass ich ehrlich zu ihm war.

Nur in seinen Augen und in seiner Mimik kann ich ablesen, ob er mir verzeiht und ob auch er mich vermisst.

Ja, ich gebe es zu: Er fehlt mir. Ich will noch einmal beim Aufwachen in seine Whiskey-Augen schauen. Und noch viel mehr will ich mich in dieser kleinen Hütte am See in seine Arme schmiegen, mit ihm am frühen Morgen auf der blauen Bank Kaffee schlürfen und die Grillen in den Tannen am Ufer zirpen hören.

Ich bezweifle, ob ich es früher gewagt hätte, einen Kerl zu besuchen, den ich kaum kenne, um ihm zu sagen, dass ich ihn vermisse. Selbst bei Thomas hätte das mein Stolz nie zugelassen.

Nichts ist mehr, wie es war! Schweden hat mich verändert. Schweden, Ed und die Kinder haben mich sprichwörtlich ins kalte Wasser geschmissen. Es gibt kein Sicherheitsnetz, keine Schwimmweste mehr, keinen Schutz vor Gefühlen und Erfahrungen. Dafür Abenteuer, Wagnis und Glück.

Und das ist es, was ich lieben gelernt habe: Das zugegebenermaßen unstete und ungeplante Leben macht viel mehr Spaß als mein altes! Die biedere, linientreue, ordentliche Sekretärin: Die war ich mal. Heute bin ich vielmehr eine fröhliche, abenteuerlustige und spontane Teenager-Versteherin!

Bei dem Gedanken, in wenigen Stunden Ed und Rika wiederzusehen, schlägt mein Herz schneller und ich grinse wie ein Honigkuchenpferd.

Oder besser auf Schwedisch: ein Pepparkakor-Pferd!

Er ist nicht in seinem Büro. Ich habe ihn knapp verpasst, erklären mir zwei seiner Kollegen. Aus dem Augenwinkel beobachte ich, wie im Nebenbüro, dessen Tür nur halb geschlossen ist, eine hübsche Brünette mit straffgezogenem Pferdeschwanz, engen schwarzen Hosen und High Heels mit energischen Schritten auf und ab marschiert und dabei ins Telefon schimpft. Ob das Lisbeth ist?

Seine Kollegen meinen, ich solle eine Handynummer hinterlassen, dann würde Ed sich bei mir melden, sobald er da sei. Ein bisschen enttäuscht verlasse ich das Büro.

Ich habe keinen Plan B für Ed, muss also einfach abwarten.

Wieder im Van gebe ich Rikas Adresse ins Navi ein und sehe, dass ich nicht weit von ihrem Zuhause entfernt bin. Es ist später Nachmittag. Bestimmt ist die Schule bereits aus. Mit etwas Glück erwische ich sie und kann wenigstens sie heute noch in die Arme schließen.

Nach der Trennung ihrer Eltern ist sie mit ihrer Mutter in eine Zweizimmerwohnung in der Folkungagatan gezogen. Seither werden Mutter und Tochter vom Sozialamt unterstützt, stand in ihrer Akte. Laut Navi liegt die Adresse in Södermalm, und das erleichtert mich. Zum Glück ist es nicht Rosengård! Über Viertel wie dieses habe ich Gruseliges gehört. Als ein großer Fan von Stieg Larssons Millennium-Trilogie weiß ich aber, dass in Södermalm aufgrund der niedrigen Mietpreise viele junge Künstler und Intellektuelle wohnen. Da es sich um ein ehemaliges Arbeiterviertel handelt, überrascht mich dann die Folkungagatan in ihrer Hässlichkeit nicht sonderlich, als ich sie erreiche. Sie ist gesäumt von fünf- bis sechsstöckigen Wohnblocks unterschiedlichen Alters. Meist befinden sich irgendwelche Billiglokale oder Shops im Erdgeschoss.

Zum Glück ergattere ich vor dem roten Backsteinhaus, das die richtige Hausnummer ausweist, einen Parkplatz, der lang genug ist. Die Freude, Rika bald wiederzusehen, ist so groß, dass ich sofort aus dem Van hüpfe und die Klingelschilder studiere. Rika und ihre Mutter wohnen im vierten OG. Als ich den Klingelknopf drücke, halte ich unbewusst die Luft an. Ein Knistern ertönt und ein »Ja?«, woraufhin ich rufe: »Rika, ich bin's, Bea!« Vor Aufregung kiekst meine Stimme ein bisschen.

Ein Türsummer ertönt und die alte Holztür öffnet sich. Im dämmrigen Flur erwarten mich ein splittriger Mosaikboden und eine Holztreppe in die Obergeschosse – kein Aufzug. Es riecht feucht und nach Suppe, ein Geruch, der mich weit bis nach oben begleitet. Im dritten OG geht mir beinahe die Puste aus, weil ich so schnell spurte, wie meine Beine mich tragen. Da höre ich eine Tür aufgehen und Schritte.

»Bea?«, fragt Rika über mir ungläubig, und ich spähe nach oben, am Geländer vorbei. Da lehnt sie, die Haare auf dem Kopf unordentlich zusammengefasst, einen riesigen Kopfhörer um den Hals, und strahlt.

»Du bist es wirklich!«, ruft sie und rennt mir die letzten Treppenstufen entgegen. Im nächsten Augenblick umschlingen mich ihre knochigen Arme, und ich drücke ihr Gesicht an die Brust. Meine tränennasse Wange schmiege ich in ihr Haar.

»Hej, Kleines!«, flüstere ich. »So schön, dich zu sehen!«

»Du bist wirklich gekommen!«

»Natürlich! Das habe ich dir doch versprochen!«

»Ich hätte nie gedacht, dass du es tust«, murmelt sie und ich gebe ihr einen tadelnden Klaps.

»Ich habe deinen Brief bekommen und mich mächtig gefreut. So sehr, dass ich einfach dachte, ich komme vorbei und überrasche dich.«

»Das ist dir gelungen.«

Ich drücke sie weg von mir, um ihr in die Augen zu sehen. Auch die ihren sind feucht.

»Komme ich ungelegen?«

»Nein, alles gut. Magst du reinkommen?«

»Ja, wenn ich darf?«

»Klar.« Sie nimmt meine Hand und führt mich ins Innere der Wohnung. Wir landen direkt im Wohnzimmer. Rikas Mama ist nicht da. Neben einem winzigen Esstisch mit zwei Stühlen stehen ein Sofa und ein Couchtisch. Auf dem Sofa liegen ein Kissen und eine Decke, was mir verrät, dass es auch als Bett benutzt wird. Verlegen sehe ich mich um und entdecke hinter der Sitzgelegenheit eine winzige Küchenzeile. Rika zieht mich weiter in ihr Zimmer. Die Wohnung hat maximal fünfzig Quadratmeter, die mehr als spärlich möbliert sind, doch es freut mich, dass Rika wenigstens ihr eigenes Zimmer hat. So kann sie sich zurückziehen, wenn sie ihre Ruhe haben will.

»Wo ist deine Mama?«

»Sie ist beim Arzt.«

»Wie geht es ihr?«

»Eigentlich ganz gut. Denke ich.« Etwas verlegen setzt sie sich auf ihr Bett, und ich nehme mir den Stuhl, der an dem schmalen Schreibtisch steht.

»Das ist wunderbar! Ich hoffe, dass das ein Neuanfang für euch bedeutet.«

»Ja, das wäre schön.«

Wir sehen uns an und lächeln. »Wie war dein Treffen mit deinem Papa?«

Sie zupft an ihrem T-Shirt. »Es war etwas seltsam.«

»Warum?«

»Na ja, ich wusste nicht, was ich mit ihm reden sollte. Und er wusste es auch nicht. Wir haben ziemlich viel geschwiegen.«

»Das ist vermutlich ganz normal. Ihr müsst euch erst wieder kennenlernen. Wo wart ihr denn?«

»Im Tierpark.«

»Hat es dir gefallen?«

»Ja, ich war zum ersten Mal dort.«

»Das ist cool. Wollt ihr euch nun regelmäßig treffen?«

»Ja. Mama findet das nicht so toll. Sie will ihm lieber nicht begegnen.«

»Das verstehe ich. Aber sie haben sich hoffentlich nicht gestritten, als er dich abgeholt hat?«

»Nein.«

»Gut!«

»Ja.« Nun sitzen wir ein bisschen ratlos da, jede in Gedanken. Es ist sicher sehr emotional für Rikas Mutter, ihrem Ex zu begegnen. Keine Ahnung, wie Mama in einer solchen Situation reagiert hätte. Alles wäre möglich von *dem Ex die Augen auskratzen* bis hin zu *ihm um den Hals fallen und ihn anflehen, zurückzukommen.*

»Wie ist es bei dir? Hast du von deinem Vater gehört?«, reißt Rika mich aus diesen Überlegungen.

»Leider nein. Aber ich bin mir auch nicht sicher, ob ich die aktuelle Adresse habe. Meine Mutter hat die schon seit Jahren. Wer weiß, ob er nicht umgezogen ist?«

»Das wäre schade.«

»Ja.«

Wieder schweigen wir einen Moment.

»Stell dir vor: Dafür hat Ed mir geschrieben. Es wird auf jeden Fall drei weitere Camps in Fjärildalen geben nächstes Jahr.«

Sie schürzt frech die Lippen und sieht dabei aus wie ein Hamster. »Ich weiß. Hat er mir beim letzten Treffen erzählt.«

Ich bin verblüfft. »Echt? Ihr trefft euch?«

»Natürlich. Er ist doch mein Betreuer.«

Ich schlage mir mit der Hand gegen die Stirn. »Ach so!« Das hatte er mir ja erzählt.

»Er will, dass du wieder dabei bist. Wie süß!« Schmachtend verdreht sie die Augen nach oben und seufzt theatralisch, was mir ein Lachen entlockt.

»Ja, das hat mich auch total gefreut.«

Sie schlägt die Beine unter und betrachtet mich mit geneigtem Kopf. »Vielleicht wird das ja noch was mit euch beiden.« Schelmisch zwinkert sie.

Tja, was soll ich darauf sagen?

Ich hoffe es.

Ich wünsche es mir.

Bevor ich zu einer sinnvollen und intelligenten Antwort ansetzen kann, klingelt es an der Tür. Rika grabscht nach ihrem Handy und checkt die Uhrzeit. »Oh, richtig! Du kannst ihm deine Antwort gleich selbst sagen.« Sie springt auf und rennt zur Tür.

»Wie bitte? Was?«, stammle ich und fahre aus meiner verträumten Gedankenwelt auf.

»Na, ob du dabei sein wirst. Sag es ihm selbst«, ruft Rika aus dem Wohnzimmer und öffnet die Tür. Wie in Zeitlupe erhebe ich mich, streiche mein T-Shirt glatt und fahre mir durch die

Locken. Ich komme mir vor wie eine Schnecke, die ein Auto auf sich zurasen sieht, sich aber nur erschreckend langsam von der Stelle bewegt – was dennoch ihr maximales Tempo ist. Dann höre ich etwas undeutlich seine Stimme. »Hej, Rika. Allt bra?«

»Ja, tack. Själv?«

»Geht so, hatte nen blöden Termin gerade, drum bin ich ein bisschen spät. Ich hoffe, das ist nicht tragisch.«

»Nö, gar nicht. Ich habe Besuch.«

»Ach ja? Stör ich?«

»Nein, passt ganz gut. Komm rein!«

Ich weiß, wie klein die Wohnung ist. In dem Moment, als ich mich zur Tür drehe, stehen Rika und Ed schon da.

Sein Gesicht wird blass.

Sein Mund öffnet sich, entlässt aber keinen Ton.

Dann fährt er sich durch die Haare.

»Du hast *Bea* zu Besuch?«

»Ja, cool, oder?« Rika blickt zwischen uns hin und her und freut sich diebisch. »Sie wollte mich überraschen. Nun schaut es so aus, als würde sie auch *dich* überraschen!«

Ed

Da steht sie vor mir! In Rikas winzigem Kinderzimmer! Wie ein Engel der Offenbarung! Ihre Locken stehen in alle Himmelsrichtungen, so als hätte sie sich gerade noch durch die Haare gefahren. Ihre blauen Augen sind riesengroß. Sie sieht genauso überrumpelt aus wie ich. Ein bisschen erinnert mich das an unsere erste Begegnung vor dem Camp in Fjärildalen. Jetzt breitet sich langsam ein sanftes Lächeln auf ihrem Gesicht aus. Ihre Wangen röten sich. Gott, ich liebe es, wenn sie errötet, und ich weiß, ich bin der Grund dafür!

Zu dritt stehen wir in dieser kleinen Kammer: Es ist definitiv nicht genügend Platz, um uns allen Raum zum Atmen zu geben, denn die Luft zwischen Bea und mir knistert!

Zögerlich kommt sie auf mich zu. »Hi, Ed! Ich habe ... Ich wollte ...«

Kurzerhand überwinde ich die drei Schritte und nehme sie in die Arme. Nie wieder will ich sie loslassen.

»Ich wollte Rika sehen. Und ich wollte *dich* sehen«, flüstert sie an meiner Brust, und allein ihr Atem löst Gänsehaut auf meiner Haut aus. »Danke für deine Karte. Ich muss dir so viel erzählen! Ich bin gekommen, weil es Neuigkeiten für dein Projekt gibt.«

Ein Lachen, fast ein Glucksen, steigt in mir auf. »Herre gud, Bea, ganz langsam, sonst verkrafte ich dich nicht«, nuschle ich in ihr Haar. Meine Chaosqueen!

Nun drückt sie mich weg. Widerstrebend lasse ich es zu und registriere aus den Augenwinkeln, dass Rika uns beobachtet. Ihr Schreibtischstuhl steht etwas verloren im Raum – genau wie ich. Sinnvollerweise nehme ich darauf Platz, während Rika und Bea sich auf das Bett setzen.

Dann beginnt Bea mit ihren Neuigkeiten, erzählt irgendetwas über Carina, ein Komitee, eine Fördervereinigung und einen Spottpreis, den ich bekomme, wenn ich fünf Sommercamps bei ihr unterbringe. Ganz aufgeregt greift sie in ihre Tasche und zieht Flyer heraus, die sie uns in die Hände drückt. Ich sehe ihre zuckersüße, aber etwas verwahrloste Stuga am See und den Namen einer Homepage. Was heißt bitte »www.stugazumverlieben.com«? Ich kann ihr nicht folgen. Ihre Stimme dringt zwar an mein Ohr, aber mein Gehirn funktioniert langsamer als sonst, so als hätte sie mich mit ihren Bea-Vibes betäubt. Wie schafft sie das nur?

Ich grinse etwas debil, nicke und versuche, so zu tun, als sei ich bei der Sache, obwohl es mir eigentlich egal ist, weswegen sie hier ist. Sie in diesem kleinen Raum neben mir zu wissen, sie aber nicht in die Arme nehmen und küssen zu dürfen, kostet mich unmenschliche Kraft. Allein, wenn ich ihre Beine in diesen Jeans sehe, ihre nackten Füße auf dem Bettlaken betrachte, dann gehen mir ganz andere Dinge durch den Kopf als Homepages, Ferienhäuser, Komitees und Sommercamps. Keine Ahnung, wie lang wir hier sitzen und Bea zuhören. Rika stellt ab und zu Fragen und kommentiert ihre Ausführungen. Um mich zu konzentrieren, biete ich alles auf, was ich an Selbstbeherrschung habe.

Plötzlich wird es still um uns. Zwei Augenpaare sehen mich

erwartungsvoll an. Unwohl räuspere ich mich. »Was?«

»Ist das nicht eine tolle Idee?«, will Bea wissen, und ich bin aufgeschmissen. Ich habe keine Ahnung, was sie davor gesagt hat. Als würde sie es ahnen, rettet uns Rikas Mutter aus dieser Situation. Denn in diesem Moment höre ich den Schlüssel in der Tür und ihre Stimme: »Rika? Ich bin wieder da.«

»Hej, mamma! Bea und Ed sind hier.«

Freundlich verabschieden wir uns von den beiden Frauen, und ich verspreche, das Follow-up-Gespräch nachzuholen. Wir umarmen Rika, dann schließt sich hinter uns die Tür.

Bea und ich stehen im Dämmerlicht des Hausflures und lächeln uns unbeholfen an. Neben dem aufdringlichen Geruch nach Suppe und Schimmel nehme ich vor allem ihren lieblichen Zitronenduft wahr.

Vorhin hat sie geredet wie ein Wasserfall. Jetzt schweigt sie. »Warum genau bist du noch mal hier?«, frage ich leise. Und am liebsten würde ich hören: »Deinetwegen.« Nicht Rikas wegen, nicht irgendwelcher zukünftigen Camps wegen!

Sie sammelt sich und sieht mir in die Augen.

»Ed, es tut mir so leid! Ich weiß, ich habe Mist gebaut. Die Nacht mit Thomas hätte nicht passieren dürfen. Nicht nach *unserer* Nacht. Unsere Nacht bedeutet mir so viel mehr als alles, was Thomas mir je geben konnte. Ich scheiß auf diese vierzehn Jahre, wenn ich nur die Zeit zurückdrehen könnte, um noch einmal mit dir in deiner Hütte aufzuwachen und alles, was danach geschah, anders zu machen.«

War das nicht das »Deinetwegen«, auf das ich gehofft hatte? Doch ich zwinge mich zur Ruhe, will sie dieses Mal ausreden lassen.

»Aber durch diesen Fehler ist mir erst klargeworden, dass ich absolut nichts mehr für Thomas empfinde. Unsere Beziehung hing schon lange nur an einem seidenen Faden, den ich mit meiner Sturheit festhalten wollte.«

In ihren Augen lese ich Offenheit, Verletzlichkeit und die Angst davor, erneut etwas falsch zu machen. Nachdenklich fährt sie fort: »Ich habe immer geglaubt, dass man Fehler machen darf, solange man sie danach wieder geradebügelt. Aber in diesem Fall kann man nichts geradebügeln. Ich habe mich dir gegenüber falsch verhalten. Es war ja nicht nur die Nacht mit Thomas. Als du mir nicht zuhören wolltest, war ich so sauer, dass ich dir etwas vorgeworfen habe, von dem ich gar nicht sicher wusste, ob es stimmt. Es war ein Gerücht, das ich aber liebend gern geglaubt habe.« Zerknirscht senkt sie den Blick. Dabei ahnt sie offensichtlich nicht, was mir ihre Worte bedeuten.

Wer, wenn nicht ich, weiß, wie es sich anfühlt, eine zweite Chance zu bekommen? Ich flüstere: »Glaubst du immer noch, dass ich sämtliche Arbeitskolleginnen flachlege?«

Sie gibt ein lustiges Geräusch von sich, beinahe ein Grunzen. »Nein. Von Lieke weiß ich jetzt, dass Lena nicht auf dich, sondern auf Frauen steht. Und das mit Lisbeth, na ja …« Sie legt mir eine Hand auf die Brust. »Zu Risiken und Nebenwirkungen von Ex-Partnerinnen und Ex-Partnern fragen Sie bitte niemals Beatrix Steinmann.«

Garantiert nicht! Aus vollem Halse lache ich auf und finde einmal mehr, dass ihr Humor wundervoll steht. Liebevoll umfasse ich ihr Gesicht und lehne meine Stirn an ihre. Sie seufzt und schmiegt ihre Wange in die Innenfläche meiner Hand. Unsere Lippen trennen nur ein paar Millimeter, sich endlich zu berühren. Ihr Mund öffnet sich, so als hätte sie nur auf diesen Moment gewartet.

Doch eine Sache muss ich noch loswerden, bevor ich mich in Beas Augen verliere. Ganz von allein heben sich meine Hände und greifen in ihre Locken. »Lass uns in Zukunft einfach immer über alles reden, was uns beschäftigt, okay? Auch wenn es wehtut. Keine Spielchen mehr, Bea«, murmle ich.

Sie nickt und ergänzt: »Und lass uns einander zuhören. Und ehrlich sein, ja?«

Auch wenn sie heute gefühlt mehr geplappert hat als in den gesamten vier Wochen, kann ich mir nichts Schöneres vorstellen, als ihr bis zum Ende meiner Tage zuzuhören.

»Versprochen!«, raune ich.

»Versprochen!«, haucht sie, und endlich, endlich kann ich sie an mich drücken. Sie quietscht und verliert den Boden unter den Füßen. Dann aber wirft sie lachend den Kopf in den Nacken und schlingt die Beine um meine Hüften.

Ich bin im Himmel, denn mein Engel ist zurück!

Bea

Keine Ahnung, was draußen auf der Folkungagatan vor sich geht – hier drinnen ist es herrlich schummrig. Es riecht nach uns und unseren verschwitzten Körpern. Es riecht nach Sex.

Zum Glück waren wir so geistesgegenwärtig und haben die Vorhänge zugezogen, als wir scherzend aus dem Haus und in den Van getorkelt sind. Denn alles, was danach geschah, hätte ungewollte Zuschauer angelockt, so laut waren wir!

Befriedigt und überglücklich kuschle ich mich an Eds warmen, nackten Körper. Er seufzt und spielt mit meinen Locken. Seine weiche Brustbehaarung kitzelt meine Nase, und ich schmiege mich noch enger an ihn, weil ich nicht genug von ihm bekommen kann.

»Ich bin so froh, dass wir uns hier über den Weg gelaufen sind. In deinem Büro haben wir uns knapp verfehlt«, murmle ich schlaftrunken. Oder sextrunken?

»Du hast mich gesucht?«

Ich nicke. »Seit mich deine Karte erreicht hat, wollte ich dir all das sagen, was ich dir vorhin im Flur gesagt habe. Ich wusste nur nicht, wie. Und ob du mir verzeihen kannst.«

Seine Lippen küssen sacht meinen Scheitel. Er trifft genau die Stelle, an der circa ein Zentimeter Haare nachgewachsen ist, seitdem sie getapt wurde.

»Ich wusste auch nicht recht, wie ich dir sagen sollte, dass du mir fehlst«, flüstert er.

»Das kam auf deiner Karte voll rüber«, necke ich ihn.

Entrüstet rückt er von mir ab und rafft dabei die Bettdecke an sich. »Ich habe mich total bemüht! Allerdings wollte ich nicht gleich mit der Tür ins Haus fallen, das ist ja mal klar!«

Ich lache, verlagere meine Position und nehme wieder den Platz in seinen Armen ein. »Was hättest du denn geschrieben, *wenn* du mit der Tür ins Haus gefallen wärst?«, will ich wissen und spitze amüsiert die Lippen. Es macht Spaß, mit ihm zu scherzen.

Er drückt mich enger an sich. Zunächst antwortet er gar nicht auf meine Frage, und ich glaube schon, er hält sie für rhetorisch oder für einen Scherz. Doch dann raunt er: »Ich hätte dich darum gebeten, Schweden und mir eine Chance zu geben. Ich war mir nicht sicher, ob du nicht doch zurück nach Deutschland gehst, nach all dem, was geschehen ist. Ich wollte dir sagen, dass dein Ex trotz der verfluchten vierzehn Jahre nicht der Richtige für dich ist. Weil er dich weggeworfen hat wie einen ausgetretenen Schuh. Weil er dich zum Weinen statt zum Lachen gebracht hat. Weil du so verhuscht warst, als ich dich zum ersten Mal sah, und so leidenschaftlich und voller Leben, als ich dich zum letzten Mal sah.« Ein Schauer rieselt mir über den Rücken, und ich wage kaum zu atmen, aus Angst, ihn zu unterbrechen. »Ich wollte dich an mich, an die Kids und diesen Sommer erinnern. Wollte dir sagen, dass er einfach dank dir perfekt war! Dass es hier in Stockholm leer und kalt ist im Vergleich zu den Wäldern Fjärildalens. Weil deine Wärme mir nicht hierher gefolgt ist.«

Wie Honig, der sich heilsam über eine Wunde legt, dringen seine Worte in mein Bewusstsein. So nahe gehen sie mir, dass sich meine Augen mit Tränen füllen. Tief und zitternd hole ich Luft, weil sie mir den Atem rauben. Am liebsten würde ich jedes einzelne abspeichern, um es nie zu vergessen. Doch er ist noch nicht fertig. »Ich hätte dir gern gesagt, dass die Bea, die ich kennenlernen durfte, etwas ganz Besonderes ist – auch wenn sie ein Widerspruch in sich ist!«

Nun bin ich gespannt. Was kommt jetzt?

»Anfangs war sie schweigsam und in sich gekehrt. Doch obwohl sie eine Mauer um ihr Herz errichtet hatte, schenkte sie einem Haufen Kinder Zuneigung und Fürsorge.« Er schnaubt. »Sie kann sehr feinfühlig sein, und gleichzeitig unhöflich direkt.« Überrascht lausche ich, was er alles über diese Bea weiß. »Sie ist ängstlich und gleichzeitig mutig wie eine Löwin! Sie ist ordentlich und gleichzeitig schrecklich tollpatschig.« Vorsichtig berührt er die Stelle an meinem Kopf, die er eben geküsst hat. Seine Stimme wird rau. »Sie macht mich wahnsinnig und gleichzeitig süchtig! Purzelt einfach in mein Leben, bringt mein Chaos durcheinander und sortiert es neu! Wer hätte gedacht, dass sie mit *ihrer* Panikattacke *mein* Herz stillstehen lässt? Du bist meine Chaosqueen, Bea. Bitte verschwinde nie wieder aus meinem Leben!«

Verstohlen wische ich mir über die Augen, doch die Tränen haben sich längst auf den Weg von den Wangen zum Hals gemacht. Zärtlich küsst er sie fort, folgt ihrem Weg hoch zu meiner Stirn und bedeckt diese mit federleichten Küssen, während sich seine Finger mit meinen verflechten. Ich liebe Stirnküsse. Sie haben etwas Behütendes, verströmen so ein Gefühl von Wir-gehören-zusammen.

»Du brauchst deine Tränen nicht wegwischen, Bea. Nicht vor mir. Ich mag dich ganz ohne Maske und Mauer, okay?«

»Okay.« Ich schniefe und kann nicht glauben, dass ich zustimme. Es ist um so vieles leichter, man selbst zu sein, wenn man akzeptiert wird, wie man ist. »Kann ich bitte auch *diese* Karte haben? Mit all den wunderschönen Komplimenten drauf?«, versuche ich zu scherzen.

Er lacht auf. »Nein, älskling, das alles werde ich vermutlich nie wieder sagen!«

Gespielt verärgert boxe ich ihn und gehe auf Abstand. »Hej! Wir haben uns doch versprochen, immer ehrlich zu sein und miteinander zu reden! Du musst dich schon daran halten!«

»Wir Schweden reden nicht so gern über Gefühle, weißt du? Und so viele schnulzige Sätze hintereinander musst du mir hoch anrechnen! Für heute ist mein Kontingent aufgebraucht.«

»Oh, mein Freund, warte!«, schimpfe ich, setze mich auf ihn und ringe mit ihm. Schwitzend und lachend winden wir uns in den Laken, bis uns bewusstwird, dass wir splitterfasernackt sind. Keuchend halten wir inne und verschlingen uns mit Blicken.

»Bist du absolut sicher, dass du hierbleibst? In Schweden?«, flüstert er auf einmal.

»Absolut. Du warst vorhin doch dabei, als ich euch von meinen Plänen erzählt habe.«

Verlegen fährt er sich durch den Bart. »Ich habe nicht alles mitbekommen, worüber du geredet hast. Ich konnte einfach nicht fassen, dass du hier bist. Hier bei mir. Ich habe ein Problem mit dem Verlassenwerden, weißt du?«

Ich erinnere mich, dass Lieke von seiner schweren Kindheit gesprochen hat und davon, dass er ohne Mutter bei seinem alkoholkranken Vater aufgewachsen ist. Spielt er darauf an? Aus einem Impuls heraus wispere ich: »Ist es das, was dich nachts nicht schlafen lässt? Die Angst vor dem Alleinsein? Das Verlassenwerden?«

Wieder dieser tiefe Blick. Er stupst meine Nase an und murmelt: »Das, süße Bea, wirst du hoffentlich nie herausfinden müssen, wenn du bei mir bleibst.«

»Das werde ich. Ich will nie wieder weg, mein Herz«, wispere ich, küsse seine weichen, sinnlichen Lippen und erschauere unter seinen großen Händen, die über meinen Körper wandern. Seine Erregung presst sich an meinen Bauch und erneut ziehe ich ihn zu mir. Liebe mit Ed zu machen ist wie ein Striptease der Gefühle! Er hält meinen Blick mit seinem fest, so als müsse er sich jede Sekunde vergewissern, dass ich noch bei ihm bin. Er blickt mir direkt in die Seele und lässt mich gleichzeitig in seine sehen: mein Wikinger mit dem großen Herzen!

»Jag älskar dig! För alltid«, wispere ich so leise, dass er es bestimmt nicht hören kann. Denn wer weiß, ob das nicht ein bisschen zu viel Ehrlichkeit für die zweite gemeinsame Nacht ist?

Epilog

Bea

»Älskling, es ist Post gekommen!«, ruft Ed zu mir hoch. »Komm runter, das musst du dir ansehen!«

Ich drehe den Kopf, was gar nicht so leicht ist, ohne die Balance zu verlieren. Die Leiter und die Farbdose, die an ihr hängt, schwanken bedenklich. Vorsichtig steige ich hinab, neugierig, was Ed meint. Er reicht mir die Hand, die ebenso mit roter Farbe bekleckert ist wie die meine. Den letzten Meter hüpfe ich hinab, und er zieht mich in seine Arme. »Ich habe Lust auf Kanelbullar und eine schöne Tasse Kaffee. Lass uns Fika machen«, schlägt er vor und drückt mir einen Kuss auf die Stirn.

»Au jaaa.« Ich stöhne und räkle mich an seiner Brust. »Wir waren echt fleißig!«

Stolz betrachten wir die Rückseite der Stuga, die zum See hinab zeigt, und in frischer, knallroter Farbe mit der Herbstsonne um die Wette strahlt. Der Himmel schimmert in zarten Pastelltönen, die sich im See widerspiegeln. Hat eigentlich schon einmal jemand bemerkt, dass das Licht in Schweden ein anderes ist? Und dass speziell dieses spätsommerliche Licht einen ganz besonderen Zauber hat?

»Mit der Fassade werden wir heute fertig. Juliane wird

Augen machen.«

Zufrieden verschränke ich meine Finger mit Eds und ziehe ihn die wenigen Stufen hoch auf die Veranda. Da wir erst letzte Woche die hellen Planken verlegt haben, wage ich kaum, aufzutreten, damit ich sie mit meinen Arbeitsschuhen nicht beschmutze. Ed hält mich zurück und bedeutet mir, lieber die Schuhe auszuziehen. Er hat recht: Zu Hause ist zu Hause, auch wenn es draußen ist. Diese schwedische Sitte mag ich, denn sie zollt einem Heim den Respekt, den es verdient.

»Denkst du, es wird ihr gefallen?«, fragt er, als wir uns gemeinsam in der Küche zu schaffen machen. »So wie du sie mir beschrieben hast, ist sie ja nicht gerade ein Schweden-Fan.«

Ich verkneife mir ein Lachen. »So kann man das wohl sagen. Aber wenn sie die Stuga erst sieht, wird sie sich bestimmt genauso verlieben wie ich.«

Das hoffe ich wenigstens. Ich habe das Gästezimmer mit einer romantischen Blümchentapete versehen, und Ed hat mir dabei geholfen, das Gästebett und die Kommode abzuschleifen. Ich bin wirklich auf ihre Reaktion gespannt. Und gelinde gesagt, auch ein klein wenig nervös, wie sie auf Ed reagieren wird.

Er drückt mir einen sanften Kuss auf die Lippen. »Es wird schon alles gutgehen. Ich benehme mich auch, versprochen!«

Er verdreht lustig die Augen, und ich lache auf. »Wehe, du versaust es dir mit ihr«, drohe ich und gebe ihm einen Klaps auf den Po, als er die Kanelbullar aus dem Ofen holt.

»Niemals! Du weißt doch: Ich wickle alle Frauen um den Finger.«

Wir grinsen uns liebevoll an. Es hat sich eingeschlichen, dass wir uns immer wieder mit unseren Eigenheiten necken –

mit den echten oder auch mit denen, die sich nie bewahrheitet haben.

Wenig später sitzen wir mit dampfenden Kaffeetassen auf der hübschen Grythyttan-Garnitur, auf der Terrasse, deren Beplankung wir ebenfalls falu-röd gestrichen haben. Wohlig seufzend lege ich meine strumpfsockigen Füße auf Eds Oberschenkel, und er massiert mir die Fußsohlen. Er weiß genau, wie sehr ich das liebe! Ich schließe die Augen und genieße für einen Moment die Ruhe und Eds Berührungen.

Dann fällt mir ein, warum er mich überhaupt von der Leiter geholt hat und richte mich auf. »Du hast was von Post gesagt«, erinnere ich ihn.

Mit ernstem Blick holt er zwei Briefe unter dem Tablett hervor und schiebt sie über den Tisch. Einen davon hat er schon geöffnet. »Der ist von Lisbeth.« Vielsagend lässt er seine Augenbrauen zucken.

»Nein!«, rufe ich überrascht.

»Doch!« Er grinst über das ganze Gesicht, was mich jauchzend aufhüpfen lässt. Ich lege einen Freudentanz auf das neue Verandaparkett und Ed klatscht dazu in die Hände. Lange hat er dafür gekämpft, immer wieder mit Lisbeth diskutiert und ihr unsere Kalkulationen vorgelegt. Und endlich ist sie da: die Zusage für die beiden zusätzlichen Camps!

»O mein Gott, Ed, das ist wundervoll!« Ich umarme ihn und wuschle durch sein Haar.

»Ich danke dir, mein Engel, dass wir das gemeinsam durchziehen«, flüstert er. »Ohne dich hätte ich das alles nicht geschafft.«

»Jetzt weißt du, was eine gute Sekretärin für einen unschätzbaren Wert hat.«

»Ich weiß, was *du* mir wert bist, sötnos.«

Seine Whiskey-Augen! Ich versinke darin – und in dem liebevollen Kuss, den er mir schenkt.

Die Vorstellung, hier mit ihm von Juni bis in den Oktober hinein Camps zu leiten, erfüllt mich mit einer riesengroßen Vorfreude, ja, beinahe schon mit Euphorie.

»Das wird der Knaller, Ed. Ganz bestimmt.«

Er reckt die Arme in die Höhe und strahlt. »Lange war es nur ein Traum für mich. Dass er so schnell wahr wird, hätte ich nie gedacht.«

»Aber du hast hart dafür gekämpft. Wenn ich mich daran erinnere, wie kaputt und verzweifelt du warst, als Ben, Lieke und ich dich das erste Mal im Hostel besucht haben …«

Ich sehe den wütenden Wikinger vor mir, der mit blitzenden Augen aus der Arbetsförmedlingen gestürmt ist, dann die überraschende Begegnung im Hostel, empfinde nochmals den unliebsamen Moment nach, in dem ich erkannte, dass es sich um ein und denselben Menschen handelte und dieser bald mein Chef sein würde.

Er schmunzelt, schließt die Augen und flüstert: »Deine Beine haben mich schon bei der ersten Begegnung umgehauen.«

»Wie bitte? Du hast nur auf meine Beine geschaut?«, rufe ich entrüstet.

»Diese Jeans-Shorts waren so verdammt heiß!« Unschuldig hebt er die Hände.

»Interessant. Du hast mir noch gar nicht verraten, dass du mich schon bei unserer ersten Begegnung heiß fandest. Ich hingegen hatte gehörigen Respekt vor dir«, necke ich ihn.

»Und das ist auch gut so, denn immerhin werden wir in der kommenden Saison wieder zusammenarbeiten.« Sanft fährt er über meinen Oberschenkel und wirft mir einen lasziven Blick zu, den ich herausfordernd erwidere.

»Hast du etwa die machohafte Vorstellung, dass du der Boss sein wirst und ich deine Sekretärin? So läuft das dieses Mal nicht, Edvard Lundin. Wir sind Partner.«

»Und wer schreibt mir dann diese genialen Listen? Einkaufslisten, To-do-Listen und nicht zu vergessen die Packliste?«

»Oh, das ist definitiv das Allerwichtigste an der Planung. Dieses Mal machen wir das gemeinsam«, bestimme ich.

»Lass uns unbedingt Blasenpflaster aufnehmen. Und nicht zu vergessen Basecaps und selbstgestrickte Socken von Oma.«

»Veräppelst du mich etwa gerade?« Gespielt beleidigt strecke ich ihm die Zunge raus. »Sei jetzt besser still und massier weiter.« Wieder lege ich meine Füße in seinen Schoß und er beginnt schmunzelnd, sie zu kraulen.

»Viel wichtiger wäre, dass ich dieses Mal einen Einblick in die Akten erhalte, bevor du mich auf die Meute loslässt«, schlage ich vor und ziehe einen Schmollmund. »Ihr anderen hattet definitiv einen Vorteil. Ihr kanntet die Kids ja schon alle beim Namen.«

»Das, älskling, war pure Absicht. Ich wollte testen, wie gut du darin bist, wenn man dich ins kalte Wasser schmeißt.«

»Oh, du … warte!« Ich springe auf, setze mich auf ihn und ziehe ihn an den Ohren, während er laut auflacht und fest meinen Po umgreift. Als ich sein Gesicht mit Küssen übersäe, gibt er ein kehliges Geräusch von sich wie eine schnurrende Katze. Ich spüre seine Erregung unter mir und kann ein Seufzen nicht unterdrücken. Seine Zunge umspielt die meine und wir versinken in einem leidenschaftlichen Kuss.

Seine Stimme klingt heiser vor Erregung, als er raunt: »Und

definitiv muss uns Carina wieder die kleine Hütte am See überlassen. Ich kann es kaum erwarten, dich dort wieder zu lieben. Das war so verdammt romantisch, oder?«

Nun ist es an mir, zu schnurren. »Wie oft erinnere ich mich an diesen perfekten Morgen danach, als wir auf der süßen blauen Bank Kaffee getrunken und auf den See geblickt haben.«

»Das geht mir genauso.« Er nickt an meiner Brust und seufzt. Beide schwelgen wir in dieser Erinnerung, die sich für ewig in meine Netzhaut gebrannt hat.

Was für eine Nacht! Was für ereignisreiche Wochen! Was für ein Sommercamp! Meine Gedanken schweifen im Zeitraffer über all das Erlebte und bleiben an den lieben Menschen haften, die ich kennenlernen durfte. Wie sehr freue ich mich darauf, Lena, Gunilla, Christer und Micke wiederzusehen.

Da fällt mir wieder ein, was Ed letzte Woche erzählt hat. »Wie geht es eigentlich Rika? Hat sie sich noch mal gemeldet?«

Er nickt. »Ihre Eltern haben sich wieder eingekriegt. Sie hat sich zwischen sie gestellt, um zu schlichten.«

»Das ist großartig!« Wir beide wissen genau, welche Fortschritte die Kleine in den letzten Wochen gemacht hat. Dass sie die Vermittlerin zwischen ihren Eltern spielt, ist etwas, das Ed ihrem gewonnenen Selbstvertrauen zuschreibt. Etwas, das nur entstehen konnte, weil sie den ersten Schritt auf ihren Vater zuging und ihrer Mutter gegenüber kommunizierte, wie wichtig ihr dieser Kontakt ist.

Plötzlich schiebt er mich von sich. »Der Brief! Da ist noch ein Brief gekommen.«

Er lenkt meine Aufmerksamkeit auf die fremde Briefmarke. Mein Herz droht, aus der Brust zu springen, so schnell pocht es plötzlich. Sie wurde in der Schweiz abgestempelt!

Mit zitternden Fingern reiße ich das Kuvert auf und entnehme ihm eine Seite altmodischen Briefpapiers. Die Schrift ist klein, aber ordentlich und lesbar.

Meine liebe Beatrix,

viele Jahre habe ich mir vorgeworfen, den Kontakt mit dir nicht gehalten zu haben. Es ist nicht leicht zu gehen, wenn man ein Kind zurücklässt. Ich weiß, dass ich dir und deiner Mutter sehr wehgetan habe. Und ich weiß, dass mir deine Mutter das nie verzeihen wird. Wenn zwei Partner in einer Beziehung unterschiedliche Wünsche und Bedürfnisse haben, wird immer einer verletzt. Deine Mutter und ich haben uns nicht gutgetan. Wir hatten völlig andere Erwartungen ans Leben. Noch heute frage ich mich, was sie dir über mich erzählt hat, doch im Grunde ist es nicht wichtig. Es zählt nur, dass ich nicht die Kraft und den Mumm hatte, für dich da zu sein. Aber es gibt Momente im Leben, da muss man eine Entscheidung treffen und sie durchziehen, um nicht zugrunde zu gehen. Vielleicht ergibt sich die Möglichkeit, dass ich dir das persönlich erklären darf – wenn du mich lässt. Ich will mich nicht zwischen dich und deine Mutter drängen. Aber manchmal tut es gut, beide Seiten zu hören, um sie verstehen zu können.

Du hast Deutschland den Rücken gekehrt?

Vielleicht haben wir doch mehr gemeinsam, als wir dachten. Hast du dein Glück in Schweden gefunden? Oder vielleicht sogar die große Liebe?

Ich freue mich, von dir zu hören. Es wäre schön, wenn wir den Kontakt aufrechterhalten könnten. Und ich würde dich gerne mal besuchen kommen.

Ich liebe Bullerbü, Saltkrokan und Katthult!

Herzliche Grüße

Papa

»Er will mich besuchen kommen, Ed!« Meine Stimme und meine Unterlippe zittern, als ich den Brief vorsichtig, als wäre er ein rohes Ei, auf den Tisch lege. Auch meine Hände zittern. Ich habe mich nicht mehr unter Kontrolle. Überwältigt schlinge ich die Arme um meinen Oberkörper und schluchze auf. Tränen purzeln mir über die Wangen, tropfen hinab in meinen Schoß und mischen sich mit den roten Flecken auf der Arbeitshose. Eds Arme umfangen mich, sodass ich geborgen bin in einer doppelten Umarmung. Eine Weile schweigen wir und wiegen uns hin und her.

»Ich wette, er wird dich genauso sehr lieben wie ich«, flüstert er in meine Locken hinein. Obwohl mir der Rotz aus der Nase läuft und die Tränen noch nicht versiegt sind, lächle ich überrascht.

Hat er gerade gesagt, er liebt mich?

»Ich dachte, die distanzierten Schweden sagen so etwas Gefühlsduseliges nicht, Ed! Wirst du am Ende doch noch deutsch?«, hänsele ich ihn und grinse dabei schelmisch.

»Ach was! Du hast dich verhört! Bei deinem Dickschädel funktionieren vielleicht auch die Ohren nicht ganz richtig«, brummt er.

Oh doch! Ich habe genau gehört, was er da gesagt hat. Und ich weiß, dass mein Wikinger zwar eine verdammt harte Schale hat, aber auch ein riesengroßes, weiches Herz. Und das schlägt nicht nur für benachteiligte Kinder, sondern ebenso für verwahrloste Stugas und Einwanderinnen, die bis zum Hals in der Scheiße stecken.

Bevorzugt an Mittsommer.

Ende

Danksagung
Michaela

Was war das bitte für eine Schreibreise?

Dieses Buch hat sich zu einem wahren Herzensbuch entwickelt, obwohl ich es nie so geplant habe. Ursprünglich war meine Idee, eine starke, emanzipierte Frau wie Margaret Haughery zu zeichnen, die sich in New Orleans ein Leben lang für Waisenkinder eingesetzt hat. Die Story wollte ich nach England versetzen, da ich schon in Märchentrümmer über New Orleans geschrieben habe. Mein lieber Freund und Autorenkollege Mario Bekeschus fragte mich beim Brainstorming aber verwundert, warum um Himmels willen ich nicht ein Buch über Schweden schreibe. Nach sechs Jahren dort würde ich die Örtlichkeiten und landestypischen Eigenheiten doch bestens kennen. Zunächst sträubte sich da etwas in mir, da mir meine Auswander-Erlebnisse nicht durchweg in guter Erinnerung verblieben sind. Zu hart war die Erfahrung, zu persönlich die Enttäuschung und zu desillusioniert war ich, nachdem wir wieder nach Deutschland zurückkehrten. Es kostete mich Überwindung und Ehrlichkeit, mich auf all die schönen Dinge zu besinnen, die wir erfahren durften, und die mich damals überhaupt zum Auswandern brachten.

Ebenso blauäugig wie Bea wagten wir diesen Schritt – sogar ohne Schwedisch zu können. Das würde ich heute definitiv anders machen. Auch würde ich nicht ohne Job, schwanger oder mit einem Baby auswandern. Das waren alles Dinge, die uns den Wind aus den Segeln nahmen und uns das Leben unnötig schwer machten. Unser falu-rotes Häuschen in Sävenfors und einige liebgewonnene Freunde werden mir jedoch für immer in guter Erinnerung bleiben.

Mein großer Dank gilt also Mario, der mich auf den richtigen Weg der Selbstreflektion gebracht hat. In Bea steckt ganz viel von mir – mehr, als ich wollte.

Meinen Autorenschwestern des Herzgespinste-Podcasts danke ich für die mentale Unterstützung in der wilden Phase dieses Projekts, da ich zwischendurch wirklich an mir und meiner Berufung gezweifelt habe. Danke, dass ihr mich unterstützt und immer an mich geglaubt habt.

In diesem Schreibjahr ist außerdem etwas Unerwartetes geschehen: Ein neuer Mann kam in mein Leben und hat mir gezeigt, wie schön es ist, sich anlehnen und aufeinander verlassen zu können, und wie wichtig es ist, gleiche Ziele zu haben. Dass Ed whiskey-farbene Augen und keine zwei linken Hände hat, verdankt er dir, mein Schatz. Den Bart hatte er aber schon vorher, ich schwöre! Danke für deine Geduld, Liebster, und für unsere Gespräche! Ich freue mich auf einen Sommer in Schweden mit dir und dem Van!

»Was macht ein Flamingo in Schweden? Sich verlieben natürlich!«

Das waren die magischen Sätze, die ich beim Flamingo Tales Verlag eingereicht habe und die meine Verlegerin dazu brachten, genauer hinzuschauen. Von Herzen danke, liebe Katharina, dass Eds und Beas Geschichte einen Platz in deinem wundervollen Verlag gefunden hat. Nach wie vor bin ich der Meinung, dass wir zusammenpassen wie die Faust aufs Auge. Danke für diese Chance!

Rezepte

Kanelbullar: Zimtschnecken

Zutaten (für 30 Schnecken)

Für den Vorteig:
50 g frische Hefe
240 ml zimmerwarme Vollmilch
100 g feinkörniger Kristallzucker
350 g Weizenmehl

Eigentlicher Teig:
250 ml zimmerwarme Vollmilch
150 g Kristallzucker
200 g Butter (in Stücke geschnitten)
10 g Salz
750 g Weizenmehl
1 Ei
3 EL frisch gemahlener Kardamom

Füllung:
200 g zimmerwarme Butter
200 g Kastorzucker
3 EL Zimt
2 Prisen Salz

Topping optionalKardamom und Zucker oder Hagelzucker

Zubereitung

Mit dem Vorteig beginnen. Die Hefe in der Milch auflösen, entweder von Hand oder in einer Küchenmaschine. Zucker und Mehl hinzugeben und zu einem elastischen Teig verkneten: etwa 5 Minuten in der Küchenmaschine oder 10 Minuten von Hand. Den Teig abdecken und bei Zimmertemperatur in ca. 30 Minuten auf die doppelte Größe aufgehen lassen.

Inzwischen die Füllung zubereiten, indem du Zucker, Butter, Zimt und Salz verrührst. Wenn du die Schnecken mit Kardamom- zucker bestreuen möchtest, kannst du diesen jetzt vorbereiten, indem du Kastorzucker und frisch gemahlenen Kardamom ver- mischst. Alles bei Zimmertemperatur bereitstellen.

Die Zutaten für den eigentlichen Teig zum Vorteig hinzu- geben und verkneten, bis der Teig elastisch ist: etwa 15 Minuten von Hand oder 10 Minuten in der Küchenmaschine. Dabei nicht schummeln! Es soll sich eine Menge Gluten entwickeln und der Teig wirklich elastisch werden.

Auf einer mit Mehl bestäubten Oberfläche den Teig zu einer dünnen rechteckigen »Platte« von etwa 60 x 60 cm ausrollen. Dies machst du am besten mit einem Nudelholz. Es kann sein, dass du ein- oder zweimal zusätzliches Mehl unter den Teig geben musst, während du ihn mit dem Nudelholz ausrollst.

Die Füllung über den gesamten Teig verteilen und 1/3 der Oberfläche von oben zur Mitte hin falten. Dann 1/3 der Ober- fläche der Teigplatte von unten über den soeben gefalteten Teil falten. Man nennt das »dreifach zusammengefaltet«. Den so gefalteten Teig in etwa 2 cm breite Streifen schneiden. Verdrehe nun die Streifen einzeln und knüpfe sie paarweise zu einem Knoten.

Die Zimtschnecken auf mit Pergamentpapier ausgelegte Backbleche legen und kaltstellen. Stelle die Bleche an einen kühlen Ort wie den Keller (nicht in den Kühlschrank) und lasse sie 4 - 5 Stunden gehen. Hole dann die Bleche wieder an einen zimmerwarmen Ort und lasse sie ruhen, bis die Schnecken luftig und etwa zweimal so groß sind.

Bestreiche sie vor dem Backen mit verquirltem Ei und bestreue sie entweder mit Hagelzucker oder mit Kardamomzucker.

Bei 220 °C auf mittlerer Schiene backen, bis die Zimtschnecken eine goldbraune Farbe bekommen.

Lass sie dir schmecken und genieße sie am besten bei einer Fika mit deinen Freunden!

Raggmunk: schwedische Kartoffelpfannkuchen

Zutaten (für 4 Personen)

280 ml Vollmilch
110 g Weizenmehl
2 TL Salz
1 großes Ei
800 g Kartoffeln
Butter zum Braten

Zum Servieren gebratener Speck oder Preiselbeermarmelade

Zubereitung

Mehl mit Milch in einer Schüssel verquirlen. Eier und Salz dar-
untermischen. Die Kartoffeln auf einer feinen oder groben Reibe
(je nach Vorliebe) reiben und unter den Teig geben. 30 Minuten
ruhen lassen.

Einen großzügigen Klecks Butter in einer Bratpfanne erhitzen,
dann etwa 120 ml Teig in die Pfanne gießen und zu einem dicken
Pfannkuchen braten. Achte darauf, den Teig in der Pfanne gleich-
mäßig zu verteilen.

Bei mittlerer Hitze von beiden Seiten etwa 4 Minuten braten,
bis der Pfannkuchen goldbraun und an den Rändern knusprig ist.
Die Pfanne nicht zu heiß werden lassen, damit die Pfannkuchen
nicht schon Farbe bekommen, bevor sie durch sind.

Die fertigen Pfannkuchen warmstellen und währenddessen

den Speck braten, bis er knusprig ist.

Auf Küchentüchern abtropfen lassen. Die warmen Kartoffelpfannkuchen mit gebratenem Speck und Preiselbeermarmelade servieren.

Lass es dir schmecken! Smaklig måltid!

Pytt-i-panna

Traditionell handelt es sich bei der Pytt um ein klassisches Resteessen, das in der Pfanne angebraten wird. Das Essen kommt direkt aus der Pfanne auf den Teller und wird dort mit rohem Eigelb vermengt.

Heutzutage wird das Gericht nicht mehr nur zur Resteverwertung gekocht, sondern auch einfach so – mit frischen Zutaten.

Zutaten (für 4 Personen):
1 kg Kartoffeln
2 große Zwiebeln
2 dicke Scheiben Speck oder Fleischwurst (ca. 500 g)
Salz, Pfeffer
Butter zum Anbraten
1 Bund glatte Petersilie
4 Eigelb/ Eier

Zubereitung

Kartoffeln schälen und in kleine gleichgroße Würfel schneiden, dann bei mittlerer Hitze in der Pfanne goldbraun anbraten. Während die Kartoffeln braten, die Zwiebeln schälen, in gleich große Stücke schneiden und in einer zweiten Pfanne glasig anschwitzen. Speck oder Fleischwurst ebenfalls in gleich große Würfel schneiden, zu den Zwiebeln geben und kurz anbraten. Wenn die Kartoffeln gar sind, Zwiebeln und Speck bzw. Wurst dazu geben und alles mit Pfeffer und Salz würzen. Bei geringer Hitze weitere fünf Minuten ziehen lassen. Mit gehackter Petersilie bestreuen und mit einem rohen Eigelb pro Portion servieren.

Wer kein rohes Eigelb essen will – das Gericht schmeckt auch mit Spiegelei lecker. Guten Appetit Smaklig måltid!

Wörterbuch

Alemannsrätten Jedermannsrecht, z. B. gültig in Schweden: das Recht jedes Menschen, die Natur zu genießen und ihre Früchte zu nutzen, solange man weder der Natur noch anderen Menschen schadet. Auch muss der häusliche Frieden des Landbesitzers geachtet werden.

Allihopa	Miteinander, zusammen
Allt bra?	Alles gut?
Älskling	Liebling
Arbetsförmedlingen	Arbeitsamt
Dammsugare	Punschrollen aus Marzipan. Direkte Übersetzung: Staubsauger
Detta är inte ett kort. Det är en kram met viking pa mitten.	Das ist keine Karte. Es ist eine Umarmung mit einem Wikinger in der Mitte!
Fan också	Verdammter Mist! Verflucht!
Fika	Kaffeepause mit Freunden oder Kolleg:innen, meist in Kombination mit süßem Gebäck
För alltid	Für immer
För fasen!	Verdammter Mist!
För Helvete!	Zur Hölle!
För sjutton	Zum Kuckuck!
God morgon	Guten Morgen
Grythytte-Stålmöbler	Schwedische Marke aus Grythyttan
Hej	Hallo
Hej, fröken. Vad händer?	Hallo, Fräulein! Was ist los?
Hej, hur är det?	Hallo, wie geht's?
Hej, Sverige, jag kommer!	Hej, Schweden, ich komme!
Hejdå och ha det så bra!	Tschüss und mach's gut!
Herre gud!	Mein Gott!

Herrgård	Herrenhaus, Gut
Hur är läget?	Wie gehts, wie stehts?
Hyggelig	Hübsch, behaglich
Invandrare	Einwanderer
Ja visst	Natürlich
Jag älskar dig.	Ich liebe dich
Jäklar!	Verflixt, verdammt!
Jultomte	Weihnachtsmann in Schweden
Kanelbullar	Zimtschnecken
Kanelbulle	Eine Zimtschnecke
Kära	Liebe
Knott	Kriebelmücken
Lagom	Nicht zu viel, nicht zu wenig, genau richtig
Lördagsgodis	Schwedische Tradition: Süßigkeiten am Samstag
Mora Must	Alkoholfreies Getränk, in Mora hergestellt
Morgondop	Morgendliches Bad im See
Mygga	Schwedisches Mückenschutzmittel
Mysig	Gemütlich, kuschelig
Nämen	Ausdruck der Verwunderung, etwa wie »Im Ernst?« oder »Wie jetzt?«
Nej	Nein
Pepparkakor	Schwedische Lebkuchen
Perkolator	Spezielle schwedische Kanne für die Zubereitung von Filterkaffee
Pytt i Panna	Schwedisches Reste-Essen
Raggmunk	Schwedische Kartoffelpuffer, meist gegessen mit Speck und Preiselbeeren
Själv?	Ja, danke, und selbst?
Skål!	Prost!

Skansen	Bekannter Zoo in Stockholm
Skit samma	Schwedischer Fluch: scheißegal
Skitsnack!	Blödsinn!
Smultron	Wilde Erdbeere
Sötnos	Süße
Sov gott!	Schlaf gut!
Stuga	Ferienhaus
Sverige	Schweden
Tack ska du ha.	Danke dir.
Torrvarpen	See bei Grythyttan
Vad fan?!	Was, zum Teufel?!
Välkommen till Fika.	Willkommen zum Kaffee und Kuchen.
Välkommen till Sverige.	Willkommen in Schweden.
Vännen	Mein Freund

Var finns den närmaste bensinstationen?

Wo befindet sich die nächstgelegene Tankstelle?

Varsågod   Bitteschön